Sabine Abel, Monique Lhoir, Annemarie Nikolaus :
Das Feuerpferd

Sabine Abel * Monique Lhoir * Annemarie Nikolaus

Das Feuerpferd

Fantasy-Roman

1

Mit den Schuhen in der Hand tastete sich Silvana die Treppe hinab. Licht schimmerte durch die Ritzen der Küchentür und verriet, dass ihr Bruder immer noch über den Wirtschaftsbüchern saß. Vorsichtig öffnete die junge Frau das schwere Portal. Als sie hinausschlüpfte, entriss ihr ein Windstoß die Tür und warf sie krachend ins Schloss.

Dorianos Schatten tauchte am Küchenfenster auf. Es kümmerte sie nicht; sie rannte über den Hof, die Schuhe in der Hand.

Doriano öffnete das Fenster. »Silvana! Silvana, komm zurück. Was willst du da draußen in diesem Unwetter?« Er zog seine Regenjacke an und eilte ihr nach.

Noch regnete es nicht, aber der Donner grollte bereits über ihnen und der Wind wirbelte die Reste des Heus auf, das sie am Morgen an der Wand des Geräteschuppens gelagert hatten. Er zerrte an den klappernden Fensterläden. Silvana lief hinüber, um sie zu befestigen.

Als sie den Pferdestall erreichte, schlug ein Blitz am Rand des Maisfelds ein und verwandelte die alte Pinie in eine Fackel. Durch das geöffnete Tor drang Brandgeruch in den Stall und die Tiere schnaubten nervös. Miklos und Waltari, die beiden Hengste, trommelten mit den Hufen gegen die Wände ihrer Boxen.

Eine schwarze Stute lag im Stroh und begrüßte sie mit leisem Wiehern. Silvana tastete nach einer Stalllaterne und zündete sie an. »Larissa, mein gutes Mädchen! Ist es so weit?« Sie kniete nieder und massierte behutsam den mächtigen Leib des Pferdes.

Die Stute schnaubte und ächzte.

Silvana strich ihr über den Hals. »Das wird ein tolles Pferdchen, du wirst sehen. Dein Baby wird das Feuer aller Blitze in sich tragen, die jetzt niedergehen. Es wird schnell sein wie der Sturm, der um den Stall fegt, und mächtig wie das Donnergrollen.«

Ein leises Lachen erklang. Ihr Bruder hatte unbemerkt den Stall betreten. »Soll das eine Zauberformel für das neue Fohlen werden?«

»Ach, Doriano!« Sie stand auf und hob die Laterne höher, um ihm den Weg durch die Stallgasse zu leuchten.

»Bei diesem Licht siehst du mit deinen wilden Locken aus wie eine kleine Hexe.« – »Oder wie eine Elfe«, setzte er zwinkernd hinzu, als sie die Augenbrauen hob. »Wie konntest du wissen, dass Larissa fohlt? Es ist viel zu früh!«

»Sie braucht Hilfe.« Silvana legte der Stute die Hand auf ihren Kopf, um sie zu beruhigen.

»Wir auch. Um das Gestüt zu retten, bräuchten wir ein Pferd, das den Teufel im Leib hat.«

Endlich, im Morgengrauen, erhob sich ein Fohlen zum ersten Mal auf seine staksigen Beine.

»Ein Albino«, rief Doriano perplex.

»Aber nein; siehst du nicht, dass es schwarze Augen hat?« Silvana tätschelte die Stute mit einem vergnügten Zwinkern: »Larissa, mit wem hast du uns da betrogen?«

»Vielleicht ist es wirklich das Zauberpferd, das wir uns gewünscht haben.« Doriano setzte sich ins Stroh und umarmte beide.

Als sie den Stall verließen, zerrte der Sturm an ihnen. Unvermindert tobte das Gewitter; doch im Licht des neuen Tages wirkte es nicht mehr bedrohlich. Lachend hoben sie ihre Gesichter den vereinzelten Regentropfen entgegen, sprangen übermütig durch die spärlichen Pfützen der Nacht.

Da schlug erneut der Blitz ein. Aus dem Dachstuhl ihres Hauses schoss eine Flamme.

Sie erstarrten.

»Komm löschen, vielleicht sind wir schnell genug.« Doriano schrie gegen das Pfeifen des Sturms und griff nach ihrer Hand.

Silvana riss sich los. »Nein, zuerst die Pferde! Wir müssen sie wegbringen, bevor das Feuer auf die Ställe übergreift!« Sie rannte zurück, ohne auf Doriano zu achten.

Schon fegte der Wind Rauchschwaden in Richtung Stall. Die Tiere witterten das Feuer und wieherten verängstigt.

Zuerst holte sie die beiden Hengste. Sie griff ihnen in die Mähne und sprach beruhigend auf sie ein. Im Hinausgehen öffnete sie die Türen der anderen Boxen bis auf jene von Larissa und dem Fohlen. Die Pferde folgten anstandslos.

Währenddessen stürmte Doriano zum Brunnen. Er füllte zwei Eimer und hastete damit auf den Dachboden. An der Wand zum Hof qualmte bereits eine der Dachstielen. Das Wasser reichte nicht zum Löschen.

Er zwängte sich an einer Kommode vorbei und stieß drei aufeinander gestapelte Stühle um; aus einer Truhe riss er alte Decken und Kleidungsstücke. Hektisch schlug er auf das Feuer ein, versuchte, es mit dem Stoff zu ersticken. Er erreichte stattdessen, dass Funken aufstoben. Flammen züngelten gegen die nächsten Dachbalken. Der Sturm schürte das Feuer und trieb es auf Doriano zu.

Er raste erneut in den Hof und füllte seine Eimer. Zurück im Dachstuhl schwenkte er sie mit aller Kraft und goss das Wasser in hohem Bogen gegen die Sparren, doch der Brand fraß sich weiter. Entmutigt rannte er die Treppen wieder hinunter, warf auf dem Weg zur Haustür die Eimer in die Küche. Allein würde er es nicht schaffen.

Silvana war in den Stall zurückgekehrt. »Larissa, wir müssen dich und dein Fohlen auf die Weide bringen. Schaffst du das?« Sie legte ihr eine Decke auf und redete weiter auf die Stute ein. Larissa war noch schwach von der Geburt, folgte aber willig, als begriffe sie den Ernst der Lage. Behutsam stieß sie den Kleinen an, der wackelig auf seinen dünnen Beinen stand und wieder umzufallen drohte. Ganz langsam, damit das Fohlen folgen konnte, führte Silvana sie aus dem Stall.

Auf dem Weg zur Koppel kam ihr Doriano entgegen. »Silvana, warum hilfst du mir denn nicht? Ich kann den Brand nicht allein löschen! Wir werden alles verlieren.« Tränen des Zorns liefen über sein Gesicht.

»Nicht, so lange wir die Pferde besitzen!« Silvana funkelte ihn an. »Statt dich dort oben vergeblich abzumühen, hättest du schauen sollen, wie wir die Ställe sichern.«

»Willst du im Stall schlafen?«

Mit ohrenbetäubendem Krachen fuhr der nächste Blitz

in einen alten Schuppen, der am Ende der Felder stand. Sie kamen nicht dazu, sich darum zu kümmern. Im gleichen Augenblick drängte sich das Fohlen zwischen sie. Beide lächelten unwillkürlich. Doriano hielt es fest, damit es nicht näher ans Feuer lief.

Silvana streichelte die feine Mähne und seufzte: »Ach Pferdchen, wenn es doch richtig regnen würde.«

Eine gewaltige Bö fegte über den Hof, wirbelte Äste, Schmutz und kokelnde Dachteile durcheinander – und dann prasselte der Regen in dicken Tropfen auf sie herunter. Unzählige Blitze überzogen den Himmel, der sich wieder verfinstert hatte.

»Doriano! Endlich! Es regnet!« Silvana streckte die Hände aus und leckte die Nässe von ihrer Haut.

Plötzlich hob das Fohlen den Kopf, stellte sich auf die Hinterbeine und wieherte hell. In den dunklen Wolken erschien die Kontur eines Schimmels, der ihnen stolz seinen Kopf entgegenreckte. Dann verschwand das Bild in dem Rauch, der aus dem Dachstuhl quoll, und das Feuer erlosch mit einem erbärmlichen Zischen.

»Hast du das gesehen, Doriano?« Silvana und Doriano verfolgten fasziniert das Spiel der Wolken über dem Dach.

»*Feu*«, sagte Silvana in den Sturm hinein. »Es heißt *Feu* – Feuer.«

2

Moghora schmiegte sich an Lybios. Mit zwei Fingern strich er ihr durchs Haar und raunte: »Bekommst du deine Zaubersprüche nicht mehr zusammen? Es ist nur ein kleines Fohlen.«

Die Fürstin des Schattenreichs stieß ihm die Faust in die Seite und kicherte. *»Tatamm Onyx Radadamm Sert ...«*

Lybios biss ihr ins Ohr.

»Was tust du da?« Moghora rückte lachend von ihm ab, schloss die Augen und begann erneut. *»Tatamm Onyx Radamm Sertatium.«*

Im gleichen Moment erlosch das Feuer im Kamin. Die Kerzen auf der Anrichte begannen zu qualmen, bis auch sie keinen Schein mehr gaben.

»Nein!« Mit einem Aufschrei ließ Moghora ihre Kristallkugel los, lief zum Fenster des Turms und blickte auf Seoria hinab. Alle Lichter auf der Insel erloschen nach und nach. Die schmale Sichel des Mondes verwandelte ihre Welt in einen grauen Schattenriss.

Lybios sprang auf, nahm die Kugel und trat hinter die Fürstin. »Moghora, was geht hier vor? Warum wird es plötzlich dunkel?«

»Das Fohlen ...!« Sie presste die Hände gegen die Schläfen und ihr Atem wurde zu einem Keuchen. Mit Tränen in den Augen zog sie ihr dünnes, fast durchsichtiges Gewand enger um die Schultern, als fröre sie. »Lybios ... wir haben einen Fehler gemacht. Unser Fohlen wurde gerade in der Welt der Sterblichen geboren.«

»Aber wieso?« Lybios drehte die Zauberkugel, aber er konnte nichts darin sehen. Er schüttelte den Kopf. »Das ist unmöglich.«

»Es ist nicht unmöglich!«, schrie sie und stampfte mit dem Fuß auf. »Irgendetwas ging schief. Der Zauberspruch ... er war falsch. Du hast mich abgelenkt!« Ihre Augen verfärbten sich gelb und schossen Blitze. »Nur wegen dir wird Seoria untergehen!«

»Wegen mir? Moghora!« Lybios wollte die Fürstin beruhigend in den Arm nehmen.

Sie stieß ihn beiseite und versuchte, ihre Gedanken zu ordnen, während sie die Hände knetete. »Warum war ich so unvernünftig?«, stammelte sie. »Wie konnte ich wegen dir so unüberlegt handeln!« Sie funkelte Lybios an. Zwischen ihren Augenbrauen erschien eine Falte.

»Moghora!« Lybios umfasste ihre Schultern. »Ich wollte nicht ...«

»Du wolltest nicht? Mehr weißt du nicht zu sagen?« Die Fürstin riss das Fenster auf und atmete durch. »Ich weiß, es war auch mein Fehler«, flüsterte sie in den Wind. Sie lehnte die Stirn gegen den kühlen Steinrahmen. »Mit dem Fehlzauber und der Geburt des Fohlens in der Anderen Welt wurde den Bewohnern von Seoria das Feuer genommen. Im Winter wird unser Volk frieren und sterben, des Nachts werden ihre Kinder vor Angst weinen, ihre Kochstellen bleiben kalt und sie müssen hungern.«

Tröstend zog er sie an sich und für einen Moment hielt sie still. »Es tut mir unendlich leid, Moghora. Wie kann ich es wieder gutmachen?«

»Das Fohlen darf auf gar keinen Fall bei den Sterblichen bleiben!« Sie runzelte die Stirn.

»Ich hole es zurück!«

Moghora tappte durch das Halbdunkel zu einer mit Schnitzwerk verzierten Truhe. Dort suchte sie einen kleinen Lederbeutel heraus.

»Du musst dich sofort auf den Weg in die Welt der Sterblichen machen!« Sie ließ ihre Augen über seine makellose Gestalt wandern. »Ich ...« Sie schluckte. Zu gerne hätte sie die Nacht mit ihm verbracht. Sie streckte die Hand aus und berührte ihn sanft am Arm.

Er löste seinen begehrlichen Blick von ihren Hüften. »Ich bringe das Feuer nach Seoria zurück!«

Die Fürstin nickte und hielt ihm den Lederbeutel hin. »Wir dürfen keine Zeit verlieren. Alles, was du benötigst, findest du darin. Hüte diese Steine gut! Sie werden dich und das Pferd sicher zurückgeleiten.« Moghora reichte ihm ein Amulett. »Und nimm das. Es wird die einzige Verbindung zwischen uns sein.«

Lybios band es an seinem Gürtel. »Sobald ich das Fohlen habe, bringe ich es hierher. Und dann ...« Er lächelte.

»Bedenke: Wir sind nicht die einzigen, die von seiner Existenz wissen. Der alte Grint wird alles daran setzen, es in seinen Besitz zu bekommen.«

»Ich werde mich deiner würdig zeigen.«

»Gut!« Sie fuhr mit ihren langen, silbernen Fingernägeln durch sein schwarzes Haar und seufzte. »Schade, dass wir nicht noch einen Moment haben. Ich wünschte ...«

Lybios hauchte einen Kuss auf ihre Wange. »Wenn das Fohlen auf Seoria ist, haben wir alle Zeit der Welt.«

Moghora nahm die Kristallkugel und murmelte einen Zauberspruch.

Im nächsten Augenblick stand Lybios inmitten eines grellen Lichtkegels im Stall von Silvana und Doriano. Nachdem sich seine Augen an das Dämmerlicht gewöhnt hatten, erblickte er die Geschwister. Sie lagen auf dem Boden und bedeckten ihre Gesichter mit den Händen. Das konnte Lybios nur recht sein. Es blieb wenig Zeit; bald würden sich die beiden von ihrem Schreck erholt haben.

Er stapfte zur Box des Fohlens, legte einen Arm um seinen Hals und blies ihm sanft ins Ohr. Ohne einen Laut erhob sich *Feu* aus dem Stroh und trabte hinter Lybios aus dem Stall. Sie schlugen den Weg zum Schattensee ein.

Der Waldboden war vom Unwetter aufgeweicht; Lybios kam schwer voran. Dennoch musste er immer wieder auf das Fohlen warten, das auf seinen wackeligen Beinen nicht Schritt halten konnte. In diesem Moment verfluchte er Moghora. Er hasste die Welt der Sterblichen und sie wusste es genau.

Endlich erreichten sie das Ufer des Sees. Lybios öffnete hastig den Lederbeutel. Gleichmäßig verteilte er die Steine zu einem Pentagramm. Er führte *Feu* hinein, schloss die Augen, umkreiste das Fohlen und begann, einen Zauber zu beschwören.

»Was tun Sie da?«

Lybios zuckte zusammen, als Silvana ihn ansprach. Er hatte nicht erwartet, dass die beiden ihn so schnell finden würden.

»Verschwindet, wenn euch euer Leben lieb ist!« Doch

hier in der Welt der Sterblichen konnten die Menschen ihn überhaupt nicht hören. So blieb die Drohung wirkungslos.

Schnell vollendete er den Kreis um das Fohlen, trat zurück und zückte seinen Zeremoniendolch.

»Nein!« Silvana ging auf ihn zu; ihre Augen blitzten ihn zornig an. »Ich warne Sie, bleiben Sie von dem Pferd weg.«

Feu wieherte, sprang aus dem Kreis und galoppierte davon, als habe er einen Bann abgeschüttelt.

Lybios presste seine Hände auf die Ohren; er ertrug es nicht länger. Diese Sterblichen sprachen in einer Tonhöhe, die beinahe sein Trommelfell platzen ließ. Überhastet murmelte er den Rest der Formel, die den Sprung in seine Welt und zu Moghoras Turm ermöglichte. Eine Wolke aus grellem Licht nahm ihn auf.

***

Zwei kräftige Hände packten Lybios und hielten ihn brutal fest. In seinem Kopf drehte sich alles.

Dies war nicht Moghoras Turm, zu dem er sich zurückzaubern wollte. Beim Zauberspruch am Schattensee musste ihm ein Fehler unterlaufen sein.

Man band ihm die Hände auf dem Rücken zusammen. Geruch von verdorbenem Fleisch drang in seine Nase und ließ seinen Magen krampfen. Langsam öffnete er die Augen und starrte direkt in das knubbelige Gesicht eines Twehts, den Dienern des alten Grint. Auf dem Kopf ragten zwei daumengroße Hörner in die Höhe und orangefarbene Pupillen flackerten auf. Der Tweht reichte ihm gerade bis zum Bauch. In der Klaue hielt er eine spitze Lanze, die Lybios weit überragte.

Lybios schluckte. Er war Moghoras Erzfeind in die Hände gefallen! Und seine Zauberkräfte funktionierten hier nicht, denn trotz aller Anstrengungen: Die Fesseln blieben fest.

»Steh auf!« Der Tweht zog ihn auf die Beine.

Die Beule an Lybios' Hinterkopf klopfte schmerzhaft. Seine letzte Erinnerung war der schrille Schrei der Sterblichen. Er schien immer noch in seinen Ohren zu klingen.

Jetzt befand er sich in einer Höhle. Stickige, feuchte Luft umgab ihn und es fiel ihm schwer zu atmen.

Ein zweiter Tweht versetzte Lybios von hinten einen Stoß. »Los, beweg dich!«

Lybios strauchelte und folgte dann dem vorausgehenden Tweht. Sie liefen in einen schmalen Gang hinein. Auf dem glitschigen Boden verlor er mehrmals das Gleichgewicht und lief Gefahr auszurutschen. Nach einem kurzen Stück verzweigte sich der Weg und wenig später gelangten sie an einen unterirdischen See. An den Wänden hingen vereinzelt riesige Glühwürmer, die die Felsen spärlich beleuchteten und sich im Wasser spiegelten. Von hier aus gingen mehrere Gänge ab, einige davon durch Felsbrocken halb versperrt. Seine Bewacher führten ihn weiter in das Labyrinth hinein. Lybios suchte an jeder Abzweigung nach einem Anhaltspunkt, um sich den Weg einzuprägen.

Die Twehts bewegten sich problemlos in den schmalen Gängen. Lybios jedoch musste nach einer Weile geduckt weiterlaufen, um nicht an die Decke zu stoßen. Jedes Mal, wenn sie über herumliegende Kadaver stiegen, scheuchten sie ein paar Morps auf, die zwischen abgenagten Knochen schliefen. Die rattenähnlichen Tiere traten daraufhin quietschend die Flucht an.

Irgendwann fielen Lybios fremdartige Symbole an den Wänden auf, die zu einem Teil in die dunklen Felswände hineingekratzt und an anderen Stellen in weißer und gelber Farbe aufgezeichnet waren. Die Wege wurden breiter. Lybios konnte wieder aufrecht gehen. Dann bogen sie in einen Gang ein, dessen Wände aus elfenbeinfarbenen Marmorblöcken bestanden. Sie spiegelten das grünlich glimmende Licht der Glühwürmer und er konnte nun viel weiter sehen.

Lybios suchte nach markanten Punkten, an denen er sich orientieren könnte. Vergeblich. Die Marmorwände wiesen keinerlei Unregelmäßigkeiten auf, er entdeckte nicht den kleinsten Kratzer. Er prägte sich die Anzahl der Abzweigungen ein, aber nachdem sie zehn Mal in unterschiedliche Richtungen abgebogen waren, verlor er den Überblick.

Die Twehts gingen unbeirrbar weiter und der Tritt ihrer Krallenfüße hallte durch die Gänge. Je tiefer sie in das Labyrinth eindrangen, desto dünner wurde die Luft. Sicherlich schleppten sie ihn zum alten Grint, dem die Twehts seit Jahrhunderten dienen mussten. Lybios hoffte dennoch, dass sie ihn zuerst woanders hinbrachten. Innerhalb der Marmorstadt wirkten seine Zauberkräfte nicht und er war auf Moghoras Hilfe angewiesen.

Sie bogen ein weiteres Mal ab und blieben vor einer schweren Eisentür stehen. Nach ein paar Klopfzeichen wurde sie geöffnet. Lybios' Herz begann zu rasen.

»Los, rein da!«

Lybios stolperte zwei Stufen hinauf und blinzelte. Mit einem leisen Schleifgeräusch schloss das schwere Tor hinter ihm. Die frische Luft im Raum ließ Lybios erleichtert durchatmen.

An den Wänden hingen mehrere Lanzen und zwei große Säbel in goldenen Halterungen. Neben den schlitzartigen Fensteröffnungen standen Statuen, die weibliche Gestalten in aufreizenden Posen zeigten.

Ein Mann, nur wenig älter als Lybios, erhob sich hinter einem schweren Holztisch und musterte ihn lange. Lybios hielt seinem Blick stand. Wer war dieser Kerl? Der Grint auf keinen Fall, denn der Alte lebte bereits seit Hunderten von Jahren.

Langsam ballte Lybios seine Hand, um zu prüfen, ob seine Zauberkräfte vorhanden wären. Plötzlich bekam er von hinten einen Tritt und einer der Twehts drückte ihn zu Boden. Blitzschnell wollte er sich wieder aufrichten.

»Bleib liegen!« Der Mann kam hinter den Schreibtisch hervor und blieb vor Lybios stehen. Sein dunkelblauer Umhang reichte bis zum Boden.

Schweißperlen traten auf Lybios' Stirn. Er schaute zu ihm hoch. »Wer bist du?«

»Ich bin Xavo. Willkommen in unserem Reich!«

»Was ... was wollt ihr von mir?«

»Nur eine Auskunft. Weiter nichts.« Xavo verschränkte die Arme und fixierte ihn.

»Eine Auskunft?« Lybios richtete sich auf, so gut es mit den gefesselten Händen ging. Er wollte gerade fragen, was er von ihm wissen wollte, als jemand an die Eisentür hämmerte und gleich darauf eintrat. Ein anderer Tweht. Diesmal ein Weibchen, wie Lybios am süßlichen Gestank erkannte.

»Was gibt es?«

Sie grunzte laut und verbeugte sich vor Xavo. »Du sollst sofort zu Sundar kommen.«

Lybios horchte auf. Sundar galt als die rechte Hand des Grint und jeder im Schattenreich fürchtete ihn.

Xavo nickte. Bevor Lybios begriff, was geschah, setzte Xavo ihm ein Fläschchen an die Lippen. Panisch drehte er den Kopf zur Seite, wurde jedoch von einem Tweht festgehalten. Ein anderer hielt ihm die Nase zu, sodass er schlucken musste. Bittere Flüssigkeit rann durch seine Kehle.

»Nur eine Schlafdroge.« Xavo lachte laut. »Damit du uns in der Zwischenzeit nicht wegläufst.«

Als Lybios erwachte, fühlte er sich, als wäre ihm eine Herde Büffel über den Schädel gestampft. Das Hemd klebte an seiner Haut. Er hustete und öffnete langsam die Augen. Der Boden war kalt und staubig. Er fror, aber wenigstens trug er keine Fesseln mehr.

Er lag in der Ecke eines fensterlosen Gewölbes. Ein Spalt unterhalb der Decke ließ spärliches Licht hinein. Rechts von ihm lauerten zwei Morps, die sicherlich gern an ihm herumgeknabbert hätten. Der Geruch von Kot und Urin drang in seine Nase. Lybios würgte und kauerte sich zusammen.

Sein Blick fiel auf eine kleine Eisentür. Er versuchte aufzustehen, doch seine Beine knickten ein und er landete wieder auf dem Boden. Plötzlich vernahm er Stimmen, Grunzlaute folgten. Kurz darauf wurde die Tür einen Spalt geöffnet, aber niemand erschien.

Lybios zog sich an der Wand hoch. Er musste hier weg! Er konzentrierte sich und versuchte, seine Zauberkräfte fließen zu lassen. Nichts geschah.

Die Hände zu Fäusten geballt wartete er. Sollten sie nur kommen! Niemand betrat den Raum, alles blieb still. Lybios

löste sich von der Wand und taumelte durch die offene
Tür.

Der Nebenraum war größer als sein Verlies. Ein Gittertor, vor dem eine schwere Kette hing, versperrte den Weg hinaus. Auf einem Tisch standen drei Krüge. Er verspürte Durst und seine Kehle brannte. Mit schweren Schritten schleppte er sich hinüber.

»Wasser!« Das erste Gefäß trank er gierig bis zum letzten Tropfen aus. Den Inhalt des zweiten entleerte er über seinem Kopf.

»Schmeckt es dir?«

Lybios zuckte zusammen.

Xavo stand hinter dem Gittertor und grinste ihn an.

Das Wasser! Hatten sie es vergiftet? Lybios ließ den Krug fallen; krachend schlug er auf den Boden und zerschellte. Schweißperlen traten ihm auf die Stirn.

Xavo lachte. »Ist dir heiß?«

Lybios bekam keine Luft. Er zerrte an seinem Hemd und riss es auf. Sein Herz raste und die Augenlider wurden schwer. Japsend stürzte er zu Boden. Arme und Beine wurden gefühllos, sein Kopf fühlte sich leer an. Wann hatte er Moghora zuletzt gesehen? Gestern? Oder vor ein paar Wochen?

»Es wird dir gleich besser gehen.« Xavo betrat den Raum. »Wir haben dem Wasser eine Wahrheitsdroge beigemischt.«

Nach einer Weile kehrte die Kraft in Lybios' Körper zurück. Stöhnend richtete er sich auf. Plötzlich war ihm alles gleichgültig.

Xavo griff ihm in die Haare und zog seinen Kopf zurück. »Der Feuerzauber deiner Fürstin, wie funktioniert er?«

3

Als das blendende Licht erlosch, nahm Silvana die Hände von den Augen und blinzelte. »Doriano, wo ist dieser Mann geblieben?«

Sie sah sich nach allen Seiten um. *Feu* verschwand gerade im Wald, doch von dem geheimnisvollen Fremden fehlte jede Spur.

Doriano rieb sich die Augen und wollte gerade antworten, da funkelte ihm etwas aus dem Schilf entgegen. Neugierig trat er näher. Es war ein silberfarbenes Band mit einem großen schillernden Anhänger. »Schau doch!«, rief er Silvana zu, während er es aufhob.

»Hast du wieder einen Kieselstein gefunden?« Sie lächelte und griff nach seiner Hand. »Komm, wir müssen uns um *Feu* kümmern!«

Doriano steckte das Band in die Hosentasche und folgte ihr. Froh darüber, dass die Hufspuren zum Hof führten, interessierte ihn der Fremde nicht länger.

Erleichtert hörten die Geschwister von weitem Larissas Wiehern und die Antwort des Fohlens. Aber dann erspähten sie im Dämmerlicht des Stalls eine Gestalt neben *Feu* und der Stute.

Doriano blieb abrupt stehen. »Nicht schon wieder!«

20

Silvana schlich leise zur Tür – und lachte auf, als sie eintrat. »Federico, was machst du denn hier? Ich denke, du bist im Sommerpalast des Königs.«

Federico fuhr mit der linken Hand durch sein Haar. »Ich komme gerade zurück. Als ich die Rauchwolke über dem Tal stehen sah, bin ich sofort zu euch geritten.«

»Es war eine lange Nacht«, seufzte Silvana. Sie ließ sich auf einen Strohballen fallen und lehnte sich erschöpft gegen die Boxenwand. »Wenn es nicht wie aus Kannen gegossen hätte, wäre das ganze Haus abgebrannt.«

»Aber euch und den Tieren ist nichts passiert, nicht wahr? Und Larissa hat ein zauberhaftes Baby!« Er strich dem Fohlen über den Rücken.

»Wir hatten Glück im Unglück«, bestätigte Doriano, der an der Tür stehen geblieben war.

»Gerade haben wir das Fohlen gesucht; es war ausgerissen«, ergänzte Silvana leise und gähnte. Sie überlegte, ob sie den Zwischenfall mit dem Fremden erwähnen sollte, aber dann entschied sie, dass das warten konnte, bis sie ausgeschlafen waren. Wenn er sich weiter in der Gegend herumtrieb, würden ihn die Männer aus dem Dorf auch an einem anderen Tag finden. »Wieder einmal eine Nacht ohne Schlaf. Erst die Geburt von *Feu*, anschließend der Brand. Ich bin völlig erledigt. Keine Ahnung, wie es im Haus aussieht.«

»Kommt, Kinder!« Entschlossen ging Federico voran. »Nehmt Wasser mit; es mag noch Brandnester geben.«

Sie gingen gemeinsam zum Brunnen und Federico reichte ihnen die Eimer, die sie füllten.

Vorsichtig betraten sie das Haus. Es stank nach Rauch und Verbranntem. Der grüne Treppenläufer hatte sich vollge-

sogen und sah fast schwarz aus. Im Treppenauge lagen angekohlte Trümmerstücke und darüber gähnte ein großes Loch.
An der Wand sickerte Wasser entlang.

»Die Sonne wird schnell alles getrocknet haben.

In der Küche griff Federico nach einem Besen. Trotzdem er nur eine Hand hatte, gelang es ihm mühelos, ihn aus-
zubalancieren. Er klopfte an mehreren Stellen gegen die Decke, aus der Feuchtigkeit quoll. Putz bröckelte herunter. »Gut«,
meinte er schließlich. »Die scheint sicher zu sein. Die Küche
könnt ihr benutzen.«

Sie trugen die Eimer in den ersten Stock. Dort war ein
Teil der Decke eingebrochen. In Silvanas Bett stak ein ver-
kohlter Balken. Ein großer Spiegel mit Intarsien lag zer-
schmettert am Boden.

»Oh nein! Mutters Spiegel!« Bevor einer der Männer sie
daran hindern konnte, den Raum zu betreten, kauerte sie davor. Sie rieb Ruß vom Rahmen und versuchte, ihn aufzurichten.
Als sie den schweren Spiegel anhob, lösten sich einzelne Scherben und eine davon fiel auf ihren bloßen Arm. Sie stöhnte auf.

Im nächsten Augenblick stand Federico neben ihr. »Nicht
weinen, Silvana. Das Glas kann man ersetzen. Du wirst sehen,
er wird wieder wie neu.«

»Dann ist er aber nicht mehr derselbe.« Erschöpfung
und Müdigkeit brachen sich endlich Bahn und mit einem
Schluchzen barg sie ihr Gesicht an seiner Schulter.

Federico zog sein Taschentuch hervor und wischte behutsam das Blut ab, das an ihrem Arm entlang sickerte. Doriano holte ein zweites aus einer Kommode. Er roch daran
und verzog das Gesicht, verband aber trotzdem notdürftig die
Wunde damit.

Dann sah er sich im Schlafzimmer um und goss über einem Teil des Deckenschutts das Wasser aus. Ein Blick nach oben sagte ihm, dass man den Dachstuhl wohl nicht betreten konnte. Dennoch lief er zum Brunnen zurück und füllte die Eimer neu.

Seine Vermutung bestätigte sich: Zuerst mussten die Trümmer beseitigt werden. Und der Teil des Daches, der noch stand, wirkte bedenklich baufällig. Auch wenn es eine nutzlose Geste war; in hohem Bogen schüttete Doriano das Wasser über die angekohlten Balken.

»Kommt, Kinder!« Federico ging auf den Hof hinaus. »Wir lassen uns erst einmal von Teresa verwöhnen: Bis wir bei mir sind, wird sie das Mittagessen fertig haben. Inzwischen werden zwei meiner Leute Brandwache halten. Später helfen wir euch beim Aufräumen.«

Silvana und Doriano suchten halbwegs saubere Kleidung zusammen, sattelten zwei Pferde und folgten ihm.

***

»*Miodio, miodio*«, empfing die alte Teresa sie in der Küche des Weinguts. »So ein Unglück!« Sie rang die Hände, als sie der zerzausten und verschmutzten Geschwister ansichtig wurde. »Das hast du gut gemacht, Federico, dass du sie hierher gebracht hast. Setzt euch, Kinder, setzt euch. Ihr werdet jetzt erst einmal tüchtig essen.« Schnell schürte sie das Feuer im Herd und setzte einen Kessel auf. »Und Emma macht inzwischen heißes Wasser für euch. Gebt ihr eure Kleider; sie wird sie waschen und ausbessern. – Was hast du da am Arm, Kindchen?« Sie zog Silvana an das niedrige Fenster. »Du bist ja verletzt. Auch das noch! Da werden wir uns gleich drum kümmern.«

Lächelnd wehrte Silvana sie ab. »Es ist bloß ein Kratzer!«

»Nein, nein, Kindchen! Mit all dem Dreck, das kann böse werden.« Teresa öffnete die Tür zum Hof. »Emma, Emma! Wo steckt das Gör?« Sie lief das kurze Stück zur Waschküche hinüber. »Emma, ich brauche dich! Und bring sauberes Leinen mit. – Rosalba! Mach die beiden Räume im Seitenflügel fertig.« Anschließend deckte sie in Windeseile in der Küche den Tisch. »Ihr braucht erst einmal Ruhe nach dem Schrecken. Ist euer Haus überhaupt bewohnbar? Unsere Leute werden sich inzwischen um alles kümmern. Nicht wahr, Federico? – Silvana, nun setz dich endlich!«

»Silvanas Zimmer ist ein Trümmerfeld«, antwortete Federico. »Bleibt nur bei uns, bis der größte Schaden beseitigt ist. Wenn ihr ausgeschlafen habt, sehen wir weiter.«

Vom Schlafen wollten Doriano und Silvana nichts wissen. Nachdem sie gegessen und gebadet hatten, waren sie bereit zum Aufbruch. Ihre schmutzigen Kleider ließen sie in der Badestube liegen.

***

Rosalba stand schweißüberströmt und schimpfend am Waschzuber, als Emma die Kleidung der Geschwister brachte. »Noch mehr! Und alles bei dieser Hitze! Hat das nicht Zeit bis morgen?«, maulte sie und wedelte nachdrücklich den Wasserdampf vor ihrem Gesicht beiseite.

»Meinst du, morgen ist es weniger heiß? Der Sommer hat erst angefangen!«

»Was bist du wieder spitz!« Rosalba verdrehte die Augen.

»Mach deine Arbeit!«, fuhr Emma sie an und warf die Kleider in den Bottich.

Mit einem empörten Schnaufen schüttete Rosalba einen Eimer heißes Wasser nach. Dann zog sie Dorianos Hose aufs Waschbrett. Es klirrte leise. Neugierig beugte sie sich über den Zuber und sah eine Kette im Wasser niedersinken. Sie griff nach dem großen Anhänger. Da war ihr, als schaue sie daraus ein dunkles Auge an. Erschrocken fuhr sie zurück und ließ ihn wieder fallen.

»Was hast du?«, fragte Emma.

»N... nichts.« Rosalbas Gesicht wurde noch röter als zuvor. »Ich ... Das Wasser ist zu heiß.«

Kopfschüttelnd wandte sich Emma ab. »Dumme Pute«, sagte sie im Hinausgehen; laut genug, dass Rosalba es hören musste.

Rosalba wartete einen Augenblick, bevor sie erneut nach der Kette tastete. Wieder schien ihr, als starre sie durch den Dampf ein Auge an. Plötzlich ertönte ein leises Fauchen. Erschreckt blickte sie über die Schulter, aber von den Katzen war keine zu sehen.

Sie hielt das Amulett ins Licht, um es genauer zu betrachten: Es war ein schillernder dunkler Stein, der ungewöhnlich schwer in ihrer Hand lag. ‚Wie viel mag er wohl wert sein? Wenn ich ihn verkaufen könnte, ob ich genug Geld hätte, um von hier fortzukommen?‘

Andächtig strich sie über das silberne Band. Da hörte sie ein Wispern. Blitzschnell versteckte sie die Kette in ihrer Schürze und eilte zur Tür. Aber niemand war auf dem Hof zu sehen. Sie schüttelte den Kopf und kehrte wieder an den Waschbottich zurück.

***

Am Gestüt angekommen, brachten sie die Pferde auf die Koppel. Doriano blickte zum Dach hinauf. »Federico und seine Männer haben ganze Arbeit geleistet.« Zwischen Haus und Geräteschuppen lagen angekohlte Dachbalken und Ziegel aufgeschichtet. »Komm, Schwesterchen, schauen wir nach, was übrig geblieben ist.«

Die Sonne ging bereits unter und die alten Pinien warfen lange Schatten. Doriano öffnete das schwere Portal. Es quietschte in seiner Angel. »Das muss dringend geölt werden«, bemerkte er, als ob es nichts Wichtigeres gebe.

Silvana betrat zuerst die Wohnstube. »Schau, hier ist alles einigermaßen in Ordnung!« Sie strich über die Anrichte und betrachtete den kleinen Rußfleck auf ihrer Hand. »Wir könnten uns erst mal hier unten einrichten und danach die oberen Räume instand setzen.« Sie ging zum Fenster und zog die Gardinen auf. »Die Vorhänge müssten allerdings abgenommen werden, sie stinken.« Silvana rümpfte die Nase.

»Da muss noch einiges mehr gemacht werden.« Unbemerkt war Federico ins Haus getreten. »Ich denke, das Dach werdet ihr komplett ersetzen müssen. Genauso wie Teile des ersten Stocks.«

»So schlimm?« Silvana senkte den Kopf.

Federico ging zu ihr hinüber und fasste sie unters Kinn. »Kopf hoch. Das wird wieder werden. Ihr habt jetzt euer erstes Fohlen und notfalls bin ich auch noch da.« Er legte den Arm um ihre Schulter.

Silvana beschlich ein seltsames Gefühl bei dieser Berührung. Verlegen suchte sie nach einer Antwort.

»Silvana, die Lebensmittel sind alle in Ordnung. Ach, Federico ...« Doriano blieb im Türrahmen stehen und kniff die Augen zusammen.

Federico ließ Silvana los und trat einen Schritt zurück. »Ich habe meine Männer bereits nach Hause geschickt«, sagte er. »Ich muss jetzt auch wieder zurück. Wenn ihr Hilfe braucht, ihr wisst ja, wo ihr mich findet.«

Silvana schaute ihm versonnen nach, als er über den Hof ging. Trotz der fehlenden Hand schwang er sich mit Eleganz aufs Pferd.

»Ich gehe füttern. Kommst du mit?«, fragte sie.

Doriano ging voraus, schob den schweren Riegel zurück und öffnete das Tor. Im Inneren des Stalls war es bereits dunkel. Die wenigen Pferde verhielten sich ungewöhnlich ruhig; sie vernahmen nur ein leises Scharren.

»Wo hast du die verdammte Laterne gelassen? Letzte Nacht hattest du sie noch.«

Es raschelte in der Ecke, in der Doriano die Laterne suchte. Ein Zinkeimer fiel polternd um.

»Doriano? Wo bist du?« Silvana tastete sich langsam die Stallgasse entlang bis zur vierten Box, in der Larissa stand. »Doriano? Ich fürchte mich. Irgendetwas stimmt hier nicht.«

»Ja doch. Hier hinten bin ich. Dass du dir einfach nicht angewöhnen kannst, alle Dinge wieder an ihren Platz zu stellen.«

»Wieso ich? Du hattest sie zuletzt«, fauchte Silvana. Dann sprach sie leise weiter. »Larissa? *Feu?* Ich bringe euch frisches Stroh.« Sie zog die Tür auf und betrat die Box. Die Stute schnaubte leise, als sie näher kam.

Plötzlich spürte Silvana einen warmen Windzug im Nacken und hatte das Gefühl, dass etwas ihren Arm streifte. Ihr Herz begann zu rasen.

»Doriano? Bist du das?«, flüsterte sie panisch. Sie bekam keine Antwort und wagte nicht, sich umzudrehen. *Feu* und Larissa drängten näher zu ihr heran. Das Fohlen zitterte. Instinktiv presste Silvana ihren Körper an das Pferd. Und wieder – ein Windhauch, jemand berührte ihre Schulter. Sie erstarrte und hielt den Atem an. Plötzlich drückte ihr etwas die Kehle zu.

Feu stieg hoch, trommelte mit den Vorderläufen auf den Angreifer ein und schnaubte wütend. Der Druck auf ihren Hals lockerte sich. Sie verlor das Gleichgewicht und stürzte. Im Fallen hörte sie das dumpfe Stöhnen eines Mannes.

»Doriano! Doriano!«

Feu und Larissa wieherten abwechselnd. Da flackerte Licht auf, tauchte den Stall in Dämmer. Silvana sah eine Gestalt, die zum Ausgang rannte.

»Doriano, das war der Mann im braunen Umhang vom See. Er wollte mich umbringen! Was will er von uns?«

4

Moghora trat einen Schritt von ihrer Kristallkugel zurück und schnappte nach Luft. »Was soll das? Lybios, was machst du denn? Bist du von allen guten Geistern verlassen?« Wütend trat sie gegen einen Stuhl, sodass er krachend umfiel. »Das kann nicht wahr sein! Warum greifst du das Mädchen an?«

Die Fürstin lief im Turmzimmer auf und ab. Sie versuchte, Lybios über das Amulett zu erreichen. Er antwortete nicht; hatte er es etwa bei der Flucht verloren? Moghora verdrehte die Augen. Wie konnte er sich so dumm anstellen!

Sie öffnete die Truhe, aus der sie Lybios die Zaubersteine gegeben hatte. In Windeseile zerrte sie wahllos seidene Tücher, edle Schmuckstücke und magische Kerzen heraus. Sie schleuderte alles zur Seite. »Wo ist es?«, schrie sie. »Ich habe es doch hier hineingepackt ...«

In einer mit Perlen bestickten Tasche fand sie schließlich, was sie suchte. Sie zog eine silberne Pyramide heraus und ging damit zum Tisch. Ungeduldig stieß sie die Kristallkugel vom Kissen und legte stattdessen das Kunstwerk darauf. Sie tropfte einen Hauch von Mondessenz aus einem Kettenanhänger darüber und schloss die Augen. Nach ein paar beschwörenden Worten begann das Kleinod zu leuchten. Und eine nach Jasmin duftende Wolke stieg aus der Spitze auf. Moghora umkreiste den Tisch und starrte dabei auf die tanzenden Nebelschleier, die sich langsam verzogen.

Eine grünhäutige Frauengestalt wurde sichtbar. »Moghora! Ich nahm an, man hätte dich längst in die Höhle des Krox gesperrt.« Die kleine Nymbianerin seufzte. »Schade eigentlich!«

»Ich weiß, dass du mich gern beseitigt wüsstest, Roya«, fauchte Moghora. »Aber da muss ich dich enttäuschen.«

Roya zuckte mit den Schultern. »Das bin ich von dir gewohnt.«

»Ich brauche deine Hilfe.«

»Oh.« Roya feixte und verschränkte die Arme vor der Brust. »Und was verleitet dich zu der Annahme, dass ich dir diese Hilfe gewähren würde?«

»Es geht um Lybios.«

Verdutzt beugte sich Roya vor und ließ die Arme sinken. Ihre gelben Augen funkelten. »Um Lybios? Was ist mit ihm?«

»Er ist in die Welt der Sterblichen gewechselt und hat offenbar sein Amulett verloren. Ich muss ihm dringend eine Nachricht zukommen lassen. Ich weiß, dass du eine Verbindung zu ihm herstellen kannst.«

Roya schwieg.

»Bitte! Es ist wichtig! Die Zukunft unseres Reichs hängt davon ab, ob Lybios mit seinem Vorhaben Erfolg hat. Ich *muss* mit ihm sprechen!«

Die Nymbianerin grinste. »Ich denke gar nicht daran!«

Die Fürstin schrie unbeherrscht auf und schleuderte die Pyramide gegen die Wand.

Dass sie nicht auf Roya zählen konnte, erschwerte die Sache ungemein. Auch wenn es Moghoras Ende bedeuten könnte: Sie musste nun selbst in die Andere Welt wechseln.

***

Die Sonne versank hinter den Baumwipfeln, als Verdi und Luciano das Tal erreichten.

»Gleich sind wir da.« Verdi lächelte zuversichtlich. »Ungefähr eine halbe Stunde. Schau!« Er zeigte den Hang hinab. Zwischen dem Gestrüpp wand sich ein schmaler Pfad direkt zum Gestüt.

»Na endlich!« Luciano schlug mit der Hand auf den flachen Stoffbeutel an seiner Seite und rümpfte die Nase. »Mein Magen knurrt, sag ich dir! Ich hoffe, dass wenigstens ein Teil ihrer Küche noch brauchbar ist – man erzählt, dass die Sterbliche ein Hühnchen in Kräutersoße kocht, das einfach sagenhaft ist!« Er schnalzte mit der Zunge. »So etwas bekommt man in unserem Reich nicht.«

Verdi kniff die Augen zusammen und versuchte, in der Ferne das Gut der Geschwister zu erkennen. »Soweit ich sehen kann, steht das Haus noch. Aber ich glaube, es fehlt ein Teil des Dachs.«

»Laut Plan ist die Küche unten!«

»Kannst du mal an etwas anderes als ans Essen denken? Wir haben eine Aufgabe, nämlich so schnell wie möglich dem Alten das Fohlen zu bringen! Die Frau denkt im Moment bestimmt nicht an Küchenarbeit!«

Luciano winkte ab. »Ach was! Der alte Grint plant alles ganz genau! Das siehst du daran, dass er mich zum Doppelgänger eines Stallburschen gemacht hat, der genauso viel isst.

Ich bin sicher, dass die Küche noch steht und ich etwas Essbares finde!«

Verdi verdrehte die Augen und schwieg. Er beschloss in diesem Augenblick, Luciano beizeiten los zu werden. Mit dem Fresssack konnte er wahrlich nicht zusammenarbeiten, geschweige denn gute Geschäfte machen.

***

Am Ufer des Schattensees betrat die Fürstin in einem grellen Lichtschein die Welt der Sterblichen. Leicht benommen versuchte sie, die Bilder ins Gedächtnis zurückzuholen, die die Kristallkugel von dem Moment an gezeigt hatte, als Lybios mit dem Pferd am Ufer angelangt war. Welcher Weg führte zum Anwesen der Geschwister?

Die Luft war unangenehm kühl; Feuchtigkeit kroch unter das Gewand und Moghora erschauerte. Sie verfluchte Roya und tröstete sich mit dem Gedanken, die Nymbianerin in die Höhle des Krox zu verbannen, sobald das Fohlen in ihrem Besitz wäre. Doch zuvor musste sie Lybios zur Vernunft bringen. Sie konzentrierte sich mit aller Kraft auf ihren Geliebten, konnte aber keinen Kontakt herstellen.

Wen mochte der alte Grint in die Welt der Sterblichen geschickt haben, um *Feu* zu fangen? Weil sie nicht wusste, auf welche Gegenmächte sie stoßen würde, beschloss sie, keine Magie anzuwenden. Stattdessen legte sie den Weg durch den Wald zu Fuß zurück.

Es dämmerte schon, als der schwach beleuchtete Stall des Gestüts vor ihr auftauchte.

Die Geschwister flüsterten mit Luciano und Verdi. Doriano reichte dem größeren ein Gewehr. Nach Lybios' letztem

Versuch, das Fohlen zu stehlen, hielt er es für notwendig, den Stall zu bewachen.

Moghora blieb am Waldrand stehen, um Überblick zu gewinnen. Sie überlegte, warum Lybios nicht einfach alle eingefroren hatte; hatte er seine Zauberkräfte nicht anwenden können? Sie blickte sich um und entdeckte eine Eule. Eine Handbewegung genügte und das Tier erstarrte. Moghora atmete auf. Zumindest sie besaß ihre magischen Fähigkeiten auch in dieser Welt.

Aber irgendetwas war falsch gelaufen. Sie schloss die Augen und suchte wieder eine Verbindung zu Lybios, doch sie spürte ihn nicht.

»Da! Da ist jemand!«

Dorianos Stimme riss die Fürstin aus ihren Gedanken. Er stand am Stalltor und richtete die Waffe auf eine Gestalt, die neben der abgebrannten Pinie am Feldrand stand: Lybios.

Wo kam er her, ohne dass Moghora ihn zuvor bemerkt hatte? Normalerweise fühlte sie seine Gegenwart selbst über große Entfernungen.

Unbeeindruckt von Dorianos Waffe überquerte Lybios den schmalen Sandweg zum Hof und ging langsam auf Silvana zu.

»Halt! Keinen Schritt weiter, oder es wird dein letzter sein.« Dorianos Stimme bebte; er fürchtete sich davor, die Waffe zu gebrauchen. Aber noch einmal ließe er nicht zu, dass jemand seine Schwester angriff.

Lybios hielt tatsächlich inne; doch er funkelte Doriano nur böse an. Dann sprang er direkt auf Silvana zu. Dabei überwand er eine Entfernung, die ein normaler Mensch nicht mit einem einzigen Satz bewältigen konnte. Er erreichte sie – fast.

Doriano zog den Abzug durch. Die Kugel traf Lybios' Unterleib und schleuderte ihn von ihr weg.

»Nein!« Moghora schlug ein paar Äste beiseite. Von Zorn gepackt, versetzte sie einem Baumstamm einen Tritt und brach laut fluchend aus dem Dickicht am Waldrand. Ohne weiter nachzudenken, rannte sie los. Doriano wirbelte herum. Moghora hielt ihn auf, indem sie ihn mit dem Lähmungszauber belegte. Silvana versetzte sie einen energischen Hieb, der diese taumeln ließ.

Verzweifelt kniete Moghora neben ihrem Geliebten nieder. »Lybios, sprich!« Er durfte nicht sterben! Sie presste die Hände auf die Wunde, um mit ihrer Zaubermacht den Blutstrom zu stoppen.

Mühsam hob er den Kopf: Fremde Augen sahen sie an. Der kalte Blick, die Wut, die ihr daraus entgegen sprang – das war nicht Lybios! Moghora fuhr zurück. Hatte der alte Grint diese Gestalt geschickt?

Silvana hatte inzwischen ihr Gleichgewicht wieder gefunden und ging zum Angriff über. Ehe die Fürstin begriff, wie ihr geschah, fiel Silvana über sie her und warf sie zu Boden. Moghora schlug wild um sich. Silvana fasste unbeeindruckt nach ihren Armen und zog sie nach hinten, um die Widerspenstige zu bändigen. Dann kniete sie auf ihrer Brust.

So sehr Moghora sich auch wand, sie bekam die Hände nicht frei. So konnte sie nicht zaubern, um Silvana außer Gefecht zu setzen. »Verdammt! Geh runter von mir!«

Der falsche Lybios hauchte währenddessen mit einem letzten Seufzer sein Leben aus.

Nachdem Silvana die Fürstin überwältigt hatte, handelten auch die Stallburschen. Verdi löste den Strick, der seiner

Hose als Gürtel diente und reichte ihn Silvana. Sie fesselte Moghora, während Luciano sie festhielt. Silvana hatte inzwischen viele Fragen und diese Fremde sollte sie ihr beantworten.

»Doriano, hilf mir! Steh nicht rum wie erstarrt! Doriano?« Doch er rührte sich nicht.

Silvana stand auf. Sie kniff ihn und zog an seiner Kleidung. Er schien versteinert zu sein. Entsetzt fuhr sie Moghora an: »Was hast du mit ihm gemacht?«

Moghora lächelte; Silvana bot ihr den Ausweg aus ihrer misslichen Lage. »Binde mich los, dann kann ich den Zauber aufheben.«

Silvana zögerte. Doriano bewegte sich nicht mehr, schien aber nicht tot zu sein. Irgendetwas hatte diese Frau mit ihm angestellt. Würde sie ihm wirklich helfen?

Sie betrachtete ihren Bruder genauer und legte ihm die Hand auf die Stirn; Eiseskälte kroch ihre Fingerspitzen hoch. Das Gewehr hing locker in seinen Händen. Silvana traf eine Entscheidung.

»Hilf ihm! Sofort!« Sie entwand Doriano die Waffe und richtete sie auf Moghora.

»Du kannst mich nicht töten.«

»Wenn du das sagst ...« Silvana schoss, Moghora schrie auf und Doriano bewegte sich.

***

Nach und nach leerte sich die Gesindestube auf Federicos Gut. Rosalba saß mit angezogenen Beinen auf der Ofenbank und beobachtete, wie Mauro, der junge Kutscher, die Weinkaraffe zu sich heranzog: Er blieb also noch eine Weile. Sie nahm ihr eigenes Glas und fuhr mit einem Finger über den Rand.

Mauro blickte sie an. »Willst du einen Schluck?«

Rosalba lächelte. »Ja, gern.« Sie hielt ihm das Glas entgegen.

Mauro schenkte ihr ein. Anschließend rückte er ein Stück näher. »Prost!«

Sie schielte ihn von unten herauf an und trank einen kleinen Schluck. Der Kutscher kratzte sich am Kopf, leerte seinen Becher in einem Zug und stellte ihn polternd zurück.

Rosalba nahm die Beine von der Bank. »Du, Mauro ... du kommst gewiss weit herum mit unserem Herrn.«

»Stimmt!« Mauro freute sich, ein Gespräch beginnen zu können. »Aber es ist nicht immer lustig, und manchmal gefährlich obendrein. Einmal ...«

»Kann ich dich was fragen?«

»Natürlich.«

Sie zögerte einen Moment und überlegte. Aber dann griff sie entschlossen in ihre Schürzentasche und holte das Amulett hervor. »Schau mal, hast du so einen Stein irgendwo schon gesehen?«

Der Kutscher griff danach; doch Rosalba hielt die Kette fest und hob den Stein lediglich ins Licht. Er schillerte in vielen dunklen Farben und spiegelte nicht nur den Kerzenschein wider, sondern leuchtete von innen heraus.

»Wie alter Wein«, sagte der Kutscher bewundernd.

Plötzlich, wie durch Geisterhand, erlosch der Stein. Schwarz und stumpf lag er in ihrer Hand, als sei er nichts als ein Stück Kohle. Erschrocken ließ Rosalba das Amulett fallen.

Doriano taumelte, schlug die Hände vors Gesicht und fiel neben Moghora auf die Erde.

Ein vielstimmiges Wiehern ertönte aus dem Stall, anschließend ein zorniges Schnauben.

»Was ist geschehen? Das war ... Ich war ... als ob ich in mir selbst eingesperrt wäre. Ich sah und hörte alles, aber ich vermochte mich nicht zu rühren.«

Silvana beugte sich zu ihm hinunter, das Gewehr weiter auf Moghora gerichtet. »Geht es dir gut?«

»Ich glaube ja. – Was ist mit der da? Hast du sie erschossen?«

Silvana zuckte die Schultern; es interessierte sie in diesem Moment nicht.

Luciano winkte ab. »Der Schuss ging daneben!«

Langsam kam Verdi näher, beugte sich über Moghora und zog sie am Arm. Steif und unbeweglich lag sie vor ihm. Verwundert ließ er los. »Hast du sie etwa ... versteinert? Kannst du ... zaubern?« Er wich zurück und sah Silvana misstrauisch an.

»Blödsinn.« Doriano gelang es, seine Benommenheit abzuschütteln. »Aber was passiert hier neuerdings eigentlich?« Mühsam stand er auf, blickte in die Runde, anschließend auf Moghora und den falschen Lybios. »Jedenfalls scheint es Probleme zu geben. Kennt ihr den?« Er zeigte auf den Toten.

Bevor Verdi antworten konnte, krachte es im Stall, als habe eines der Tiere eine Holzwand eingetreten. Silvana rannte zum Tor. Als sie öffnete, stürmte *Feu* heraus. Er preschte an ihr vorbei und blieb vor Moghora stehen. Mit gesenktem

Kopf beschnupperte er sie, stupste ihren leblosen Körper an und wieherte leise.

»*Feu.*« Silvana streckte die Hand nach ihm aus. Das Fohlen ignorierte sie. Es schnaubte verhalten und leckte über Moghoras Gesicht, so lange, bis sich die Fürstin wieder bewegte.

***

Der Kutscher hob das Amulett vom Boden auf und überreichte es Rosalba. »Wo hast du das her?«

»Gefunden.« Sie kaute auf ihren Lippen. »Ich dacht', es könnte wertvoll sein.« Missmutig rieb sie mit zwei Fingern über den matt gewordenen Stein.

»Für jemand anderen möglicherweise«, tröstete Mauro die Magd. »Manche Dinge sind kostbar, auch wenn sie keinen Wert besitzen. Und das Band besteht gewiss aus Silber.«

Rosalba überhörte seine weisen Sprüche. Sie griff nach einem Messer und begann, auf dem Amulett herumzukratzen.

»Was tust du da?«

»Sieh her, darunter glänzt er! Er beginnt wieder zu leuchten.«

***

Im selben Augenblick schlug die Fürstin des Schattenreichs die Augen auf.

»Sie wird wach.« Neugierig beugte sich Luciano über Moghora. »Was machen wir jetzt mit ihr? Sollen wir sie zu dem anderen da drüben schaffen?« Er wies mit dem Kopf in Richtung der Leiche.

»Bringt sie ins Haus.« Silvana senkte das Gewehr. Ihre Arme zitterten vom Gewicht der Waffe und waren steif geworden. »Bindet diese Teufelin gut fest, damit sie nichts anrichten kann.«

Verdi packte Moghora und zog sie hoch. »Schau her«, staunte er, »hast du jemals solche Fingernägel gesehen? Auf dem Feld kann sie damit nicht gearbeitet haben. Höchstens beim Rübenstechen. So lang und silbern.«

»Fasst mich nicht an!« Moghora wehrte sich aus Leibeskräften. »Lasst eure Finger von mir. Ihr ... ihr ...!« Sie trat gegen Lucianos Schienbein, als er Verdi zur Hilfe kam.

»Verdammtes Biest!« Luciano verzog das Gesicht. Er packte in ihre langen Haare und zerrte sie hoch.

»Das wirst du bereuen.« Moghora straffte ihren Rücken und fixierte Luciano mit halb zusammengekniffenen Augen. Für einen Moment lockerte er erschrocken seinen Griff.

Silvana richtete erneut das Gewehr auf die Frau. »Du gehst sofort mit den beiden ins Haus! Und wenn du es wagst, einen dieser Männer anzugreifen, bist du genauso mausetot wie der da drüben. Los, vorwärts!« Aus den Augenwinkeln beobachtete sie, wie Doriano *Feu* zurück in den Stall führte.

Langsam wandte die Fürstin ihren Kopf und schaute sie lange an. Ihre Pupillen wurden gelb wie die Augen einer Katze bei Nacht. Ein ironisches Lächeln umspielte ihren Mund, doch sie gehorchte.

Silvana fröstelte. Die Fremde war ihr unheimlich. Nachdenklich folgte sie zum Wohnhaus. Alles hatte sich verändert, nichts mutete mehr an, wie es war, bevor ... Ja, bevor was? Abrupt blieb sie stehen. »... bevor *Feu* zur Welt kam«, flüsterte sie und beobachtete die Wolken über dem Dach, als wenn sie von dort eine Bestätigung erwartete. Konnte sie dort nicht schemenhaft einen Schimmel erkennen? »Nein! Dummes Zeug«, sagte sie laut und öffnete Verdi und Luciano die Tür.

»Bindet sie an den Herd!« Sie wies zur Küche. Verdi schob Moghora hinein, während Silvana eine Wäscheleine aus der Abstellkammer holte. Sie überreichte sie Luciano, der einen interessierten Blick hineinwarf. Doch dort lagerten alle Arten von Vorräten, nur keine Lebensmittel.

»Was machen wir jetzt?« Verdi ließ sich auf einen Stuhl fallen, nachdem sie Moghora festgebunden hatten. »Vergraben wir die Leiche?«

»Doriano wird Rat wissen.«

»Ich kann euch helfen«, sagte Moghora. »Lass mich frei, Mädchen. Es soll nicht euer Schaden sein.«

»Wobei willst du uns helfen?« Silvana musterte sie mit zusammengekniffenen Augen.

Moghora wies mit dem Kopf nach oben. »Soweit ich weiß, benötigt ihr ein neues Dach. Das Feuer hat euer halbes Haus zerstört. Und mit dem Toten kommen neue Probleme auf euch zu.«

»Woher weißt du das alles?« Ihr Argwohn wuchs.

»Ich weiß es eben, das muss dir reichen. Trotzdem möchte ich euch helfen.«

»Du willst uns helfen? Gerade eben hast du mit diesem ... diesem Dieb unter einer Decke gesteckt.«

»Das hast du falsch verstanden. Ich kenne diesen Mann nicht. Ich dachte zuerst, er wäre jemand anderes.«

Silvana überlegte. Vielleicht war ihr Misstrauen unbegründet. »Wie willst du uns helfen und was verlangst du dafür?« Silvana richtete das Gewehr auf die Fürstin.

»Nicht viel.« Moghoras Augen blitzten auf. Mit gefesselten Händen konnte sie nicht zaubern, aber vielleicht ließe sich das Mädchen überzeugen. »Ihr habt letzte Nacht ein Fohlen bekommen: Einzig das möchte ich, sonst nichts.«

»Das Fohlen? Nein, dieses Pferd gehört mir. *Feu* werde ich nicht für ein Dach verkaufen.« Wütend verließ Silvana die Küche.

Moghora nutzte die Ruhe und sortierte ihre Gedanken.

Wo befand sich Lybios? Der Kerl im Vorgarten der Geschwister war zweifelsohne ein Betrüger. Woher kam er? Wer hatte ihn geschickt? Die Fürstin rief noch einmal die letzten Bilder der Kristallkugel in ihr Gedächtnis zurück.

»Gibt's denn hier nirgendwo etwas zu essen?« Luciano öffnete den dunklen Eichenschrank gegenüber vom Herd und studierte die Gläser mit eingewecktem Gemüse.

Verdi feixte. »Wenn er nichts findet, schicken wir dich aufs Feld und lassen dich ein paar Rüben stechen. Wie gefällt dir das?«

Das reichte! Moghora zerrte an ihren Fesseln. – Plötzlich gaben sie nach.

Luciano und Verdi bemerkten nichts von ihren Anstrengungen. Luciano langte nach einem Glas mit eingelegten Auberginen und öffnete es, während Verdi aus dem zweiten Schrank Teller holte.

Schnell lockerte sie den Strick weiter. Bevor die beiden Männer merkten, dass Moghora frei war, fror die Fürstin sie in ihren Bewegungen ein.

»Rüben stechen! Ich glaube, du hast zu lange in der Sonne gesessen! Wenn ich mehr Zeit hätte, würde ich dich in eine gammelige Rübe verwandeln und ...« Moghora besann sich. »Schluss jetzt!«, schalt sie sich. »Hör auf zu meckern und finde endlich heraus, wer oder was für Lybios' Verschwinden die Verantwortung trägt!«

Sie wusste, dass die Twehts das Fohlen in die Marmorstadt bringen sollten. Vielleicht hatte der alte Grint auch die Unbezwingbaren Brüder losgeschickt? Konnte der falsche Lybios einer von ihnen sein? Moghora atmete durch und ging nach draußen. Sie musste schnellstens handeln.

»Verdi, komm!«, rief Doriano gerade und zerrte den falschen Lybios hinüber zum Maisfeld. »Hilf mir! Himmel, ist der schwer! Wo bleibst du denn?«

Silvana hielt eine Öllampe in der Hand und beleuchtete den Weg so gut wie möglich.

Moghora überlegte nicht lange. Mit einer Handbewegung ließ sie die Geschwister erstarren und eilte zu ihnen hinüber. Zuerst beschäftigte sie sich mit dem Doppelgänger. Hätte sie ihm nicht in die Augen gesehen, als er noch lebte, wäre ihr der Unterschied nicht aufgefallen. Sie untersuchte in Windeseile seine Kleider. Nichts gab Auskunft darüber, in wessen Auftrag er gehandelt hatte. Sämtliche Taschen waren leer, die Kleidung ein Duplikat. Wütend krallte sie ihre Fingernägel in seinen Umhang. »Ich schwöre, dass ich den vernichten werde, der dir deinen Auftrag erteilt hat! Niemand fordert mich ungestraft heraus! Niemand! Und das Fohlen werdet ihr nicht kriegen!«

Ihr Blick fiel auf Doriano, der mit angestrengtem Gesichtsausdruck die Füße des falschen Lybios gepackt hielt. »Du Dummkopf! Warum hast du ihn erschossen? Ihr habt keine Ahnung, was das bedeutet.«

»Nun zu dir, Mädchen!« Moghora trat nahe an die junge Frau heran. Silvana stand mit geöffnetem Mund neben ihrem Bruder, die Hand mit der Laterne erhoben. »Solange ich Lybios nicht gefunden habe, werde ich das Fohlen in deiner Obhut lassen müssen, ob es mir passt oder nicht!« Silvanas Augen starrten ins Leere.

»Ich weiß genau, dass du mich hören kannst, darum präge dir ein, was ich dir jetzt sage: Ab sofort ist es an dir, *Feu* vor seinen Feinden zu bewahren.« Moghora betrachtete sie eingehend. Silvanas Pupillen flackerten. Die Fürstin spürte Widerstand. Die Sterbliche war stark. Das war gut, jetzt aber ein Hindernis. Sie musste mächtigere Magie einsetzen.

Die Fürstin trat zurück, schloss für einen Moment die Augen und sammelte alle Kräfte. Sie breitete die Arme aus und tauchte in die Sinne der jungen Frau ein. Sie fühlte ihr Herz, das gleichmäßig schlug.

Silvanas starker Wille behinderte Moghoras Magie. Eine Bilderflut raste an der Fürstin vorbei: Silvanas Kindheitserinnerungen, die Eltern, ein pickliges Jungengesicht, Doriano und Federico, ein Begräbnis ...

Ein unsichtbarer Blitz schoss durch Moghora. Der Mond schien heller zu leuchten und sie hörte den Wind sprechen. Ihr Körper zuckte. Sie konzentrierte sich auf *Feu* und setzte sein Bild vor Silvanas Augen. Wieder spürte sie die Abwehr.

»Du musst keine Angst haben«, flüsterte Moghora und drang in ihr Bewusstsein ein. »Solange *Feu* bei dir ist, wird dir nichts geschehen. Behüte ihn gut und lass ihn nie aus den Augen.«

Silvanas Augenlider zitterten. »Wer bist du?«

»Ich bin Moghora, die Fürstin des Schattenreichs. Hör

gut zu: Du musst das Fohlen für mich beschützen. Von ihm hängt das Schicksal meines Reichs ab.«

»Aber ...«

Moghoras Verstand warnte sie davor, ihre ganze Kraft aufzubieten. Aber sie hatte keine Wahl: Die Rettung Seorias stand auf dem Spiel. Entschlossen ließ sie die Magie ein weiteres Mal fließen, um Silvana gefügig zu machen.

»Seoria ist in Gefahr. Das Fohlen hat das Feuer mitgenommen, das wir brauchen, um zu überleben. Der alte Grint aus der Marmorstadt will es in seine Gewalt bringen, um uns alle zu unterwerfen. Deshalb wird es deine Aufgabe sein, das Fohlen sicher zur Insel Seoria zu geleiten, falls ich es nicht schaffen sollte. – Versprichst du mir das?«

»Ich ...« Silvanas Augenlider flatterten erneut. »Ich bringe *Feu* nach Seoria.«

Moghora atmete auf, dann brach sie kraftlos zusammen.

5

Zu Sundar gerufen zu werden, kam dem Befehl gleich, dem alten Grint selber Rede und Antwort zu stehen. Stets musste man das Schlimmste befürchten.

Xavo zitterte, als er Sundars Gemächer betrat. Der Tisch in der Mitte des Raumes war prunkvoll gedeckt; saftige Keulen und Fleischspieße lockten zum Verzehr. Für einen Moment schloss er die Augen und genoss die beruhigende Wirkung der köstlichen Gerüche. Fast erlag er der Versuchung, eine winzige Beere von einer der Silberplatten zu stibitzen; stattdessen stellte er sich weit weg vom Tisch an den schmalen Lichtschacht.

Dunkle Wolken lasteten auf der Grint-Stadt. Ob die Fürstin des Schattenreichs wusste, dass sie ihren Gehilfen gefangen hielten? Kamen die dunklen Wolken von ihr? Xavo trat beunruhigt von einem Fuß auf den anderen.

Als an der gegenüberliegenden Wand plötzlich ein Steinquader zur Seite geschoben wurde, zuckte er zusammen.

Begleitet von einer Dienerin trat ein massiger Kerl, mindestens einen Kopf größer als Xavo, aus dem Dunkel des Geheimganges ins Zimmer. Ein rotes Band hielt die langen roten Haare im Nacken zusammen. Seinem Röcheln nach zu urteilen hatte Sundar keine gute Laune. Er besaß keine Nase mehr;

die hatte ihm ein Gegner bei einem Kampf vor ein paar Jahren abgebissen. Verwachsenes Narbengewebe zierte nun die Mitte seines Gesichts.

Mit einem Ruck löste Sundar einen Knopf und der lange, schwarze Umhang fiel von seinen breiten Schultern. Die Dienerin hinter ihm bückte sich sofort nach dem Kleidungsstück.

Noch bevor er Xavo eines Blickes würdigte, verbeugte sich dieser so tief, dass er mit der Stirn fast den Boden berührte. »Ihr wolltet mich sehen?«

Sundar ließ sich in einen Stuhl fallen, der dabei heftig knirschte. Mit seinen kurzen dicken Fingern griff er eine Lammkeule und biss ein riesiges Stück Fleisch herunter.

»Was ist hier los?«, fragte er schmatzend. Er schwenkte die Keule in Xavos Richtung. »Hast du endlich den Zauberspruch?«

Xavo drückte sich an die Wand und wäre am liebsten darin verschwunden. »Wir ... wir hatten Probleme mit dem Doppelgänger ...«

»Was heißt hier hatten?«

»Er wurde erschossen.«

»Erschossen?« Sundar sprang auf und warf die Keule in Xavos Richtung.

Xavo duckte sich. »Nun ja ... Wir haben versucht, ihn wiederzubeleben; es hat nicht geklappt. Wir ...« Er bewegte sich langsam zur Tür.

»Wie kommen wir an die Fürstin heran, wenn nicht durch ihn?« Sundar näherte sich Xavo bedrohlich. »Was machen die anderen Doppelgänger? Dieser Verdi und ...«

»... Luciano«, vollendete Xavo den Satz mit zitternder Stimme. »Sie .. sie sind bereits auf dem Gestüt.«

»Ich hoffe für dich, dass sie mehr taugen. Sieh zu, dass sie das Fohlen heranschaffen! Der Grint will Antworten! Wenn du diesen Lybios nicht zum Sprechen bringst, mache ich dich für alles Weitere verantwortlich!«

»Er hat bereits geredet«, verteidigte sich Xavo. »Er hat alles gesagt, was wir hören wollten.«

»Ach ja? Dann verrate mir, wie dieser Feuerzauber funktioniert!« Sundar packte Xavo am Kragen und hob ihn ein Stück hoch.

»Mit dem, was er uns bisher erzählt hat, können wir nichts anfangen. Er nannte verschiedene Dinge, die wir nicht kennen ...«

Sundar ließ Xavo mit einem Ruck los und ging zu seinem Stuhl zurück. Er griff zur nächsten Keule. »Wenn du nicht bald eine Lösung bringst, rollt dein Kopf!«

***

Feus Wiehern rief Moghora ins Bewusstsein zurück. Sie raffte sich auf und wankte in den Stall.

Das Fohlen scharrte mit den Hufen, als sie eintrat, und schnaufte. Die Fürstin schleppte sich zur Box. »Hallo, mein Kleiner!« Zärtlich strich sie über sein Fell.

Feu kam näher und stupste sie an.

Moghora rieb ihm über die Nüstern. »Geduld, mein Prinz.« Mit zittrigen Händen holte sie ein Fläschchen hervor und beträufelte seine Mähne mit Mondessenz. »Sobald ich Lybios gefunden habe, werde ich dich holen. Ich verspreche dir, dass dieses junge Mädchen gut auf dich aufpassen wird.«

Feu wieherte leise und knabberte zutraulich an ihrem Umhang.

»Hier bist du sicher, also lauf nicht wieder weg.«

Das Fohlen schüttelte den Mähne. *Ich werde auf dich warten.*

Moghora lächelte. »Ich komme wieder, sobald ich kann.«

Die Fürstin lief über den Hof. Dabei hob sie mit einer schnellen Handbewegung den Lähmungszauber auf und verschwand im Wald.

In Windeseile lief sie durch die Dunkelheit zum Schattensee. Hier hatte sie Lybios zum letzten Mal wahrgenommen. Vielleicht war er dort noch irgendwo. Irgendetwas musste ihn gehindert haben, zu ihr zurückzukommen.

Ihr Atem ging schwer, als sie das Ufer erreichte. Auf der Wasseroberfläche spiegelte sich der Mond; aber sein Licht reichte nicht, um ihr den Weg in die Tiefe zu zeigen.

»Lybios?«, flüsterte sie. »Lybios, wo bist du?« Sie starrte in den See. »Bitte, gib Antwort.« Nichts war zu hören, nicht einmal das Knacken eines Astes. Totenstille.

Die Fürstin ließ sich auf einen Baumstumpf nieder. Vorsichtig zog sie die Zauberkugel aus ihrem Gewand. Sie nahm sie in beide Hände und richtete ihre Gedanken auf den Geliebten. »Verdammt, Lybios, wo bist du?« Das Kristall zeigte nichts. Furcht beschlich sie; ihm musste etwas Schreckliches zugestoßen sein. Sie riss sich zusammen und versuchte es noch einmal. »Lybios, zeig mir, wo ich dich finden kann.« Doch nichts passierte.

Sie blendete alles aus, was um sie herum geschah. Nichts durfte sie ablenken. Dann drehte und wendete sie die Kugel, um sich darin alle erdenklichen Orte zeigen zu lassen. Nirgendwo fand sie eine Spur von ihm. Wütend schmiss Moghora die Zauberkugel auf den Boden und stieß sie mit dem Fuß fort. »Lybios!«, schrie sie über den See.

»Du brauchst gar nicht so zu schreien.« Verdi sprang hinter einem Baum hervor, packte die Fürstin an den Händen und riss sie zu Boden. »Dein Zaubergehilfe kann dir jetzt auch nichts mehr nützen. – Luciano, hilf mir.«

Der dicke Luciano kam aus dem Gebüsch gekrochen. Er setzte sich auf Moghora, sodass sie sich nicht mehr rühren konnte. Verdi band mit einem Seil ihre Hände zusammen. »Wir hätten dich doch zum Rübenstechen schicken sollen«, sagte er. »Aber jetzt haben wir eine bessere Verwendung für dich. Du bist sozusagen unsere Altersversorgung.« Er lachte gehässig. Dann verschnürte er sie wie ein Paket und warf sie über seine Schultern.

»Das werdet ihr bereuen«, zischte Moghora. Ihre Augen verfärbten sich gelb und sie zitterte vor Wut. »Euch werde ich in die Hölle schicken.«

6

Ich mache mir Sorgen.« Teresa schenkte Federico heißen Tee ein. »Hier, ganz tief in mir drinnen«, sie schlug mit der Faust auf die Brust, »hier habe ich wieder so ein komisches Gefühl. Und du weißt, ich kann mich darauf verlassen.«

Federico sah von den Wirtschaftsbüchern auf. »Was für ein Gefühl?«

»Es ist etwas im Gange – drüben, bei den Geschwistern.«

»Ich will sowieso morgen früh hinüberreiten«, erwiderte er und widmete sich weiter seiner Abrechnung.

Sie stemmte ihre Fäuste in die Taille. »Federico, wenn ich mich nicht irre, magst du die beiden. Besonders Silvana; oder täusche ich mich? Die Kleine ist zur Frau geworden und sie wäre das richtige Weib für diesen Hof.«

Federico zupfte an seinem Ohrläppchen und Röte überzog sein Gesicht. »Du meinst, ich sollte sie heiraten? Gar keine so schlechte Idee.« Nachdenklich kaute er auf seinem Stift. »Damit könnte ich unser Anwesen um einiges erweitern«, murmelte er nach einer Weile.

»Was hast du gesagt?« Teresa trat näher an den Schreibtisch.

Federico schlug das Buch zu. »Du meinst, Silvana könnte in Gefahr sein?«

»Wenn dir was an ihr liegt, solltest du dich sputen.«

Federico stand auf. »Gut, ich reite hinüber. Ich nehme Mauro und zwei Knechte mit. Wehe, wenn du mich grundlos um meine Nachtruhe gebracht hast.« Er drohte ihr mit dem Zeigefinger.

Teresa lief in den Flur. »Du wirst sehen, dass ich recht habe.« Sie holte ihm rasch eine Jacke.

Federico ging über den Hof zum Gesindehaus und riss die Tür auf. Dort saßen Mauro und Rosalba allein auf der Bank. »Mauro, sattele vier Pferde. Wir reiten zu Silvana und Doriano. Ich wecke zwei Knechte.«

Jetzt, wo es gemütlich wird«, maulte Rosalba. »Der Herr macht ein Aufsehen wegen dieser Bälger. Die kommen auch alleine klar.«

»Möchtest du, dass ich bleibe?« Mauro fasste ihr unters Kinn und zog sie näher heran.

»Würde dir das gefallen?«, kokettierte sie.

»Hm«, brummte er. »Wir setzen unser Gespräch fort, wenn ich wieder zurück bin. Willst du auf mich warten, Rosalba?«

»Wir werden sehen.« Sie stand auf, dabei wippte sie aufreizend mit den Hüften und spielte mit dem Amulett.

»Du kannst es mir als Pfand überlassen«, sagte Mauro und zeigte darauf.

»Du bist ganz schön eingebildet, Kutscher«, neckte Rosalba ihn.

»Du gefällst mir, Mädchen.« Mauro griff nach ihr und

umfasste ihre Taille. Er wollte sie küssen. Sie wich zurück, nahm seine Hand und ließ das Amulett hineingleiten.

»Dass du es mir sofort wiederbringst«, flüsterte sie. Blitzschnell löste sie sich aus seiner Umklammerung und huschte kichernd aus der Gesindestube.

»Warte Mädchen«, rief Mauro hinter ihr her. »Ich bin schneller zurück als du denkst.« Er öffnete seine Faust und schaute siegessicher auf den wundersam glänzenden Stein.

Plötzlich vernahm er ein Keifen und Schimpfen. Erschrocken drehte er sich um, aber es war niemand zu sehen. Hatte man sie etwa beobachtet? Vielleicht eine der Mägde? Rasch verstaute er das Amulett in seiner Hosentasche und rannte zu den Ställen, um die Pferde zu satteln.

Federico brauchte seine Leute nicht zur Eile anzutreiben, denn die schmale Sichel des Mond stand bereits über dem Gipfel des *Pergola*, als sie aufbrachen. Mauro ritt als Letzter und grummelte unausgesetzt. Federico mochte es ihm nicht verdenken. Wer weiß, ob es richtig war, das Risiko dieses Nachtritts einzugehen.

Bald darauf zündeten Mauro und die Knechte ihre Sturmlaternen an und hielten die Zügel mit einer Hand. Mauro ritt nach vorn an die Seite Federicos, um zu leuchten. Der nickte ihm zu und trieb sein Pferd an. Als sie endlich den Fuß des Hangs erreichten, gaben sie den Pferden die Zügel lang, damit sie selbständig den Weg durch den Wald fanden.

Der Pfad verlief an einer Klamm entlang. Mauro begann wieder zu grummeln.

Federico lachte auf. »Mein treuer Kutscher, fürchtest du dich?«

»Verzeiht, Herr.«

»Im Krieg war es gefährlicher; hast du das vergessen?«

Mauro blickte auf Federicos Arm und zog den Kopf ein.

Je höher sie den Berg hinaufkamen, desto dunstiger wurde es. »Wo kommt auf einmal dieser Nebel her?«, ließ sich einer der Knechte vernehmen.

»Das sind Wolken, du Dummkopf«, entgegnete Mauro. Sie brauchten nicht zu merken, dass auch er besorgt war. Natürlich waren das keine Wolken, aber noch nie hatte es im Sommer Nebel gegeben; schon gar nicht hier oben.

»Wolken!«, kam die verblüffte Antwort des anderen.

Mauro schaute zurück; erkannte kaum mehr als Schemen, über denen das Licht der Laternen zu schweben schien. Da vernahm er zwischen dem Rascheln des Laubes ein leises Kichern. Seine Nackenhaare stellten sich auf. Das Pferd rückte dichter an Federicos und schnaubte.

Plötzlich fegte eine Bö über sie hinweg und löschte die Laternen. Mauro lief es eiskalt über den Rücken.

»Wie kann das sein«, entfuhr es Federico. »Zündet die Lampen wieder an. Macht schnell, Männer!«

Sie bemühten sich. Doch der Dunst hatte die Finger klamm und steif werden lassen. Mauro entglitt der Zundel. Aussichtslos, ihn in der Dunkelheit zu suchen.

Geäst brach und stürzte auf sie herab; die Männer nahmen die Zügel wieder auf. Einem der Knechte schlug ein Ast die Sturmlaterne aus der Hand. Vor Schreck trat er seinem Pferd in die Flanken, sodass es mit ihm davongaloppierte.

»Wir können hier nicht bleiben. Reitet weiter!«, befahl Federico. Seine Stimme klang gepresst; auch er wurde mittlerweile nervös. »Immer bergauf, bis wir aus diesem Wald heraus sind.«

»Da ... das geht nicht mit rechten Dingen zu.« Mauro begann zu zittern. Er hörte Zähne klappern; einen Moment später erkannte er, dass es seine eigenen waren. Aber das Kichern, das immer wieder erklang, kam nicht von ihm.

Der Weg wurde schmaler. Mauro fiel eine halbe Länge zurück. Der Nebel wurde dichter und dämpfte alle Geräusche – bis auf das Kichern. Er vergrub sein Gesicht in der Mähne und begann zu beten.

Als sie die Bergkuppe erreichten, blickte Mauro auf. Hier lichtete sich der Wald – aber nicht der Nebel. Auch auf dieser Seite hüllte er alles ein, sodass vom Gestüt kein Licht zu ihnen heraufdrang.

»Geschafft!«, sagte Federico dennoch. »Jetzt können wir uns nicht mehr verirren. – Antonio?«

Aber der Knecht antwortete nicht. Mauro und Federico waren allein.

Das Kichern und Wispern schien jetzt von allen Seiten zu kommen. Federico fluchte. Trotz des dichten Nebels ritt er jedoch weiter. Nach einigen Schritten bäumte sich der Rappe auf und kam ins Rutschen. Im nächsten Moment verschwand er mit seinem Reiter in der Tiefe.

Da brach der Nebel auf. Der Steilhang der Moräne lag vor Mauro. Es kicherte wieder. Erschrocken riss er sein Pferd zurück; das stieg und preschte los. Er umklammerte den Hals, schloss die Augen und rief alle Heiligen an.

Vor der Stalltür des Weingutes angekommen, blieb das Pferd schweißüberströmt stehen. Halb ohnmächtig glitt Mauro zu Boden. Die Stute schnaubte leise und berührte mit ihrem weichen Maul seine Wange. Gleich darauf fühlte er eine weitere Berührung. Mühsam öffnete er die Augen. Rosalba kniete vor ihm; ihre Hand lag auf seiner Stirn.

»Alles in Ordnung?« Sie half ihm, sich aufzurichten. »Ich hab' gewartet. Plötzlich hörte ich Hufschlag. Wo sind die anderen?«

»Ich weiß es nicht.« Mauro unterdrückte das Schluchzen, das in seiner Kehle saß. »Wir haben uns im Nebel verloren. Federico muss die Moräne hinabgerutscht sein. Mein Pferd ging mit mir durch.«

»Nebel?« Verwundert runzelte sie die Stirn. »Komm in die Küche. Ich mach' dir einen Wein heiß.«

Der Wein brachte die Wärme in seinen Körper zurück und Mauro ordnete seine Gedanken. »Es war unheimlich – irgendwie.« Er zog Rosalba auf die Bank. »Mein Mädchen«, flüsterte er. »Du hast wirklich auf mich gewartet.«

»Ich hab' mir Sorgen gemacht; ich weiß gar nicht wieso. Ich konnt' nicht einschlafen.« Sie schmiegte sich an ihn und strich ihm übers Haar.

Mauro schob sie ein Stück zurück und drückte ihre Hand. »Zeit, dass du ins Bett gehst. Ich werde hier auf den Herrn warten.«

Rosalba lächelte und nickte. »Morgen ist auch noch ein Tag.« Sie küsste ihn auf den Mund; dann sprang sie auf.

»Warte, du wolltest es wiederbekommen.« Mauro zog das Amulett aus der Tasche und reichte es ihr. »Schlaf gut.«

***

Als Federico erwachte, fühlte er Astwerk im Rücken und vermeinte, irgendwo in der Luft zu hängen. Langsam kam die

Erinnerung zurück: Er war abgestürzt. Sein Gesicht musste einen mächtigen Schlag abbekommen haben, denn er spürte verkrustetes Blut an der Wange. Vorsichtig drehte er den Kopf zur Seite und öffnete die Augen. Sein Nacken antwortete mit einem stechenden Schmerz; aber wenigstens sah er, wo er sich befand: Er hing im Geäst einer Krüppelpinie an einem felsigen Abhang. Bis zur Sohle der Schlucht waren es etliche Meter. Die Pinie hatte ihm wohl das Leben gerettet.

Unten lag sein Pferd und regte sich nicht. Der Hang über ihm war zu steil, um ohne Hilfe hinauf zu kommen. Hinab ging es genauso wenig, es sei denn, er ließe sich hinunterrollen: Es wäre ein Wagnis von höchst zweifelhaftem Ausgang. Aber so lange der Baum hielt, brauchte er kein Risiko einzugehen.

Vorsichtig streckte er die Hand aus und versuchte, sich einen stabileren Halt zu verschaffen. Einmal mehr verfluchte er den Tag, an dem er so verrückt gewesen war, den Helden zu spielen. Um von hier fort zu kommen, bräuchte es mindestens zwei Hände und ein ordentliches Seil. Er zog sich an einer Astgabel hoch und lehnte sich dagegen. So konnte er es ein paar Stunden aushalten. Seine Leute würden ihn früher oder später finden.

7

Lybios bei den Sterblichen und ohne Kontakt zur Fürstin? In was hatte er sich von der Flohbändigerin diesmal hineinziehen lassen? Roya dachte über das Gespräch mit Moghora nach. Ihr Stiefbruder brauchte offensichtlich Hilfe. Sie schimpfte laut, während sie ihre Seidengewänder gegen wetterfeste Kleidung tauschte. So viel Dämlichkeit konnte er nur von seinem menschlichen Vater geerbt haben.

Sie besichtigte die Gegenstände, die sie in den Nischen ihrer Wohnhöhle aufbewahrte. Die meisten zierten Edelsteine, die sie vor langer Zeit auf Spaziergängen gesammelt hatte. Auf Seoria lagen diese Steine an Flüssen und Bächen herum. Roya mochte ihre Farben und Formen. Aber die Sterblichen hielten sie für wertvoll und so konnten sie in deren Welt gute Dienste leisten.

Danach durchstöberte sie die Truhen, die in den Ecken standen. Schließlich packte sie drei Hand voll Rubine ein. Die sollten sich wohl als Tauschwerk eignen, um Menschen zum Reden zu bringen. Für jene, denen friedlich nicht beizukommen war, steckte sie ihren magischen Dolch in den Gürtel. Ein Säckchen füllte sie mit Goldkörnern als Zahlungsmittel in den Herbergen und Tavernen der Anderen Welt.

Anschließend bestrich sie ihr Gesicht mit einer bräunlichen Flüssigkeit aus Korkeiche und zog Handschuhe an. Jetzt sah sie aus wie eine gewöhnliche Zwergin. Selbst der alte Grint würde sie nicht wieder erkennen.

Sorgfältig verschloss sie den Eingang mit Strauchwerk. Um zum unterirdischen See zu gelangen, benutzte sie den kleinen Trampelpfad, den nur sie kannte.

Der See bildete das Tor zur Anderen Welt. Schon auf dem Weg begann sie die Suche. Roya blieb immer wieder stehen, schloss die Augen und konzentrierte sich auf ihren Geruchssinn. Sie versuchte, Lybios' Spur in der Welt der Sterblichen zu wittern. Als sie am Ufer stand, hatte sie die Fährte aufgenommen. Sie sprang.

***

Gegen Morgen träumte Rosalba, Mauro wolle die quietschenden Achsen der Kutschräder ölen. Unvermittelt wachte sie auf: Das Geräusch kam vom Schrank. Aus den Augenwinkeln verfolgte Rosalba, wie sich die Tür langsam öffnete. Kleider wirbelten hoch, als sei der Wind in sie hineingefahren. Im nächsten Moment sprang eine in Leder gekleidete Gestalt aus dem Schrank.

Mit einem Schreckenschrei fuhr Rosalba hoch, rieb sich dann die Augen. Als sie wieder hinsah, stand das Wesen im Raum. Rosalba bekam einen Lachkrampf. »Nein, das glaub ich nicht«, prustete sie unter Tränen. »Es gibt keine Zwerge – und erst recht nicht mit bodenlangem lila Haar!«

»Ildor sei Dank; ich habe dich nicht erschreckt.« Mit einem weiteren Sprung stand die Gestalt am Bett und streckte die Hand zum Gruß aus. »Ich bin Roya. Wie heißt du, Mädchen?«

»Ro... Rosalba.«

Roya hob die Bettdecke und schaute darunter. »Rosalba, ich suche meinen Bruder. Hast du ihn gesehen?«

»Wer auch immer das sein mag, in meinem Bett hab' ich ihn nicht. – Wie kommst du überhaupt hier rein?«

»Das geht dich nichts an.« Roya spähte unters Bett, ließ ihren Blick durch den Raum schweifen. »Er muss hier gewesen sein«, murmelte sie. »Ich kann ihn ...« Sie griff nach Rosalbas Schürze, die über dem Stuhl hing, und zog das Amulett aus der Tasche. »Das gehört dir nicht«, stellte sie fest.

Rosalba erschrak; sie zog die Bettdecke bis zur Nasenspitze hoch. Am liebsten hätte sie sich unsichtbar gemacht. »Ich hab' es gefunden«, hauchte sie. Vorbei der Traum von Reichtum und Unabhängigkeit.

»Kein Geschenk also? – Dann ist es nicht dein!« Roya kam wieder ans Bett und zog Rosalba die Decke vom Gesicht. »Wo hast du es her?«

»Es lag gestern in der Wäsche. Als ich es fand, war Doriano bereits fort. Darum hab' ich es aufbewahrt.« Rosalba begann, mit den Zähnen zu klappern; Royas bohrender Blick machte ihr Angst.

Die Nymbianerin setzte sich mit einem Lächeln auf die Bettkante und zog ein Stoffbeutelchen aus den Falten ihres Rocks. »Das Amulett gehört diesem Doriano ebenfalls nicht; es gehört meinem Bruder. Ich behalte es.« Roya kramte in dem Beutel und hielt der Magd fünf Rubine unter die Nase. »Hier. Die schenk ich dir für deine Mühe.« Sie nahm Rosalbas Hand und legte die Steine hinein. »Wo finde ich diesen Doriano?«

***

Ein kurzer Zauberspruch brachte Roya zum Gestüt. Sie kroch hinter einem Balken im Stall hervor und schnüffelte. Erfreut stellte sie fest, dass sie diesem Doriano ihre Existenz nicht preisgeben musste. Sie wusste auch so, dass Lybios hier gewesen war.

Aber wo steckte er jetzt? Vielleicht brachte das Amulett einen Hinweis. Sie zog es aus dem Rock und rieb darüber. Es flackerte kurz auf. Die Stimme, die zu ihr drang, klang jedoch nicht im Entferntesten nach Lybios oder Moghora.

Vorsichtig verließ sie den Stall und folgte dem Geruch ihres Bruders. Er führte in den Wald, nicht in Richtung des Weinguts. Also war Lybios nicht auf dem Gut gewesen, sondern hatte das Amulett irgendwo hier abgelegt.

Als sie den Schattensee erreichte, hing dichter Nebel darüber. Aus der Ferne klang leises Gekicher. ‚Der alte Grint‘, durchfuhr es Roya. Also begann er bereits, seine Macht auch in der Welt der Sterblichen zu erproben.

Sorgfältig suchte sie den Boden nach Spuren ab, doch nur Lybios’ Geruch wehte an ihrer Nase vorbei. Er kam vom See.

Sie ging den Hang hinunter ans Ufer, streckte die Hand ins Wasser und bewegte es hin und her. Auf einmal hörte sie Lybios sprechen. »Xavo, wenn ihr glaubt, dass ihr mich auf Dauer gefangen halten könnt, irrt ihr euch gewaltig.«

Xavo – den Namen kannte sie nicht. Wer hatte Lybios in seiner Gewalt?

Ein Nebelfetzen zog vorbei. Dann löste er sich auf und die Sonne verwandelte den Schattensee von einem Augenblick zum anderen in einen glänzenden Spiegel.

Roya zog das Amulett hervor. Sie hoffte immer noch, dass es ihr weiterhalf. Hastig kratzte sie mit dem Daumennagel darüber und tatsächlich: Es leuchtete auf. Aber auf ihr Rufen kam keine Antwort.

Sie wandte sich wieder dem See zu.

8

Rosalba trug in der Gesindestube das Frühstück auf. Mauro lehnte am Fenster und berichtete den anderen Bediensteten von den Schrecken der letzten Nacht.

»Federico ist nicht zurück«, unterbrach Teresa ihn schließlich. »Mauro, reite zu Doriano und schau, ob sie inzwischen dort angekommen sind. Nimm einen Knecht mit.«

»Das hast du davon, dass du hier lange Reden hältst.« Rosalba rümpfte die Nase. »Immerhin geht es um den Herrn.«

»Nicht nur um Federico ... Eine grauenhafte Nacht. Das Kichern und der Nebel; und plötzlich gingen die Pferde durch ...«

Rosalba gähnte, ohne sich die Hand vor den Mund zu halten. »Fang nicht schon wieder an.«

»Und du beeil dich besser mit dem Frühstück. Deine Arbeit wartet nicht.«

»Vielleicht doch!« Murrend verließ Rosalba die Stube und knallte die Tür zu. Aber statt in die Waschküche zu gehen, kehrte sie in ihr Zimmer zurück.

»Roya, bist du noch hier?«, flüsterte sie. Vorsichtig öffnete sie den Kleiderschrank. Die Nymbianerin war verschwunden.

Rosalba zog eine Schublade auf und nahm den Beutel heraus, in dem sie die Rubine aufbewahrte. Die Steine wogen schwer in ihrer Hand. »Warte ab, Mauro. Du wirst auf Knien zu mir kommen. Ich bin jetzt eine gute Partie. Wäsche waschen für andere? Soll der Herr zusehen, wo er eine Waschfrau findet. Ich nicht mehr.«

∗∗∗

Je näher sie dem Bergwald kamen, der die beiden Höfe trennte, desto mehr krampfte sich Mauros Magen zusammen. Er ließ die Zügel locker, sodass die Pferde langsamer trabten. Am Waldrand hielt er an und schaute mit zusammengekniffenen Augen in alle Richtungen.

»Was ist los?«, fragte Silvio.

»Nichts.« Mauro trieb sein Pferd zur Eile.

Ein leichter Wind bewegte die Äste, als sie in den Wald hinein ritten. Die Sonnenstrahlen, die den Weg durch die Blätter fanden, zeichneten huschende Schatten auf den moosbewachsenen Boden. Er brach in Schweiß aus und gleichzeitig fröstelte ihn. Inzwischen genierte er sich nicht mehr, laut zu beten.

Ein Stück weiter knabberten zwei Pferde die Blätter von den Büschen am Wegrand. Kurz darauf tauchten die beiden Knechte auf, die am Vorabend im Nebel verschollen waren, und folgten ihnen.

Mauro atmete auf, als sie sich endlich dem Gestüt näherten. Der Geruch von Verbranntem lag in der Luft. Am Maisfeld vorbei bogen sie auf den Hof ein und hielten vor Schlafzimmermöbeln, die neben dem Gemüsegarten standen.

Die Geschwister trugen gerade eine Kommode aus dem Haus.

»Kommt ihr uns helfen?«, fragte Doriano.

»Habt ihr Federico gesehen? Er wollte heute Nacht zu euch reiten.«

Mit einem Ruck setzten sie die Kommode ab. Silvana verneinte überrascht.

Mauro erzählte kurz, was in der Nacht geschehen war. Doriano sattelte und sie preschten davon.

Sie werden ihn schon finden, dachte Silvana, während sie aus der Waschküche einen Putzeimer holte. Mit Inbrunst rieb sie die Griffe an den Schrankschubladen blank. Wo mochte Federico jetzt sein? Vielleicht lag er schwer verletzt im Wald?

Sie warf den Lappen in den Eimer. Die verrußten Möbel, die kreuz und quer auf dem Hof standen, konnten warten. »*Feu*!«, rief sie und lief zum Stall. »*Feu* wird mir helfen. Er kann Federico finden. Die Fürstin der Schatten hat gesagt, dass er etwas Besonderes ist.«

Feu war fort!

Silvana starrte auf den leeren Platz neben der Stute. Ungläubig kaute sie auf ihrer Unterlippe. Er musste in dem einen Moment verschwunden sein, als sie den Eimer geholt hatte.

»Gespenstisch«, murmelte sie. »Erst der Tote und dann diese Zauberfürstin; und beide verschwinden spurlos. Luciano und Verdi scheinen vom Erdboden verschluckt; Federico steckt sonst wo in den Bergen; und jetzt ist auch noch *Feu* weg.«

Sie ließ die Schultern hängen und setzte sich auf einen Strohballen. Nicht einmal einen Tag hatte sie ihr Wort halten können, das sie der Zauberfürstin gegeben hatte.

Vielleicht war er auch diesmal zum Schattensee gelaufen.

Es war etwas Merkwürdiges um dieses Gewässer. Sie erinnerte sich an die Geschichten ihrer Großmutter und ein Schauer lief ihr über den Rücken. Da gab es eine Legende, die davon erzählte, der See habe keinen Grund: Wenn man immer tiefer tauche, gelange man stattdessen in eine andere Welt. War das Seoria?

Auf dem Weg zum See fand sie keine frischen Hufspuren. Aber dort war ihnen der merkwürdige Mann begegnet, der irgendwie mit dieser Moghora zusammenhing. Je mehr sie unterwegs darüber nachdachte, desto weniger abwegig kamen ihr die alten Legenden vor. Es gab einfach keine vernünftigen Erklärungen.

Dann stand sie am See: So weit sie blicken konnte, keine Spur von *Feu*. Unschlüssig folgte sie dem Pfad, der den See umrundete.

»Ein Wichtel!« Nach allem, was geschehen war, überraschte Silvana die Gestalt nicht mehr, die nicht weit entfernt am Ufer saß.

Das Wichtel planschte im Wasser und murmelte dabei vor sich hin. In der Hand hielt es eine Kette mit einem Stein, die jener ähnelte, die Doriano hier gefunden hatte. Es war tief in seine Beschäftigung versunken, denn es bemerkte sie nicht.

Silvana schmunzelte. Wenn die Großmutter gewusst hätte, dass Wichtel lila Haare hatten: Es sah einfach lächerlich aus.

Sie wollte es nicht erschrecken und darum trat sie absichtlich so fest auf, dass ein Zweig unter ihren Füßen knackte. Das Wichtel fuhr hoch und Silvana bemühte sich um ein herzliches Lächeln. »Du brauchst dich nicht vor mir zu fürchten.«

Das Wichtel blickte trotzdem erschrocken umher.

»Was bist du?«, fragte Silvana. »Kannst du auch zaubern?«

»Ich bin Roya, eine Nymbianerin.«

So nannten sich die Wichtel also. Dass sie weiblich war, erklärte für Silvana die langen Haare. »Ich suche ein Pferd. Hast du es zufällig gesehen? Ein ziemlich kleines Pferd selbst für dich – ein Fohlen nämlich.«

»Ich habe mehrere große Pferde gesehen; in einem Stall in der Nähe. Aber ich suche kein Pferd, sondern meinen Bruder. Und der ist genauso wenig hier wie dein Pferd.« Roya stand auf und blickte noch einmal in alle Richtungen.

Die Nymbianerin machte auf Silvana einen besorgten Eindruck. »Außer uns beiden ist hier niemand«, versicherte sie daher.

»Also gibt es hier nichts, was dich interessieren könnte«, versetzte Roya. »Würdest du also weitergehen?« Diese Sterbliche musste schleunigst verschwinden, sonst verlöre sie womöglich die schwache Verbindung zu Lybios.

Stattdessen kletterte Silvana die Böschung zu ihr hinunter. »Roya, dies ist mein Grund und Boden. Was hast du hier zu suchen?« Dass dieses Wichtel so unfreundlich war, kam ihr verdächtig vor. Gehörte sie zu denen, die *Feu* stehlen wollten?

Die Nymbianern rieb sich nervös über die Backe und plötzlich schimmerte ihre Haut grün. »Das sagte ich bereits.« Sie zog einen winzigen Dolch aus ihrem Gewand. »Und nun lass mich allein.« Drohend hob sie den Dolch.

Silvana prustete los. »Willst du mir mit dieser Nähnadel Angst machen?«

Im nächsten Moment stak der Dolch in Silvanas Schulter und einen Augenblick später lag er wieder in Royas Hand. Aus Silvanas Schulter sickerte Blut und sie taumelte, zuerst mehr vor Schreck als wegen der Verletzung. Aber dann wirkte der Zauber und sie sank bewusstlos ins Schilf.

»Die schläft jetzt eine Weile«, murmelte Roya und kniete sich wieder ans Wasser. Warum war die Sterbliche auch so neugierig.

Langsam tauchte sie eine Hand in den See. Ob sie Lybios noch einmal erreichen konnte?

Zuerst hörte sie die gleiche Stimme wie zuvor. »Zum letzten Mal, wie funktioniert euer Feuerzauber?«

Es folgte ein Stöhnen und anschließend vernahm sie undeutliche Wortfetzen. Das war eindeutig Lybios' Stimme.

Sie folterten ihn und Roya fragte sich besorgt, wie lange er standhalten konnte.

»Sundar hat keine Geduld mehr«, brüllte Xavo. »Er gibt dir zwei Stunden, sonst ...« Ein dumpfes Geräusch folgte seinem Redeschwall. Roya zuckte unwillkürlich zusammen.

»Es gibt ... keine ... Formel.«

»Was sonst?« Xavos Stimme klang schrill.

»Es ist ..., es ist ...«

Erschrocken zog Roya für einen Moment die Hand aus dem Wasser und verlor die Verbindung. Sie sammelte sich und langte wieder hinein. Vielleicht konnte ihr Bruder sie hören. »Lybios«, flüsterte sie, »du darfst das Geheimnis nicht preisgeben. Wenn der Grint erfährt, dass das Feuer Seoria verlassen hat ...«

»Was ist es?« Sie hörte einen Laut, der wie eine Ohrfeige klang, und ein neuerliches Stöhnen.

»Es sind Einflüsse ...« Lybios' Stimme erstarb.

»Einflüsse?« Xavos Lachen klang hysterisch. Er musste sich unter Druck fühlen. »Hier nimmt niemand mehr Einfluss. Wir haben die größte Macht.«

»... deren Kraft ihr nicht unterschätzen solltet.« Lybios' letzte Worte verstand Roya nur mit Mühe.

Sie erhob sich und ging zu der bewusstlosen Silvana. »Wie dumm ihr Sterblichen seid«, flüsterte sie und berührte sanft deren Schulter. »Du weißt gar nicht, auf was du dich mit deiner Neugier einlässt.«

Mit einem Satz sprang sie in den See.

Auf der anderen Seite kehrte sie in ihre Wohnhöhle zurück. Wäre Lybios tatsächlich in der Gewalt des alten Grint, bräuchte sie mehr als ein paar Rubine. Er war besessen und Gold bedeutete Macht. Aus einer Truhe holte sie Säckchen mit Goldmünzen und Diamanten. Erst nachdem sie die Höhle verlassen hatte, begann sie darüber nachzudenken, dass sie einen guten Plan brauchte. Und vielleicht auch Hilfe.

9

»Hast du das Geheimnis endlich entschlüsselt, Xavo?« Rücksichtslos durchbrach Sundar die Stille im Turmzimmer der Denker. Blasse Lesekundige saßen an langen Tischen, schwere Folianten vor sich aufgestapelt.

»In all diesen Zauberbüchern gibt es keinen Hinweis, der uns weiterhelfen könnte. Ohne das alte Buch von Seoria ergeben Lybios' Worte keinen Sinn.« Xavo zerrte nervös an den Ärmeln seines Gewands. »Dieser Lybios hat uns hinters Licht geführt. Ich bin inzwischen sicher, dass er uns nicht alles gesagt hat, was er weiß.«

»Dann nehmt ihn euch noch einmal vor. Wenn ihr euch genug Mühe gebt, wird er reden.«

Xavo verstand die Drohung, die in Sundars Worten lag. Er täte gut daran, sich ihm jetzt zu Füßen zu werfen, aber er brachte es nicht fertig. Irgend etwas in ihm rebellierte plötzlich dagegen.

»Er ...« Xavo konnte sein Zittern nicht ganz verbergen; seine Stimme kam ihm selber zu schrill vor. »Er schläft. Die Droge war wohl zu stark.«

»Dieser menschenähnliche Schwachkopf! Hab' ich es mir doch gedacht, dass er zu nichts taugt.« Sundar stampfte wütend mit dem Fuß auf, griff nach einem Folianten und warf ihn quer durch den Raum.

Xavo duckte sich unwillkürlich und legte die Hände über den Kopf. Der Foliant flog an ihm vorbei und zerschmetterte das feine Glas eines alten Bücherschranks.

»Dann bringst du mir jetzt die Fürstin des Schattenreichs. Was diesen Lybios angeht«, er spuckte verächtlich auf den Boden, »werft ihn in das Schlangenverlies.«

»Wie soll ich an die Fürstin herankommen, wenn ihr Liebling tot ist?« Xavo war zum Heulen. »Ihre Zauberkräfte sind unberechenbar und niemandem gelingt es, in ihr Reich einzudringen.«

»Das kümmert mich nicht.« Sundar legte einem der Denker die Hand auf die Schulter, worauf dieser erschrocken hochfahren wollte. Aber Sundar drückte ihn auf den Tisch, während er sich scheinbar interessiert über ein aufgeschlagenes Buch beugte. Xavo war indessen sicher, dass Sundar überhaupt nicht lesen konnte.

»Wie du es anstellst, ist deine Sache. Der alte Grint will den Zauber und das Fohlen haben!«

Erleichtert deutete Xavo diese Worte als Aufforderung zu gehen.

***

Moghoras Kopf schmerzte. Sie lag eingehüllt in einem nach Urin stinkendem Fell und die borstigen Tierhaare kratzten sie im Gesicht. So gefesselt und verschnürt konnte sie ihre Hände nicht gebrauchen und die Knoten nicht mit Magie lösen. Wo, zum Krox, befand sie sich?

Sie schaukelte hin und her, bis es ihr gelang, sich auf den Bauch zu rollen. Dann versuchte sie die Stricke zu dehnen, die ihre Hände hielten. Doch trotz aller Anstrengungen gaben diese nicht nach.

Immerhin gelang es ihr, den Kopf aus dem Fell herauszustecken. Man hatte sie in eine Art Zelt gepackt. Sie lag auf dem Boden zwischen einem Vogelkäfig, in dem ein Zwerg schlief, und einer Truhe mit Scharnieren, aus der leise Kratzgeräusche drangen. Hinter einem Leinenvorhang, der mitten durchs Zelt verlief, schimmerte Licht.

»Ich mache mich auf den Weg. Wenn die alte Wachtel wach wird, folgst du mir. Geht das in deinen Schädel rein?«

Moghora horchte auf. Sie kannte die Stimme: Verdi! Plötzlich fiel ihr alles wieder ein. Als sie das Gestüt verlassen hatte, waren Verdi und Luciano ihr gefolgt, um sie zu überfallen.

In ihrer Sorge um den Geliebten hatte sie erneut einen Fehler begangen. Sie hätte damit rechnen müssen, dass der alte Grint mehr als einen Doppelgänger in die Welt der Sterblichen schickte. Aber woran hätte sie die beiden erkennen sollen! Moghora ärgerte sich trotzdem über ihre Nachlässigkeit.

»Was willst du tun?«, fragte Luciano.

»Den alten Grint fragen, was ihm die Hexe wert ist. Also lass sie nicht abhauen! Wir brauchen sie noch.«

»Ich komme mit.«

»Und wer soll sie bewachen?« Verdi klang gereizt. »Etwa der Zwerg?«

»Ich habe sie gut verschnürt. Jedenfalls bleibe ich nicht mit ihr allein.«

Beide verließen das Zelt. Moghora zerrte weiter an den Stricken, die sie am Zaubern hinderten. Wenn sie sich nicht bald lösten, musste ihr etwas anderes einfallen

***

»Wer will uns sprechen?« Sundar schleuderte eine abgenagte Keule fort.

Unwillkürlich zog Xavo den Kopf ein. »Die beiden Doppelgänger, die der alte Grint in die Welt der Sterblichen geschickt hat, um das Fohlen zu holen.«

»Haben sie das Fohlen?« Er trank sein Weinglas in einem Schluck leer und rülpste genussvoll.

»Sie hätten etwas Besseres, sagen sie.«

Sundar röchelte vor Zorn. »Der Befehl lautete, das Fohlen zu besorgen. Ob es etwas Besseres gäbe, entscheiden wir. Wirf sie in die Schlangengrube.« Er wischte sich mit dem Handrücken das tropfende Fett vom Kinn.

»Vielleicht bringen sie wirklich etwas Wertvolles mit«, wagte Xavo einzuwenden. »Später könnt Ihr sie genauso gut töten lassen.«

Sundar zuckte die Achseln. »Bring sie her.«

Xavo holte die beiden Doppelgänger und verließ zu seiner Sicherheit den Raum, bevor Sundar ein Wort sagen konnte.

»Was wollt ihr?«, brüllte Sundar. »Wo ist das Fohlen?« Er stand auf und holte sich vom Ende des Tischs die nächste Keule. Geduckt suchte Luciano hinter Verdi Deckung, als er an ihnen vorbeiging.

Verdi überlief ein Schauer. »Das Fohlen ...«, begann er. Seine Stimme klang rau und er hüstelte. »Es ist in der Welt der Sterblichen.«

»Was du nicht sagst! Warum habt ihr unseren Befehl nicht ausgeführt?«

»Es wurde ...« Verdi schluckte. »Es ging nicht. Die Fürstin des Schattenreichs hatte ihm einen Schutz angezaubert.«

»Lasst euch etwas einfallen.«

Verdi zog Luciano am Ärmel vor und zwang ihn an seine Seite. »Deshalb sind wir hier.« Er straffte sich. »Statt des Fohlens haben wir Moghora selbst in unserer Gewalt.«

Sundar lachte grölend, sodass es von den Marmorwänden zurückhallte. Dann ließ er sich ächzend auf einem Stuhl nieder. »Ihr habt also die große Fürstin gefangen?« Er kniff ein Auge zusammen. »Wo ist sie?«

»Das verraten wir nicht. Wir dachten, dass der alte Grint Gefallen an ihr finden könnte. Wir dachten ...«

»Ihr dachtet?«

»... dass er uns reich belohnt, wenn wir sie ihm bringen.«

Sundar stand mit einem Lächeln wieder auf. »Welche Belohnung stellt ihr euch vor?« Er grinste noch breiter und verwandelte dabei sein entstelltes Gesicht in eine schauerliche Fratze. Langsam umkreiste er die beiden Doppelgänger.

Luciano duckte sich unwillkürlich. Am liebsten wäre er im Boden versunken. Inzwischen wünschte er sich ins Zelt zu Moghora zurück.

Verdi merkte nicht, wie bedrohlich ihre Lage wurde. »Nun«, begann er siegessicher, »die Fürstin ist dem alten Grint sicher einiges wert. Sie bedeutet ihm gewiss mehr als das Fohlen. Wir wären zufrieden, wenn er uns dafür die Insel Seoria schenkt.« Luciano hustete und stieß Verdi in die Seite. Der schob ihn weg.

»Aha.« Sundars Stimme klang so sanft, dass sie seine Gedanken nicht verriet. Er umkreiste die zwei Männer noch einmal. Danach setzte er sich an den Tisch, goss aus einer Karaffe Wein ein und trank in großen Schlucken. »Und das sollen wir euch glauben?« Er lachte schallend. »Die Fürstin soll eure Gefangene sein? Zwei Stümper behaupten, Moghoras Magie überwunden zu haben.« Sundar schleuderte das Glas auf den Boden, dann fegte er mit seiner Faust über den Tisch, sodass Platten und Teller klirrend zerbrachen. »Wisst ihr was?« Er schoss auf die beiden zu und stieß sie gegen die Wand. »Ihr seid zwei lausige Doppelgänger, die versagt haben. Und nicht nur das: Ihr seid noch dazu miserable Lügner und dumme Erpresser.«

»Aber ...« Die Verzweiflung verlieh Luciano den Mut, den Mund aufzumachen. Er fasste sich an den Hinterkopf. Blut sickerte durch seine Finger. »Wir haben wirklich ...«

»Schweig!« Sundar riss die Tür auf. »Xavo!«, brüllte er. »Befreie mich von diesen Ratten. Wirf sie in die Schlangengrube.«

»Sundar, du machst einen Fehler.« Verdi ging einen Schritt auf ihn zu. »Wir haben die Fürstin wirklich in unserer Gewalt. Der alte Grint wird dir nie verzeihen, dass du uns nicht zugehört hast. Bringt uns zu ihm, dann erklären wir alles.«

»Er hat für eure Märchen keine Zeit.« Sundar bewegte einen Steinquader und verschwand in einem dunklen Gang.

Die Twehts umringten Verdi und Luciano.

»Kommt«, sagte Xavo. Seine Stimme klang müde.

»Wir haben die Fürstin tatsächlich.« Verdi wand sich unter dem Griff zweier Twehts und versuchte sich loszureißen.

»Ja natürlich.« Xavo stieß ihn vorwärts. »Ihr hättet besser daran getan, Sundars Befehl zu gehorchen. Er kennt keine Gnade.«

Xavo öffnete eine Tür und wies mit einer Kopfbewegung in die Grube. Er wollte den widerwärtigen Akt so schnell wie möglich hinter sich bringen.

Luciano weinte um Gnade und Verdi schrie: »Das werdet ihr bereuen.« Seine Stimme erstarb in einem Röcheln.

»Schließt die Tür.«

10

Mauro beschrieb die Absturzstelle mehr als dürftig. Er erinnerte sich nicht einmal, an welcher Schlucht und auf welcher Höhe es passiert war. Da er allerdings als Einziger überhaupt einen Anhaltspunkt liefern konnte, musste er die Verantwortung für die Suche übernehmen. Während des Ritts erzählte er Doriano leise in allen Einzelheiten, was in der Nacht vorgefallen war.

»Seit der Geburt des Fohlens geschehen merkwürdige Dinge«, erwiderte Doriano. »Ich wundere mich schon gar nicht mehr. Trotzdem ist mir unverständlich, wieso es einen Zusammenhang zwischen dem Gestüt und eurem Gut geben soll.«

»Einen Brand nach einem Blitzschlag finde ich gar nicht merkwürdig. Das kommt häufiger vor. Aber dieser Nebel plötzlich. Der ganze Wald erschien unwirklich und mysteriös.« Mauro schauderte es bei der Erinnerung daran.

»Der Blitzschlag selbst nicht, aber was danach geschah ...« Doriano berichtete über die Vorkommnisse am See und im Stall. Als er von der Kette mit dem dunklen Stein sprach, die er seit dem Kleiderwechsel auf dem Weingut vermisste, zügelte Mauro abrupt sein Pferd.

»Das muss das Amulett sein, das Rosalba gestern in der

Wäsche fand!« Mauro fluchte unbeherrscht. Rosalbas Geheimnis! Jetzt hatte er es verraten. Er biss sich auf die Lippen und dachte einen Moment nach. »Dieser Stein ist ganz ungewöhnlich. Sie zeigte ihn mir, als ... Es muss zur gleichen Zeit gewesen sein, als diese seltsame Frau bei euch auftauchte.«

»Sie besaß magische Kräfte. Erst hat sie uns verhext und anschließend Silvana eine unglaubliche Geschichte von *Feu* erzählt.« Doriano nahm die Zügel von der einen in die andere Hand. »Ich glaube, das Amulett gehört nicht der Frau. Ich fand es am See, nachdem der Mann spurlos verschwunden war.«

»Trotzdem! Ich trug das Amulett bei mir, als ...« Mauro erbleichte. »Himmel! Und ich gab es ihr zurück!« Er zügelte sein Pferd und wartete auf die drei Knechte, die ein Stück hinter ihnen ritten. »Ich zeige euch, wo ich Federico zum letzten Mal sah. Dann reite ich zum Gut zurück.«

»Warum?«, fragte Silvio.

Mauro kratzte sich am Kopf; es dauerte einen Moment, bis ihm eine passende Antwort einfiel. »Wenn wir ihn nicht sofort finden, muss ich jemanden ins Dorf schicken, um so schnell wie möglich die gesamte Moräne zu durchkämmen. Wir fünf sind dafür nicht genug. Wir könnten einen Meter von ihm entfernt durch die Felsen stapfen, ohne ihn überhaupt zu sehen.«

Mauro trieb sein Pferd an. Doriano nickte ihm zu; er verstand die Sorge des Kutschers um Rosalba und billigte seine Entscheidung.

Nachdem Mauro zum dritten Mal erklärte, »dies« sei die richtige Stelle, aber unschlüssig umherblickte, wussten alle, dass sie fremde Hilfe brauchten. Was für Mauro vorher bloß ein Vorwand war, um zum Gut zurückzukehren, erwies sich jetzt als notwendig. Selbst bei Tag war es äußerst schwierig, sich in der Felsenklamm zurecht zu finden. Sobald es dunkelte, würden sie die Suche abbrechen müssen. Dann wäre Federico verloren – wenn er überhaupt noch lebte.

Während die anderen ihre Suche fortsetzten, jagte Mauro nach Hause zurück. Vor den Ställen drückte er die Zügel einem Burschen in die Hand und befahl ihm, ein frisches Pferd zu satteln.

Sofort machte er sich auf die Suche nach Rosalba. Doch weder in der Waschküche noch im Gesindehaus hatte man sie seit dem Morgen gesehen. Sie schien spurlos verschwunden. Mauro bekam Angst um die Magd. Den Gedanken, dass ihr etwas zugestoßen sein könnte, ertrug er nicht.

Er hatte jemanden ins Dorf schicken und selbst mit den übrigen Männern auf den Suchtrupp warten wollen, um ihnen den Weg zu zeigen. Doch nun erfasste ihn eine Unruhe, die es ihm unmöglich machte, stundenlang untätig herumzusitzen. So erklärte er den Knechten, welchen Treffpunkt er mit Doriano verabredet hatte und schickte sie los. Dann ritt er selber ins Dorf.

Nach einer halben Wegstunde verließ er die Weinfelder Federicos. Kurz darauf tauchte eine Gestalt vor ihm auf: Rosalba! Sie schlenderte die Straße entlang, als ginge sie spazieren, während sich alle anderen um den Gutsherrn sorgten. Er konnte es nicht fassen.

Als er neben ihr sein Pferd parierte, warf sie ihm zwar einen kurzen Blick zu, lief aber ungerührt weiter.

»Was ist los?« Mauro beugte sich herab und griff nach ihrem Arm. »Bist du mir böse wegen heute Morgen?«

Da blieb sie endlich stehen und lächelte ihn an. »Ich gehe ins Dorf, das ist alles.«

»Einfach so? Lässt deine Arbeit liegen? Das glaube ich nicht«, versetzte er. Da aber die Zeit drängte, konnte er sich nicht lange mit ihr unterhalten. »Steig auf; ich nehme dich mit.«

Als sie vor ihm saß, trabte er weiter.

»Du bist wegen des Amuletts unterwegs, oder? Du willst nicht ins Dorf, sondern zu einem Goldschmied in der Stadt, nicht wahr?«

Rosalba antwortete ihm nicht.

Mauro hielt wieder an und zwang sie, sich zu ihm umzudrehen. »Wirf es weg! Das Amulett ist verhext. Wenn du es behältst, geschieht dir ein Unglück. Genau wie Federico.«

Da lachte sie ihm ins Gesicht. »Mauro, du bist ein Angsthase. Ich frage mich, wie du den Krieg überlebt hast.«

»Eben darum!«

»Du brauchst dir keine Sorgen zu machen; reit weiter. Ich hab' die Kette nicht mehr.«

Er runzelte die Stirn, trieb aber gehorsam das Pferd wieder an. »Was willst du dann im Dorf?«

Rosalba hob die Schultern, zögerte mit der Antwort. Plötzlich platzte sie heraus: »Ich hab' die Kette eingetauscht.« Sie legte ihre Hände auf die seinen. »Und ich werde nie wieder für andere Leute Wäsche waschen. Ich werde überhaupt nie wieder arbeiten.«

Mauro seufzte. Weiber – wieso kamen sie alle auf den Gedanken, dass es schön wäre, nicht zu arbeiten.

Er unterdrückte einen Kommentar, um sie nicht weiter zu verärgern. Für eine Weile genoss er die Wärme ihres Körpers in seinen Armen.

Warum musste alles so verwickelt sein – gerade glaubte er, endlich gehöre ihm ihr Herz; da entschloss sie sich, das Gut zu verlassen und eigene Wege zu gehen. Er verstand nicht, wann und wie sie auf diese absonderliche Idee gekommen sein konnte. Am Abend schien sie ihm eindeutig zugeneigt. Oder hatte sie ihm das vorgegaukelt?

Er wollte nicht darüber nachdenken. Federico und all die seltsamen Ereignisse erforderten seine ganze Aufmerksamkeit. Darüber sollte er sich Sorgen machen, nicht über die Launen eines eitlen Mädchens.

Er senkte seinen Kopf für einen Moment auf Rosalbas Schulter; ihr Haar duftete intensiv nach Zitronen – oder war es Melisse?

Eine halbe Stunde später tauchte hinter dem nächsten Hügel das Dorf auf.

Rosalba stieß ihm übermütig in die Seite; ihre Augen blitzten. »Es dauert noch lange, bis der Postwagen kommt. Ich habe meine Ersparnisse mitgenommen. Wir können uns mit dem Zuckerwerk und den Törtchen von Fabrizio ein langes Frühstück und ein ausgiebiges Mittagessen leisten.«

»Hast du vergessen, dass ich zurück muss, sobald ich die Männer für den Suchtrupp zusammen habe? Wir müssen Federico finden.«

»Inzwischen kannst du mir trotzdem Gesellschaft leisten. Wer weiß, wann wir uns wieder sehen.«

‚Niemals mehr‘, dachte Mauro voller Ingrimm.

»Halte dein Geld zusammen«, sagte er mit leiser Stimme, aus der die Traurigkeit herausklang. »Du wirst es brauchen.« So wie sie ausschaute, würde ihr jeder den Hof machen und sie ließe sich vom erstbesten Schnösel den Kopf verdrehen.

Sie lachte ihn aus. »Für die Rubine bekomme ich ein Vermögen.« Sie kramte in ihrer Rocktasche und zog einen kleinen Beutel hervor, der fast in ihrer Handfläche verschwand. Sie schnürte ihn auf und zeigte ihm die Steine.

Rubine? Schon möglich, – aber er fand, dass sie ein wenig seltsam aussahen.

»Lass die unterwegs niemanden sehen!« Das verhexte Amulett hatte sie fortgegeben, aber diese Steine mochten es in jeder Hinsicht ersetzen. Die Härchen in seinem Nacken stellten sich auf; ihn beschlich ein Gefühl der Bedrohung. Auch diese Rubine waren mit dem Geschehen der letzten zwei Tage verbunden. Vielleicht ließ er Rosalba besser nicht alleine.

Mauro setzte sie vor Fabrizios Bäckerei ab und ging zum Schulhaus hinüber, um die Kinder auf die Suche nach ihren Vätern zu schicken. Gleich darauf stürmten sie hinaus, um die Männer des Dorfes zum Kirchplatz zu bestellen. Concetta begleitete Mauro dorthin, damit die Schüler ihr nicht entwischten, sobald sie zurückkämen. Während sie auf die Männer für den Suchtrupp warteten, erzählte Mauro von den Vorfällen der letzten Tage.

Ihr Gesicht wurde immer sorgenvoller, während sie zuhörte. Eine ganze Weile knibbelte sie an ihren Fingernägeln, bevor sie sich zu einer vagen Erklärung entschloss. »Es gibt da eine uralte, fast vergessene Geschichte. Ich werde heute Nachmittag zum Pfarrer gehen und seine Folianten studieren.«

Schweigend saßen sie nebeneinander, bis einer nach dem anderen die Männer des Dorfes eintrafen. Als Concetta ihre Schüler wieder beisammen hatte, stand sie auf, um mit ihnen den Unterricht fortzusetzen. Vom Rand des Kirchplatzes rief sie Mauro zu: »Ich rate dir, pass auf dein Mädchen auf.«

Mauro kroch eine Gänsehaut den Rücken hoch; langsam wurde es ein vertrautes Gefühl. Er sollte Rosalba nicht alleine in die Stadt fahren lassen; aber sie wartete gewiss nicht, bis sie Federico gefunden hatten. Ratlos blickte er zur Bäckerei am Ende der Straße hinüber.

***

Als Rosalba mit zwei großen Schachteln voller Leckereien Fabrizios Laden verließ, stand Mauro mit der Lehrerin vor der Kirche. Sie unterhielten sich angeregt. Ein dumpfes Gefühl breitete sich bei diesem Anblick in Rosalbas Magen aus. Plötzlich erstaunte es sie nicht mehr, dass er ihr Tortenfrühstück verschmäht hatte. Concetta war die schönste Frau im Dorf; waren sie schon lange so vertraut miteinander?

Rosalba presste die Lippen zusammen und ging entschlossen zur Bank vor dem Gemeindehaus, um ihre Törtchen zu genießen. Später ritt Mauro mit den Männern aus dem Dorf davon, ohne sie weiter zu beachten.

Nachdenklich knabberte Rosalba an einer Zuckerstange. Dieses Leben als Magd hasste sie schon so lange, dass sie es nicht schnell genug hinter sich lassen konnte. Von allen Seiten betrachtete sie ihre Hände, die rot und rissig waren und vorzeitig alterten. Gewiss würden sie wieder schön, wenn sie sie nicht mehr jeden Tag in den Waschzuber stecken musste.

Aber plötzlich gab es hier etwas, was sie mit Bedauern zurückließe. Besser wäre es, nichts zu überstürzen: Was schadete es, nach all der Zeit einen Tag länger zu bleiben?

Polternd rollte der Postwagen die Straße herunter ins Dorf. Keiner wusste genau, warum dieses Gefährt so genannt wurde; dem Gutsherrn brachte ein Depeschenreiter aus der Stadt die Briefe.

Der Fahrer half der alten Beppina vom Kutschbock und während er ihren Koffer zwischen den Waren auf der Ladefläche suchte, hinkte sie an ihrem Stock zu Rosalba.

»Ich habe meinen Neffen besucht; er ist jetzt bei den Husaren. Ganz stolz ist er«, erklärte sie.

Rosalba suchte nach einer Antwort, die verständnisvoll klang und dem Dorfklatsch keine Nahrung gäbe. »In der Stadt hat jeder eine Chance, egal, aus welcher Familie er kommt.«

Beppina runzelte die Stirn und musterte sie nachdrücklich. »Wer hat dir denn diese Flausen in den Kopf gesetzt? Warst du schon einmal da? Ich sag dir was: Freiwillig bekommen mich keine zehn Pferde dorthin. Wenn ich nicht meiner Schwester auf dem Totenbett versprochen hätte ...«

»Was hast du an der Stadt auszusetzen?«

Beppina antwortete nicht. Sie starrte vor sich hin, tief in Gedanken versunken.

Der Kutscher brachte ihren Koffer und stellte ihn neben die Bank. Beppina tippte Rosalba auf den Arm und zeigte auf den eingerissenen Griff. »Schau dir das an: Beklauen wollten sie mich! Aber denen hab’ ich es gezeigt.« Aus ihrer Stimme klangen gleichzeitig Empörung und Triumph, während sie mit ihrem Stock Rosalba vor der Nase herumfuchtelte. »Hüte dich; das ist ein schlimmes Pflaster.«

Rosalba antwortete lieber nicht. Ein Widerspruch hätte die Alte zu einem langen Vortrag herausgefordert.

»Bring mich nach Hause, junger Mann.« Beppina stand auf und wies den Kutscher an, ihren Koffer zu tragen. Dann drehte sie sich noch einmal um. »Was ich auszusetzen habe?

Das Schlimmste an der Stadt ist, dass es dort stinkt! Einfach auf die Straße schütten die Leute ihre Abfälle und ihre... ihre ... na, du weißt schon.« Sie rümpfte die Nase und schnaubte verächtlich.

Also hatte Beppina ihre Frage doch gehört; Rosalba schmunzelte.

Plötzlich nahm sie den Geruch des Jasmins wahr, der neben der Bank wuchs. »Es stinkt also«, sagte sie zu dem Strauch.

Sie holte ihr Beutelchen hervor und wog es einen Moment in der Hand. Wem es nicht gelang, die alte Beppina zu bestehlen, konnte auch ihr nichts anhaben.

Und wenn sie Mauro überreden könnte, sie zu begleiten? Aber er würde wieder zum Gut zurückkehren wollen. Sie starrte den Jasmin an, als läge dort die Antwort verborgen. Wenn sie nicht mehr waschen müsste, sprach eigentlich nichts dagegen zurückzukehren. Sie brach einen blühenden Zweig vom Strauch, schloss die Augen und sog seinen Duft ein.

Als der Postfahrer zurückkam, schulterte sie ihr Bündel, winkte ihm und machte sich auf den Heimweg.

11

Als Silvana erwachte, war die Nymbianerin spurlos verschwunden. Ein kleiner Blutfleck an ihrer Schulter bewies jedoch, dass diese Roya existierte. Benommen richtete sie sich auf und massierte ihre Schläfen mit den Handballen. Rasch lief sie nach Hause.

In Windeseile sattelte Silvana Larissa, saß auf und ließ die Zügel locker, sobald sie den Hof verlassen hatten. »So, altes Mädchen«, sagte sie dicht am Ohr der Stute. »Wir beide werden deinen Sohn finden – und Federico.« Sie strich ihr ermutigend über die Mähne.

Das Pferd trabte zum Waldrand. »Nein, nicht zum Schattensee. Da komme ich gerade her. *Feu* ist dort nicht.« Sie versuchte, Larissa Richtung Weingut zu lenken. Doch die Stute ließ sich nicht beirren, schnaubte leise und lief weiter.

Alles war still, nicht einmal die Vögel zwitscherten. Silvana duckte sich unwillkürlich und presste die Schenkel eng an den Bauch des Pferdes. »Unheimlich«, flüsterte sie. »Wir hätten über die Hochebene reiten sollen.«

Am Ufer des Sees verharrte die Stute mit gespitzten Ohren, als ob sie nach etwas lauschte. Dann wieherte sie und setzte sich erneut in Bewegung.

»Hast du etwas gehört?« Silvana schaute über das Was-

85

ser, das in der Sonne wie ein Diamant glitzerte. Larissa trabte am Ufer entlang bis zur gegenüberliegenden Seite des Sees. Anschließend bog sie in den Sumpf ab.

Nebelschwaden zogen über das knorrige Gestrüpp. Nicht einmal Larissas Hufe machten ein Geräusch, der weiche Boden verschluckte alles. Der Geruch von modriger Erde stieg Silvana in die Nase. Mit Bedacht ging die Stute Schritt für Schritt vorwärts und Silvana vertraute ihrem Instinkt.

Nach einer Weile wurde der Boden fester, war mit Gras und Blumen bewachsen und der Dunst lichtete sich. Silvana atmete auf.

Larissa lief schneller und trabte zielstrebig über eine Lichtung. Am Rande des Pinienwaldes blieb sie stehen und wieherte laut. Sie stieg hoch, sodass Silvana beinahe abgerutscht wäre. Im letzten Moment hielt sie sich an der Mähne fest. Es raschelte im Gebüsch. Am Rande des Wäldchens kam das Fohlen zum Vorschein und blieb dort abwartend stehen.

»*Feu!*«, rief sie und sprang ab.

Das Fohlen ging zögernd ein paar Schritte vorwärts. Silvana lief ihm entgegen. »*Feu*«, sagte sie leise, kraulte sein seidiges Fell und legte ihr Gesicht an den Hals. »Warum bist du weggelaufen und wie bist du hierher gekommen?«

Larissa blieb in der Nähe stehen und begann zu grasen. »Komm, wir müssen wieder zurück«, erklärte Silvana. »Federico ist verschwunden. Doriano und die Männer suchen nach ihm.« *Feu* knabberte an ihrem Arm. »Du brauchst dich jetzt gar nicht einzuschmeicheln«, tadelte Silvana. . »Wir müssen uns beeilen. Bald wird es dunkel.«

Feu schob sie in das Pinienwäldchen. »Du meinst, ich

soll dir folgen?« Silvana überlegte. Wenn Federico den Hang hinunter gestürzt war, konnte er durchaus im Flussbett liegen.

Als ob *Feu* ihr zustimmte, wieherte er leise und lief los. »Vielleicht hast du recht«, sagte sie nachdenklich.

Sie saß auf und Larissa trabte langsam hinter *Feu* her. Das Gelände wurde unwegsamer. Große Felsbrocken und abgebrochenes Geäst versperrten den Weg. Vorsichtshalber stieg Silvana ab und nahm Larissa an den Zügeln, um sie bis zum Flussbett zu führen.

Das Wasser sah tiefer aus, als es war. *Feu* setzte bedächtig ein Bein vor das andere und erreichte unversehrt das gegenüberliegende Ufer. Silvana zog sich die Schuhe aus und watete hindurch. Am Fuß des Berges, der zum Weingut führte, lichtete sich der Wald. Vereinzelt wuchsen verkrüppelte Bäume auf den schroffen, steil aufragenden Felsen. Elstern umkreisten kreischend den Berg.

Silvana schaute die Felswand hoch, ob sie Federico irgendwo entdecken konnte.

Feu trabte stetig weiter den Fluss entlang. Manchmal blieb er stehen, weil Silvana mit Larissa nicht so schnell folgen konnte. Plötzlich kam das Fohlen zu ihr zurück.

In der Hoffnung, irgendeinen Laut zu hören, hielt Silvana den Atem an. Auf dieser Seite war der Berg zerklüftet. Es gab mehrere Felsvorsprünge, die sie nicht einsehen konnte.

Feu rieb seinen Kopf an ihrem Arm. »Ich kann nichts erkennen«, sagte sie. Ihre Stimme hallte von den Felsen zurück.

Ein Knacken, als ob ein Ast brach, ließ sie zurückspringen. Steine polterten ins Tal und rissen Gehölz mit sich. Instinktiv richtete sie ihre Augen auf die Stelle, von der das Geräusch vermutlich gekommen war. Dort hing etwas in einem abgestorbenen Baum. Sie konnte nicht erkennen, ob es ein Mensch oder ein Adlerhorst war.

»Federico?« Nichts rührte sich. Das Poltern verebbte. »Federico!«, rief sie lauter. Erneut knackte es. Silvana erwartete eine weitere Salve von Steinen. – Doch rief da nicht jemand?

»Federico! Bist du das?« Silvana suchte mit den Augen das Geäst ab.

»Ich bin hier oben!«

Äste brachen und wieder polterte Geröll den Berg hinunter. Ihr blieb fast das Herz stehen. »Um Gottes Willen, rühr dich bloß nicht!«

»Wo bist du?«, fragte Federico.

»Hier unten im Flussbett.« Silvana bekam keine Antwort. »Federico, geht es dir gut?«, rief sie ängstlich.

»Alles in Ordnung. Bist du allein?« Seine Worte hallten. Er machte eine Pause, bevor er weitersprach: »Du musst Hilfe holen.«

»*Feu* und Larissa sind bei mir.«

»Geh am Ufer des Flussbettes weiter hinauf«, erklärte Federico. »Auf halbem Wege findest du eine Waldschneise. Halte dich rechts; dann kommst du an der großen Pferdekoppel raus. Hast du verstanden? – Sag Mauro, er soll ein langes Seil mitbringen. Er muss mich von oben bergen.«

»Die Männer suchen dich bereits.« Silvana nahm Larissas Zügel auf und machte sich auf den Weg. »Wir sind gleich bei dir!«, rief sie und bog um den nächsten Felsen.

»Hoffentlich klappt das auch«, murmelte sie. »Wenn Federico die Nacht im Geäst verbringen muss ... nicht auszudenken.« Sie legte einen Schritt zu. »Oder wenn der knorrige Baum ihn nicht hält!« Abrupt blieb sie stehen.

Feu blickte sich um und wieherte leise, dann trabte er vorwärts. »Du hast ja recht. Wir haben keine Zeit zum Nachdenken.«

Der aufsteigende Weg über das Felsgestein des Flussbettes war beschwerlich. Unterwegs traf sie auf Federicos Rappen. Er hinkte, ein paar Wunden waren verkrustet. Silvana prüfte seine Hufe und nahm ihn am Zügel. Es dauerte fast eine Stunde, bis sie an die Schneise kam.

Auf der Pferdekoppel ließ sie Federicos Rappen zurück. Dann saß sie auf und trieb Larissa zur Eile. Als das Weingut in Sichtweite kam, atmete sie erleichtert auf. »Mauro! Silvio! Ist jemand da?« Niemand antwortete ihr. Sie eilte ins Gesindehaus. »Rosalba, wo sind die Männer?«, rief sie. Das Weingut wirkte verlassen. Sie ging wieder hinaus. »Rosalba!«, schrie sie über den Hof.

»Rosalba ist weg.« Emma schlurfte mit einem Wäschekorb in den Hof. »Sie hat sich fein angezogen, wie eine Dame, und ist einfach verschwunden.«

»Wohin?«

»Wohin weiß ich nicht. Sie hat nichts gesagt. Nur, dass ich jetzt die Wäsche zu waschen hätte.« Emma hängte die Bettlaken auf. »Die Männer sind alle fort und suchen den Herrn. Mauro war kurz hier, um ein frisches Pferd zu holen.« Sie schlug kräftig ein Laken aus, um es glatt zu bekommen.

»Und Teresa?«

»Ich nehme an, sie ist in der Küche. Sie muss für alle kochen.«

Silvana zog eine Augenbraue hoch. »Immer, wenn man wirklich jemanden braucht, ist keiner da.« Sie ging in den Stall und suchte nach einem Seil und nach Handschuhen. Alles war ordentlich sortiert, anders als auf dem Gestüt. Sie prüfte die Stricke und suchte ein Paar halbwegs passende Handschuhe. Nachdem sie ein Pferd für Federico gesattelt hatte, lief sie zurück über den Hof.

Teresa schaute aus der Küchentür und wischte sich die Hände an der Schürze ab. »Silvana, Emma erzählte gerade, dass du ...«

»Ich muss wieder los«, erklärte Silvana. »Wenn die Männer zurückkommen, sag ihnen, ich habe Federico gefunden und sie sollen auf der Hochebene zur alten Hütte reiten. Von da den alten Jagdweg nach Osten bis zum Ende. Er ist dort abgestürzt.«

»Was?« Teresa blieb vor Schreck der Mund offen stehen. »Wie hast du ...«

»Komm, *Feu*.« Silvana galoppierte davon, ohne auf Teresas Fragen einzugehen.

12

Dort, wo sie die Absturzstelle vermutete, verringerte Silvana das Tempo. »Federico!«, rief sie ein paar Mal. Sie bekam keine Antwort. Ihre Sorge wuchs, dass seine Kräfte versagt hätten und er inzwischen abgestürzt sei.

Sie saß ab und führte Larissa näher an den Abgrund. Aufmerksam untersuchte sie den Boden nach Spuren, um sicher zu sein, dass sie sich am richtigen Ort befand.

»Federico?«, rief sie erneut. »Bist du hier?«

War da nicht ein Geräusch? Sie hielt inne, um intensiver zu lauschen. »Federico?«

»Silvana, ich bin hier unten«, klang es dumpf zu ihr hoch.

»Wo?« Sie betrachtete den Boden genauer und erkannte die Abbruchkante, an der Federico hinuntergerutscht sein musste. Aber ihn sah sie nicht.

»Ich glaube, du bist genau über mir. Hast du die Männer mitgebracht?«

»Nein, aber ich habe ein Seil.«

Federico schwieg eine Weile. »Steht in der Nähe ein stabiler Baum auf festem Grund?«

Sie schaute sich um. »Ja. Das müsste klappen!«, rief sie.

»Binde ein Ende des Seils daran fest«, befahl Federico. »Kannst du noch die Knoten?«

Silvana sah Federico vor sich, wie er sie vor langer Zeit die verschiedenen Knoten gelehrt hatte. Bald danach war der Krieg gekommen, in dem er seine Hand verloren hatte.

Sie wickelte das Ende des Stricks um den Stamm und knüpfte es sorgfältig fest. Anschließend zog sie sich die Lederhandschuhe über.

»Fertig.«

»Lass es langsam herunter.«

Silvana warf es über den Rand. »Hast du es?«

»Es ist viel zu weit links.« Sie zog es zurück, legte sich auf den Bauch und robbte bis an die Kannte. Dann warf sie das Seil erneut hinunter.

»Ich hab es!«, rief Federico und band es sich um.

Der Strick spannte sich und sie griff zu und wickelte ihn zweimal um die Hand.

»Ich werde jetzt versuchen hinaufzuklettern.«

Silvana biss sich auf die Lippen und stemmte die Ellenbogen gegen den Boden, um möglichst viel Widerstand zu bieten, falls er abrutschte. Die Spannung zeigte ihr, dass Federico an der Felswand hochkletterte. Sie zog, wenn das Seil locker wurde, um seinen Aufstieg zu unterstützen. Plötzlich gab es einen Ruck. Silvana schrie auf und wurde nach vorne gezogen. Es gelang ihr im letzten Moment, sich im Fels festzukrallen.

»Alles in Ordnung?«, presste Silvana hervor.

Er fluchte und sie atmete auf. Federico hatte wieder Halt gefunden; die Spannung im Seil ließ nach. Sie zog es straff und half ihm Stück für Stück nach oben.

Inzwischen konnte sie ihn sehen. Immer wieder ließ er

kurz das Seil los und vertraute ganz darauf, dass der Strick um seinen Bauch hielt, während er sich mit Knien und Füßen abstützte. Er griff dann mit seiner einen Hand in eine Spalte oder nach einer Wurzel und setzte einen Fuß in eine andere Felsritze, um sich hochzuziehen. Jetzt konnte sie besser abschätzen, wann der richtige Augenblick gekommen war, das Seil zu straffen und das letzte Stück schaffte er schneller. Schließlich konnte sie nach unten langen und ihn am Arm packen. Mit einer letzten Anstrengung zog sie, während er sich mit den Füßen abstieß. Der Schwung brachte ihn mit dem Oberkörper über die Kante. Silvana wich ein Stück zurück und zog noch einmal; dann war er oben. Erschöpft ließ sie das Seil los, rollte sich auf den Rücken und weinte.

Federico keuchte. »Du hast wirklich ganze Arbeit geleistet.« Er setzte sich neben sie und streichelte ihr staub- und tränenverschmiertes Gesicht.

»Ich hatte einen guten Lehrer.« Sie lächelte zaghaft und wischte die Tränen fort.

»Du hast mir das Leben gerettet.« Er küsste sie sanft auf die Wange und nahm sie in den Arm, bis ihr Atem ruhiger ging. »Komm nach Hause«, sagte er dann.

»Der Weg zum Gestüt ist kürzer. Du solltest nicht schon wieder in der Dunkelheit reiten.« Sie stand auf und strich ihren Rock glatt. »Ich schicke Doriano, um Teresa Bescheid zu geben.«

Feu sprang munter neben ihnen her, als sie in der beginnenden Dämmerung nach einem Weg suchten, der bergab führte.

»Ich verstehe das Fohlen nicht.« Silvana sah Federico von der Seite an und überlegte, was sie ihm erzählen durfte.

Sie wusste nicht, worüber sie sonst mit ihm reden sollte, mochte aber nicht schweigend neben ihm reiten. »Wenn du dabei bist, gehorcht es. Sobald es mit mir allein ist, läuft es weg. Ich glaube, Doriano und ich werden viel Zeit aufwenden müssen, um es zu erziehen.«

»Euer Fohlen scheint etwas ganz Besonderes zu sein«, stellte Federico fest.

»Das ist sicher.« Silvana seufzte. Sie wagte nicht, mehr zu sagen.

»Silvana?«

»Ja?« Sie zügelte ihr Pferd.

»Ich möchte ...«

»Was?« Silvana hielt den Atem an.

»Ach nichts. Ich werde nachher mit Doriano darüber reden.«

Jeder in seine eigenen Gedanken versunken, erreichten sie das Gestüt.

In der Küche brannte Licht und als Doriano das Fenster öffnete, ließ Federico ihn erst gar nicht zu Wort kommen. »Silvana hat mich aus dem Berg geholt.«

Doriano nickte. »Bei Silvana wundert mich gar nichts mehr.« Er grinste sie an. »Aber demnächst sagst du vorher Bescheid, wenn du dich zu Abenteuern aufmachst.«

Silvana hatte sich unterwegs von der Anstrengung und den Ängsten erholt und grinste fröhlich zurück. »Wir müssen sehen, dass wir ein Nachtlager für Federico finden.«

Federico lächelte sie an. In seinen Augen tanzten tausend kleine Lichter. »Und was ist mit den Pferden?«

»Die versorge ich gleich.«

Federico übergab ihr die Zügel und sah ihr einen Moment hinterher, bevor er ins Haus ging. Auf einmal fühlte er die ganze Anstrengung dieses langen Tages.

Als Silvana dann in die Küche kam, hielt Federico sie an der Hand fest. »Bist du nicht müde?«, fragte er so leise, dass er kaum zu verstehen war.

Sie schüttelte den Kopf. Tatsächlich fühlte sie eine Kraft in sich, die unerschöpflich schien. Federico hielt noch immer ihre Hand und sie errötete.

Doriano hatte nichts davon bemerkt; er war damit beschäftigt, das Feuer im Herd anzuzünden. Sie zog ihre Hand weg und lief in die Stube, um ein paar Decken für Federico zusammenzusuchen. Als sie danach wieder zu den Pferden hinausging, spürte sie noch immer den Druck seiner Hand in der ihren und ein wohliges Gefühl breitete sich in ihrem Magen aus. Sie summte ein altes Liebeslied, während sie die Tiere in den Stall führte und sie fütterte. »Wie fühlt sich das an, verliebt zu sein?«, fragte sie Larissa mit einem Augenzwinkern.

***

Mitten in der Nacht wachte Silvana schweißgebadet auf. Sie versuchte, sich zu erinnern, was sie geträumt hatte, doch sie spürte nur die Angst, die der Traum in ihr ausgelöst hatte. Erst jetzt kam ihr die ganze Aufregung des letzten Tages richtig zu Bewusstsein. Ihre Arme schmerzten von der Anstrengung; morgen würde sie einen solchen Muskelkater haben, dass sie nichts mehr heben könnte.

Wer war diese Nymbianerin, die sich Roya nannte? Und was suchte sie am Schattensee? Wie sollte sie mit dem Fohlen

Seoria retten, wenn sie nicht einmal wusste, wo das lag? Geschweige denn, wovor sie *Feu* schützen sollte.

Langsam schlüpfte sie unter dem Betttuch hervor. Sie schlich zum Fenster. Der Mond erhellte die Wipfel der Bäume, die sich im Wind sacht hin und her bewegten. Niemand passte jetzt auf *Feu* auf. Plötzlich erschien ihr das nicht klug.

Silvana nahm den Umhang vom Fußende des Bettes, wickelte ihn um die Schultern und huschte aus dem Haus. Das Stalltor knarrte überlaut in ihren Ohren. Sie blickte erschrocken zum Haus, aber alle Zimmer blieben dunkel.

Schemenhaft erkannte sie die einzelnen Boxen. »*Feu?*«, fragte sie flüsternd. Ein leises Wiehern und das Rascheln von Stroh sagten ihr, dass er diesmal nicht verschwunden war. Sie öffnete die Boxentür und glitt hinein. Im Mondlicht schimmerte *Feus* Fell silbrig. Sie strich zärtlich darüber.

»Du bist wirklich ein schönes Pferdchen. Woher wusstest du, wo Federico verunglückt war? Gehört das auch zu deinen Gaben?«

Feu knabberte an Silvanas Hand, dann zog er ihr den Umhang herunter. Silvana hob ihn wieder auf, doch das Fohlen zog ihn erneut ins Stroh.

»Soll ich mich zu dir setzen?« Sie ließ sich nieder. »Du magst nicht gerne im Stall sein, nicht wahr? Aber warum läufst du dauernd weg?« Silvana zog die Beine an, schlang ihre Arme darum und stützte das Kinn auf die Knie. »Wenn du nur mit mir reden könntest.« Sie seufzte. »Warum haben Menschen und Tiere nicht die gleiche Sprache? Das Leben wäre so viel einfacher.«

Feu schnaubte durch die Nüstern, als ob er Silvana zustimmen wollte. Dann scharrte er mit einem Huf, stieß sie mit den Kopf an, sodass sie ins Stroh fiel.

»Was machst du denn!« Sie zupfte sich ein paar Strohhalme aus den Haaren. »Ich muss jetzt gehen.«

Feu drängte sich eng an sie und schlüpfte neben ihr aus der Box. Silvana versuchte, ihn zurückzubringen, doch *Feu* stemmte sich gegen sie wie ein störrischer Esel. »Du kannst nicht mitkommen. Menschen schlafen in Betten, das ist nichts für Pferde.« *Feu* riss sich los und lief zur Stalltür. Silvana schloss die Box, damit Larissa nicht auch noch hinauskam und eilte hinter dem Fohlen her.

Sie hätte die Tür schließen sollen. *Feu* war inzwischen auf dem Hof und trabte zum Wald. Schimpfend rannte sie hinter ihm her. Sie trat auf den Saum des langen Nachthemds und wäre beinahe gefallen. *Feu* blieb stehen und drehte sich zu ihr um, als ob er wartete. Als Silvana näher kam, trabte er erneut davon. Sie erreichten den Waldrand und *Feu* lief hinein.

Ein Käuzchen rief und Silvana erschrak. Für ihre Großmutter hatte der Ruf des Käuzchens als Todesbote gegolten. Einige Fledermäuse flatterten auf, ließen sich kopfüber an den Ästen nieder und fixierten Silvana. Das Fohlen trabte unbeirrbar weiter.

»*Feu*, ich habe Angst«, flüsterte Silvana.

Am Schattensee blieb *Feu* stehen und sie ging langsam näher. Diesmal entfernte er sich nicht wieder. Sie streckte ihre Hand aus und lockte ihn. »Nun komm«, sagte sie leise. »Wir gehen wieder zurück.«

Das Fohlen begann, mit den Vorderläufen Laub wegzukratzen. Plötzlich blinkte etwas auf und erhellte den Boden.

»Was ist das denn?« Silvana bückte sich. *Feu* blieb abwartend stehen. »Eine glitzernde Kugel«, stellte sie fest und hob sie auf. Im Mondlicht konnte sie nicht erkennen, ob sie aus Glas oder aus Kristall bestand. Sie war so groß, dass sie sie gerade mit ihren beiden Händen umfassen konnte.

»Sieh nur, wie schön sie ist.« Sie setzte sich ans Ufer und tauchte sie ins Wasser, um den Schmutz abzuwaschen. Dann betrachtete sie die Kugel von allen Seiten. »Eine Zauberkugel?«, fragte sie laut und amüsierte sich über diese Vorstellung. »Aber nein. Da ist irgendetwas drin.« Sie nahm einen Zipfel des Nachthemds und polierte die Oberfläche. »Darin ist …« Noch einmal rieb sie. Fasziniert starrte sie hinein. »Ich sehe eine richtige kleine Welt: eine Stadt, die ganz anders gebaut ist wie die unseren.« Sie drehte die Kugel. »Hier sind Bäume, ein Zelt …« Abrupt ließ sie sie in den Schoß fallen. »*Feu*«, flüsterte sie, »in der Kugel ist die Fürstin des Schattenreichs zu sehen.«

Silvana war so ins Betrachten der Kugel vertieft, dass sie erst merkte, wie die Zeit verging, als es zu dämmern begann. *Feu* hatte die ganze Zeit brav neben ihr im Gras gelegen, als warte er auf etwas. Sie sprang auf, gespannt, ob er mit ihr nach Hause ginge.

Als sie den Arm um seinen Hals legte, lehnte er sich dagegen und rieb den Kopf an ihrer Hüfte. Dann schritt er voraus – Richtung Gestüt. Sie packte die Kristallkugel in ihren Umhang und lief hinterher.

»Läufst du immer im Nachthemd durch den Wald?« Federico brachte sein Pferd vor ihr zum Stehen und beugte sich zu ihr herunter. Silvana fühlte sich ertappt wie ein kleines Mädchen. Vor Schreck ließ sie die Kugel fallen.

»Was ist das denn?«

Sie hob sie auf und zeigte sie ihm.

»Bist du deshalb in den Wald gelaufen?«

»Nein ...«, stotterte Silvana.

Die Kristallkugel strahlte plötzlich nicht mehr, sondern schien aus gewöhnlichem Glas. Silvana fühlte sich merkwürdig erleichtert darüber und atmete auf. »*Feu* ist mir ausgerissen. Dabei habe ich diese Kugel gefunden.«

Er reichte ihr die Hand und half ihr aufs Pferd. »Komm, du gehörst ins Bett.« Er tippte auf die Kristallkugel in ihrem Schoß. »Willst du das Ding mitschleppen?«

»Ich finde sie schön«, sagte sie und merkte, dass sie trotzig klang wie ein Kind. Sie verstand nicht, warum sie sich so verhielt.

»Willst du jetzt unter die Wahrsagerinnen gehen?«

»Ich? Nein. Aber sie ist hübsch; eben hat sie sogar geleuchtet.«

»Gewiss hat sich nur das Mondlicht darin gespiegelt.« Er schmunzelte. »Bestimmt gibt es Zauberkugeln, aber warum sollte ausgerechnet hier eine zu finden sein.«

Silvana hatte den Verdacht, dass er sie aufzog. »Du meinst, ich bin kindisch?«

»Aber nein. Diese hier taugt für den nächsten Weihnachtsbaum.« Als sie sich umdrehte und ihre Augen zornig aufblitzten, lenkte er ein. »Nein, das denke ich nicht. Du hast gestern überlegt und umsichtig gehandelt. Du bist erwachsen geworden.« Dann trieb er sein Pferd an und rief *Feu*.

Zu Silvanas Erstaunen ließ sich das Fohlen gleich darauf anstandslos von Federico in den Stall bringen.

Sie sah ihm nachdenklich hinterher, als er über den Hof schlenderte. Zu gerne hätte sie gewusst, was er mit Doriano zu besprechen hatte.

13

Moghora erwachte, als sich die Hitze im Zelt staute. Während sie über die vor Trockenheit aufgerissenen Lippen leckte, versuchte sie abzuschätzen, wie lange sie schon gefangen lag.

Ihrem Durst nach zu urteilen, hatte sie einen ganzen Tag verschlafen. Sie hatte auf dem Gestüt wohl nicht nur ihre Zauberkraft, sondern all ihre Energiereserven verbraucht. Jetzt fühlte sie sich wieder stark, aber wenn sie ihre Hände nicht freibekam, konnte sie nicht zaubern.

Dieses Zelt konnte nicht allzu weit entfernt von Grints Marmorstadt stehen. Sonst hätten die beiden es nicht gewagt, sie unbewacht zurückzulassen. Sie kannte den Alten gut genug, um zu wissen, was es bedeutete, dass sie immer noch nicht zurückgekehrt waren.

Die Haut an den Handgelenken brannte. Als sie wieder an den Stricken riss, spürte sie das Blut warm an den Armen entlangsickern. Unbeeindruckt zog und zerrte sie beharrlich weiter.

Unendlich viel Zeit schien zu vergehen, bis sie das Gefühl hatte, die Fesseln lockerten sich. Schließlich gelang es ihr, sie so weit zu dehnen, dass sie mit einer Hand aus der Schlinge schlüpfen konnte. Mit dem Zeigefinger strich sie über das stinkende Fell, sodass es aufplatzte. Sie befreite sich ganz und trat an den Vorhang.

»Du kommst hier nicht raus«, ertönte plötzlich die piepsige Stimme des Zwergs hinter ihr. »Der fette Kerl hat den Eingang verhext. Man braucht einen besonderen Kristall, um hindurchzukommen.«

Moghora fuhr herum. Zwei gelbe Augen funkelten sie durch das Gitter des alten Vogelkäfigs an. Sie trat näher und musterte den eingepferchten Zwerg. Sein Gesicht war blutverkrustet; ein breiter Kratzer reichte von einem seiner spitzen Ohren zum Kinn hinunter. »Und wer bist du, dass du meinst, mich mit solchen Weisheiten belästigen zu dürfen?«

Der Zwerg zuckte zusammen. »Ich ... ich wollte nur höflich sein! Bitte tut mir nichts!«

»Wer bist du und was machst du hier?«

»Ich bin Ibonuk vom Feuerberg. Ich befand mich auf dem Weg zum Schattensee, als ich überfallen wurde.«

Mit einem Fingerschnippen ließ Moghora die Käfigtür aufspringen. Dabei blitzten ihre langen, silbrigen Nägel auf.

»Ihr ... Ihr seid die Fürstin des Schattenreichs!«

»Ich brauche deine Hilfe, Ibonuk!«, sagte Moghora und beugte sich zu ihm hinunter. »Ich muss schnellstens zurück zum Schattensee. Weißt du, wo wir hier sind?«

Der Zwerg schüttelte den Kopf. »Aber ich besitze einen magischen Pfeil, der mir immer die richtige Richtung weist. Hier!« Er zog eine Kette unter dem Lederwams hervor.

Moghora nahm den Pfeil, legte ihn auf die flache Hand und richtete ihre Sinne auf das Kraftfeld, das den Vorhang umgab. Wie eine Wand aus dünnem Eis stand es davor. Sie berührte den Stoff und in ihren Fingerspitzen begann das Blut zu klopfen. Für einen Augenblick erbebte sie unter dem Widerstand, den sie spürte. Sie schloss die Augen und holte tief Luft, richtete all ihre Macht auf das Hindernis. Das Eis schmolz und der Zauber löste sich.

Ibonuk war ihrem Tun mit offenem Mund gefolgt. »Ihr seid wahrlich die Fürstin des Schattenreichs! Ihr braucht nicht einmal einen Kristall, um den Hexspruch aufzulösen!«

Die Fürstin öffnete den Vorhang und trat ins Freie. Sie befand sich auf einer Lichtung, umgeben von undurchdringlichem Dickicht. Ibonuk folgte ihr. Er zog eine kleine Truhe hinter sich her.

»Fürstin, bitte wartet!« Der Zwerg blieb schnaufend neben ihr stehen. »Bitte, Herrin! Hier in dieser Truhe ist mein Kratzhörnchen eingesperrt. Ich habe keinen Schlüssel und will es nicht zurücklassen! Könnt Ihr sie bitte offen zaubern?«

»Ein Kratzhörnchen?« Moghora winkte angewidert ab. »So furchtbar wie diese Viecher stinken, bleibt es besser dort eingesperrt!«

»Aber ich kann es unmöglich hier lassen!«

Moghora klopfte auf die Kiste, die sich daraufhin vom Waldboden hob. »Nun kannst du sie problemlos ziehen.«

Die riesigen Hecken um das Zelt versperrten Moghora die Sicht. Daher holte sie eine goldene Kugel aus ihrem Leinenbeutel und fuhr mit den Fingern darüber. Die Kugel brach auseinander und ihr entflog ein kleines, blinzelndes Auge. Mit leisem Surren entschwand es in die Luft.

Moghora beugte sich zu Ibonuk hinab. »Das ist Aranaz. Er wird hoch über uns schweben und sich die Umgebung einprägen. Beobachte ihn ununterbrochen! Wenn er plötzlich

violett aufleuchtet, sind der Grint oder einer seiner Wächter
auf dem Weg hierher.«

Der Zwerg legte seinen Kopf so weit in den Nacken,
dass er das Gleichgewicht verlor und hintenüber kippte. Während er sich wieder aufrappelte, legte Moghora seinen Pfeil
auf ihre Handfläche, um den Schattensee zu finden. Von dort
aus konnte sie die Suche nach Lybios wieder aufnehmen. Der
Pfeil bewegte sich und rotierte auf ihrer Hand. Ununterbrochen. Immer schneller werdend.

»Was bedeutet das? Warum hält er nicht an und zeigt mir
die Richtung?« Moghora schleuderte den Pfeil weg. Wo war
sie? Zuallererst galt es, den Weg aus diesem Heckenlabyrinth
zu finden. Aranaz würde ihr wohl besser helfen als der
Zwergenpfeil.

Ibonuk hob den Pfeil auf und befestigte ihn wieder an
seiner Kette. Dabei schimpfte er laut genug über die Miss-
achtung der Mächtigen gegenüber den Kleinen, dass Moghora
es hören musste.

Das Auge kam zurück. Moghora streckte ihre Hand aus
und Aranaz landete behutsam. »*Gharash alrodek barann!*«

Im Innern der Pupille flackerte ein Feuer. Die Fürstin
wiederholte die Zauberformel. Aranaz schwebte wieder nach
oben. Ein Lichtkegel trat aus dem Auge und ließ zahllose hohe Bäume sehen.

»Wo befinden wir uns jetzt? Wo ist das Zelt?«, fragte
sie.

Der Kegel zeigte eine größere Fläche: Die Bäume schrumpf-
ten um die Hälfte und Moghora sah nun im Kegel auch das
Zelt, vor dem sie gerade stand. Es war bis zu den Bäumen
von den Hecken umgeben und nirgendwo konnte sie einen

Pfad oder ein Schlupfloch erkennen. Zwei wolfsartige Wesen schlichen hinter den Sträuchern auf und ab.

»Deshalb glaubten sich also meine Häscher so sicher, dass ich ihnen nicht entkomme.« Moghora reckte den Kopf. »Aranaz, welches ist der kürzeste Weg zum Schattensee?«

Nichts geschah.

»Welches ist der kürzeste Weg zum Schattensee?«, wiederholte sie energischer.

Als Aranaz auch diesmal nicht reagierte, lenkte sie das Auge mit einem Kopfnicken zu sich herunter auf die Hand und schüttelte es ungeduldig. »Sag mir, wo ich Lybios finde, und zwar flink, sonst zerquetsche ich dich wie ein rohes Ei!«

Aranaz flog hoch und baute in Windeseile ein riesiges tempelartiges Bauwerk aus weißem Marmor auf. Twehts bewachten das von großen Säulen getragene Hauptportal. Dort musste Lybios sein: Moghora spürte plötzlich seine Gegenwart und schloss die Augen.

Sie sah ihn: Zwei Twehts schleppten den Bewusstlosen durch einen Gang. Ein Mensch folgte ihnen. Sie zerrten ihn über einen Abgrund, in dem sich armdicke Schlangen wanden. Als man Lybios über die Grube hielt, hoben sie ihre dreieckigen Köpfe und zischten ihm entgegen.

Moghora schrie. »Lybios! Lybios! Wach auf!«

Lybios rührte sich nicht.

Die Vision verschwand genauso schnell wie sie gekommen war. Doch Moghora wusste, dass Lybios wirklich in Lebensgefahr schwebte. Einer Ohnmacht nahe taumelte sie zurück und stürzte gegen das Zelt. Sie zerrte an ihrem Umhang, weil sie zu ersticken glaubte. Dabei fiel ihr das Sprachamulett in die Finger. Mit aller Kraft schrie sie hinein.

Die Schlangen mit den beiden Doppelgängern zu füttern, hatte Xavo keinen Schritt weiter gebracht. Dennoch sollte er nun mit Lybios den gleichen Weg gehen.

In der Hoffnung auf einen Ausweg kehrte er in den Turm der Lesekundigen zurück. Vielleicht hatte er etwas übersehen. Aber die Aufzeichnungen der Denker schienen nur aus wirren Zeichen zu bestehen, aus denen er nicht schlau wurde. Nie im Leben hatte er Derartiges gesehen. »Wenn ich Lybios den Schlangen zum Fraß vorwerfe, wie soll ich den Feuerzauber finden? Oder die Fürstin des Schattenreichs fangen? Sie wird sich an mir rächen, uns alle vernichten.«

Wütend schmiss er Papiere und Folianten auf den Boden. Dann trat er darauf herum und schrie: »Wachen!«

Twehts rissen die Tür auf und salutierten.

»Bringt diesen ... diesen Lybios in das Schlangenverlies!«, befahl er.

Xavo war zum Heulen zumute; er schwankte zwischen Zorn und Verzweiflung. »Sundar macht einen Fehler«, murmelte er. »Einen riesigen Fehler. Das ist der Untergang unseres Reichs.«

Müde schlich er die Stufen hinunter in die Kellergewölbe. Vor einer Eisentür wartete er auf die Wachen. Schon von weitem hörte er das schleifende Geräusch. Die beiden Twehts zerrten den betäubten Gefangenen zum Schlangenverlies.

»Wartet«, sagte Xavo und schloss auf. Er betrat das Podest vor dem dunklen Loch, in dem die Schlangen geiferten. Die Viecher bekamen zwar ständig Futter, aber es schien nie genug zu sein. Sie streckten ihre Köpfe empor und zischten ihn an. Er wusste, dass sie ihn wittern konnten. Wären sie in der Lage, ihrer Grube zu entkommen, wenn er ihnen die Beute vorenthielte?

Xavo stellte sich vor, wie sich die Schlangen um Lybios wickelten und er qualvoll erstickte. Ihm wurde übel. Angewidert ging er ein paar Schritte zurück. Mit einem Kopfnicken befahl er den Wachen, Lybios hereinzubringen. Die Männer schleiften ihn zum Rand der Grube und hoben ihn hoch.

Plötzlich vernahm Xavo einen gellenden Schrei, der von weither kam. Erschrocken blickte er sich um. »Habt ihr das gehört?«, fragte er die Wachen.

»Was?« Sie schauten ihn erstaunt an.

Xavo bekam eine Gänsehaut und begann zu zittern. »Haltet ein ...«, flüsterte er.

Was sollte er mit diesem Gefangenen machen? Sundars unüberlegter Befehl, ihn den Schlangen vorzuwerfen, führte nur zu noch mehr Ärger. Wenn sie die Fürstin mit Lybios erpressten und ihren Zorn heraufbeschworen, wer weiß, welche Waffen sie gegen sie alle zu richten vermochte! Es reichte schon, wenn Moghora die Schlangen frei ließe. Xavo schüttelte sich.

Er beschloss, dem Gefangenen eine weitere Chance zu geben und befahl den Wachen, Lybios mit ein paar Eimern Wasser zu wecken.

Als Lybios stöhnte und sich langsam aufrichtete, kniete er sich neben ihn. »Sieh, was dich erwartet, wenn du nicht redest.«

In Lybios' Augen stand das blanke Entsetzen. Xavo triumphierte. »Sundar hat die Geduld verloren.« Er beugte sich vor und flüsterte: »Aber vielleicht gibt es eine andere Lösung. Als Schlangenfutter nützt du dem Grint schließlich nichts mehr.«

Lybios schloss die Augen und presste die Lippen aufeinander.

»Besinne dich.«

Xavo stand auf. »Der hat genug gesehen; er wird reden«, wandte er sich an die Twehts.

Sie packten den Gefangenen und verließen mit ihm das Schlangennest. An der Tür zwang Xavo Lybios, noch einmal zurückzublicken. Der Kopf eines dieser Biester ragte tatsächlich über den Rand der Grube! Vielleicht hatte Moghora sie mit ihren Zauberkräften schon in der Gewalt. Schaudernd schloss er die Tür und verriegelte sie sorgfältig.

Zurück im Verlies schlug Xavo eine neue Taktik ein. »Hör zu, mein Junge. Eigentlich bist du dem alten Grint ganz unwichtig. Du hast nichts verbrochen und niemand hat etwas gegen dich.«

Lybios verzog keine Miene. Wenn Xavo nur eine Ahnung hätte, was in dem Kerl vorging. Er stocherte weiter im Nebel. »Ich weiß nicht, was dir die Fürstin bedeutet«, log er. »Aber wir beide, wir sind bloß zwei kleine Lichter im Spiel der Mächtigen. Welchen Unterschied macht es für uns, ob deine Fürstin oder der alte Grint die Welt beherrschen?«

Endlich kam Bewegung in Lybios. »Ihr seid böse. Eure Welt trägt den Keim des Verderbens in sich.«

Xavo sah sich in die Enge getrieben. »Was ist das für ein Unfug?«

»Dort, wo ihr herrscht, ist alles dem Untergang geweiht. Schau dich um: In euren Städten wächst kein Grashalm mehr. Weißt du überhaupt, wie ein Baum aussieht? Hast du schon einmal einen Vogel gesehen?«

»Wozu braucht man Bäume und Vögel?« Xavo starrte ihn ratlos an. »Wir besitzen alles, was wir uns wünschen.«

Lybios' Augen bekamen einen sehnsüchtigen Glanz. »Vögel? Sie singen. Sie wecken dich mit ihrem sanften Gezwitscher und dein Morgen beginnt ohne das Gebrüll irgendwelcher Soldaten. Bäume sind dein Haus, in dem im Sommer der Wind dich zu kühlen vermag. Hier erstickst du in der Schwüle und würdest dir die Füße auf den heißen Steinen verbrennen, wenn du barfuss gingest.«

»Na, wenn schon. Wozu gibt es Schuhe?« Xavo hatte den Verdacht, dass sein Argument nicht sehr überzeugend war; aber ihm fiel nichts anderes ein. Und tatsächlich: Lybios lachte lauthals. Dieser Gefangene lachte ihn einfach aus.

Das alles führte zu nichts; Xavo steckte in einer Sackgasse, aus der er nur einen Ausweg sah: Er musste sich entscheiden. Wollte er das Risiko eingehen, den Kerl zu opfern? Oder sollte er es wagen, sich gegen die Herrschaft des alten Grint zu stellen?.

14

Roya beschloss, dem alten Grint einen Besuch abzustatten.

Ab und zu verschwanden Zauberer aus dem Schattenreich. Die Weisen behaupteten, dass sie entführt würden – verschleppt in die Marmorstadt des Grint. Sie sollten ihm helfen, endlich Seoria zu erobern. Die Nymbianerin befürchtete, auch Lybios habe dieses Schicksal ereilt. Man munkelte, dass die Twehts bestialische Foltermethoden anwendeten, um zum Ziel zu gelangen. Roya schauderte bei dem Gedanken daran.

Allerdings brauchte sie jemanden, der sie geleitete. Die Marmorstadt kannte sie nur aus Erzählungen. Weltenwanderer berichteten von sternförmig angelegten Straßen, riesigen Tempeln aus weißen glänzenden Steinquadern und stolz marschierenden Twehts.

Sie war froh, dass weder die Sterblichen noch die Twehts durch den Schattensee reisen konnten – wobei die Menschen mit Sicherheit das kleinere Problem darstellten. Allerdings tauchten zuweilen Gerüchte auf, dass es einzelnen gelungen sei. Nun, da sie sich zum ersten Mal in ihrem Leben in der Welt der Sterblichen aufgehalten hatte, war sie sicher, dass das nicht stimmte. Es schienen nicht die klügsten Lebewesen zu sein.

Roya lud ihre Schätze auf den Rücken und verließ den Platz vor der Höhle. Kurz bevor sie auf ihrem winzigen Trampelpfad den See erreichte, ertönte ein gellender Schrei aus Lybios' Amulett, das sie mittlerweile um den Hals trug.

Roya blieb stehen und nahm es in die Hand. »Was geschieht da?«

»Wer bist du?«, kam die Gegenfrage.

Nun erkannte sie Moghoras Stimme. Angesichts der verzweifelten Lage, in der sich Lybios befand, überwand sie ihre Vorbehalte gegen die Schattenfürstin und gab sich zu erkennen.

»Roya? Wie kommst du an Lybios' Amulett?«

»Was ist los? Warum schreist du wie ein baldurisches Rindvieh?«

»Lybios ist in Gefahr! Du musst sofort Kontakt zu ihm aufnehmen.«

»Wenn ich das könnte, hätte ich es längst getan«, fauchte Roya. »Er befindet sich in der Gewalt des alten Grint. Sie foltern ihn, damit er ihnen das Geheimnis des Feuers preisgibt.«

Die Fürstin schnappte hörbar nach Luft.

»Moghora? Hast du mich gehört?«

Roya setzte gerade zu einer Wiederholung an, als Moghoras Stimme laut und deutlich aus dem Amulett ertönte. »Ich habe es geahnt. Wo bist du?«

»Ich bin in der Nähe des Schattensees. Irgendjemand muss sich ja in Bewegung setzen, um Lybios zu retten!«

»Ist es wirklich wahr, dass du keine Verbindung zu ihm aufnehmen kannst?« Moghoras Stimme klang patzig. Wahrscheinlich traute sie ihr nicht.

Roya verdrehte die Augen. »Wenn ich es dir sage. Ich

werde die Marmorstadt betreten müssen, um mit Lybios sprechen zu können. Sobald ich den Schattensee erreiche, werde ich hineinspringen – in der Hoffnung, dass ich an der richtigen Stelle lande.«

»Was willst du damit sagen?«

»Ich kenne mich überhaupt nicht aus und ich weiß auch nicht, was mich erwartet.«

»Na wunderbar!« Roya sah Moghora vor sich: mit vor Wut knallrotem Gesicht und wirr abstehenden Haaren. Roya liebte es, sie aus der Fassung zu bringen. Zu einer anderen Zeit hätte sie sich amüsiert – aber ihr war eher zum Weinen zumute.

»Sobald du beim alten Grint angekommen bist, werde ich dir Hilfe schicken«, fuhr Moghora wesentlich ruhiger fort. »Ich sende dir Aranaz.«

»Aranaz?« Roya ließ das Sprachamulett fallen. Seufzend hob sie es wieder auf. »Das verhexte Auge?«

»Lass es für dich die Umgebung auskundschaften. So wirst du Lybios schneller finden. Außerdem solltest du ...«

»Bist du durchgedreht?«, fiel Roya ihr ins Wort. »Du glaubst doch nicht im Ernst, dass ich das Auge an mich nehme. Die tote Hexe wird mich finden, sobald ich es benutze. Sie wird mich finden! Finden und töten!«

»Sei nicht hysterisch, Roya. Es ist ein einfaches Auge. Zufälligerweise ist es verhext.«

»Ich werde es nicht benutzen!«

»Und Lybios in den sicheren Tod schicken?«

Roya kaute auf ihrer Unterlippe. Sie würde Moghora umbringen das nächste Mal, wenn sie ihr begegnete. Aufspießen. Aufschlitzen. Eigenhändig in die Höhle des Krox schmeißen.

Wenn sie selbst all dies überleben sollte. »Und du? Was wird die Fürstin des Schattenreichs machen, während ihr Liebling den Schlangen zum Fraß vorgeworfen wird? Ruhst du dich aus? Lackierst du dir die Nägel?«

Roya hörte vom anderen Ende einen alt-nymbischen Fluch, doch der schreckte sie nicht.

»Also, was tust du, während mein Bruder dem Tod ins Auge sieht?«

»Ich werde dem alten Grint selber gegenüber treten.«

Bebte Moghoras Stimme? Roya zuckte die Schultern. »Sag ihm, er soll mir anschließend deinen Kopf schicken. Ich möchte deine Stirn runzeln lassen!«

Moghoras Gezeter ließ Roya unbeeindruckt. Sie hatte genug und stopfte das Sprachamulett in ihren Lederbeutel. Moghora würde bluten müssen!

***

Kaum, da Roya aus dem Schattensee trat, hörte sie ein leises Surren. Sie duckte sich und sah sich nach dem Geräusch um. Aranaz, das verhexte Auge, glitt über die Wasseroberfläche und kam direkt auf die Nymbianerin zu. Es war nicht größer als ihre eigene Faust. Dennoch ging Roya mit einem Satz hinter einem Busch in Deckung.

Das Auge stieg höher über die Sträucher und blieb laut surrend in der Luft stehen.

Roya hielt den Atem an und legte schützend die Arme über den Kopf, während sie versuchte, sich noch kleiner zu machen als sie ohnehin war. Unsichtbar wäre ihr am liebsten gewesen.

‚Es darf mich nicht sehen! Es darf mich nicht sehen! Es darf mich ...’

Aranaz hatte sie entdeckt und umkreiste sie mit gleichmäßiger Geschwindigkeit. Roya schrie auf. Unbeholfen schlug sie um sich in der Hoffnung, ihn irgendwie fortzujagen. Aranaz ließ sich nicht beirren und sie sah ein, dass sie keine Chance hatte. Er gehorchte Moghoras Befehl.

»*Gharash alrodek barann! Gharash alrodek barann!*« Roya musste ein drittes Mal ansetzen, um den Zauberspruch fehlerfrei und klar über die Lippen zu bekommen, so sehr zitterte ihre Stimme. Endlich bremste das Auge und blieb vor Royas Nase in der Schwebe. Die Nymbianerin drohte mit erhobener Faust. »Komm mir nicht zu nahe!«, stotterte sie Aranaz entgegen. »Ich ... ich habe einen Dolch!« Mutig zog sie die Waffe aus ihrem Gewand und klammerte sich daran. »Glaube ja nicht, dass ich Angst vor dir habe ... habe ich nämlich nicht!«

Aranaz zwinkerte ihr zu.

»Und starr mich nicht so an!«

Roya gelang es nicht, den Blick abzuwenden. Im Innern seiner Pupille flackerte ein Feuer. Kleine Funken lösten sich aus dem Flammenmeer und fanden ihren Weg nach draußen. Angsterfüllt und fasziniert zugleich versenkte sie ihren Blick in das Farbenspiel.

Kurz darauf trat ein gleißender Lichtkegel heraus. Roya rieb sich wie benommen ein paar Mal über die Augen. Als sie die Hände vorsichtig fort nahm, war Aranaz immer noch da. In Windeseile schuf er im Lichtkegel eine Stadt. Roya vermutete, dass es sich um die Marmorstadt des alten Grint handelte. Aranaz baute die Häuserreihen weiter aus. Breite Straßen durchzogen den Ort in gleichmäßigen Abständen. Eine hohe Schutzmauer wurde von unzähligen Wachtürmen unterbrochen.

Roya stellte entsetzt fest, dass sie diese wohl oder übel überwinden musste, falls sie keine andere Möglichkeit fände. Doch wie sollte sie an den Wachen vorbeikommen? Den Dolch einzusetzen wäre unklug, weil sie nicht sicher sein konnte, dass die Twehts sie nicht ebenfalls angriffen. Unbewaffnet wirkte sie vielleicht wie eine Besucherin auf die Wächter und sie ließen sich täuschen.

Das Auge blinzelte wieder. Um die Stadtmauer herum entstanden Bäume. Roya erkannte mit Schrecken, dass der Wald immer größer wurde.

»Wo soll das hinführen?«, fragte sie ungläubig. »Soll das ein Urwald werden? Mir bleibt nicht mehr viel ...«

»Nur keine Müdigkeit vortäuschen!«

Roya zuckte zusammen. Was war das? Sie fuhr herum und warf einen verstohlenen Blick aus dem Gestrüpp, in dem sie immer noch hockte.

Eine Gruppe uniformierter Männer marschierte direkt auf sie zu.

Aranaz zog den Kegel ein und surrte aufgeregt um Royas Kopf herum.

Die Nymbianerin versuchte, ihn wegzuschieben. »*Gharash alrodek barann! Gharash alrodek barann!*«, flüsterte sie gehetzt.

Doch Aranaz reagierte nicht so, wie Roya es sich wünschte. Im Gegenteil: Das Auge suchte den Schutz der Nymbianerin. Mit einem geschickten Manöver tauchte es in ihrem Ärmel unter. Roya schrie.

15

Vom Dach erklangen Sägegeräusche, als Silvana erwachte. Rasch zog sie sich an und stieg die Treppe hoch. Doriano bearbeitete den abgebrannten Stumpf einer Dachstiele, während Federico das obere Ende festhielt.

»Kann ich euch helfen?« Vorsichtig betrat sie die Dielen, die unter ihren Füßen gefährlich knackten.

»Danke, nein.« Doriano hielt inne und setzte die Säge an der anderen Seite an. »Wir sind gleich fertig. Du solltest hier besser nicht herumlaufen.« Er zeigte auf die angekohlten Balken.

Silvana zuckte die Schultern und ging hinunter zum Stall. Während sie Larissa striegelte, behielt sie den Hof im Auge. Sie wollte nicht verpassen, sich von Federico zu verabschieden, bevor er nach Hause ritt.

Als es an der Stute nichts mehr zu putzen gab, beugte sie sich zu *Feu*. »Möchtest du auch gebürstet werden?«, fragte sie und legte ihr Gesicht an sein weiches Fell. Sie genoss seine Wärme und den Geruch. Zum ersten Mal seit unendlich langer Zeit überkam sie ein Gefühl der Sicherheit, wie sie es aus Kindheitstagen kannte.

Plötzlich blitzte es auf. Silvana erschrak. Aber dann erkannte sie, dass Sonnenstrahlen die Kristallkugel schimmern ließen, die sie am Morgen im Stall vergessen hatte. Erleichtert ließ sie sich ins Stroh fallen.

»*Feu*, sie leuchtet wieder!«, rief sie, nahm die Kugel in die Hand und rieb ein paar Mal darüber. Erst schemenhaft, dann immer deutlicher erschien darin eine Stadt aus Marmor. »Wie sonderbar«, flüsterte Silvana. Vorsichtig drehte sie die Kugel ein wenig zur Seite. Die Stadt verschwand, eine Mauer wurde sichtbar und anschließend ein Wald.

Silvana war völlig in die Landschaft vertieft, als *Feu* sie unsanft anstieß. »*Feu*, lass das«, schimpfte sie. Durch ihre Bewegung verdrehte sie die Kugel. Silvana setzte sich aufrecht, fasziniert von dem, was im Innern des Glases geschah. »Was ist jetzt los? Das ist doch ...«

Rasch stand sie auf und ging näher ans Stallfenster. Das Fohlen folgte und schmiegte sich an. »Das geht nicht mit rechten Dingen zu.« Silvana schüttelte ungläubig den Kopf. »Dieses Ding ist tatsächlich eine Zauberkugel!« Behutsam strich sie mit dem Zeigefinger über die Oberfläche. Sie sah eine Waldlandschaft, in der Menschen in eigenartigen Uniformen das Wichtel vom Schattensee umzingelten. »Bist du tatsächlich die Nymbianerin?«, flüsterte sie. »Wie ist das überhaupt möglich? Bist du Roya?«

Einer der Soldaten bückte sich und nahm Roya auf den Arm. Die Landschaft verblasste.

Schnell strich Silvana mit den Fingern über die Kugel, um das Bild zurückzuholen. Da spürte sie, wie sich die Kugel in ihren Händen erwärmte. Erschrocken wollte sie das unheimliche Ding ins Stroh werfen, doch es löste sich nicht aus ihren Fingern und wurde zudem heißer und heißer. Angst packte sie.

Bevor sie das Bewusstsein verlor, merkte sie, wie sich das Fohlen noch dichter an sie drängte.

***

»Hier können wir nicht mehr viel machen.« Federico trat gegen einen der angekohlten Dachbalken.

Doriano legte mit einem Seufzer die Säge beiseite und wischte sich den Schweiß von der Stirn. »Damit hast du wohl recht.«

»Du solltest dir mein Angebot gut überlegen«, sagte Federico, legte Doriano freundschaftlich den Arm um die Schulter und ging mit ihm die Treppe hinunter. »Ich könnte euch genug Männer zur Verfügung stellen. Damit wäre euer Dach bald repariert.«

»Federico, dein Angebot in allen Ehren, aber Silvana und ich haben kein Geld, um deine Männer zu bezahlen.« Er blieb vor ihm stehen.

»Ich könnte euch ein Darlehen geben. Später, wenn eure Pferdezucht erfolgreich ist, könnt ihr es mir zurückzahlen.« Er war überrascht, dass Doriano so hartnäckig widerstand. Es sollte doch wohl einen Weg geben, ihn zu beschwatzen.

»Wenn es nicht klappt, stehen wir Zeit unseres Lebens in deiner Schuld und verlieren zudem unseren Hof. Nein, Federico, das ist nicht meine Sache und ich glaube, Silvana denkt genauso wie ich.«

»Du bist sehr stolz.« Federico lächelte den Jüngeren an. »Dafür nimmst du sogar in Kauf, dass deine Schwester im Winter hier sitzt und vor Kälte zittert?«

»Ich werde das Dach bis dahin repariert haben.« Doriano

blickte über den Hof. Die Ziegel neben dem Schuppen reichten fast aus, das Dach neu zu decken. Nur die abgebrannten Balken müssten sie ersetzen; dafür sparten sie einen Teil des Feuerholzes.

Federico schlug ihm auf die Schulter. »Überleg es dir trotzdem. Mit *Feu* habt ihr einen guten Anfang gemacht, aber bis ihr auf festen Beinen steht, wird noch einige Zeit vergehen. Einen weiteren Rückschlag dürfte euer Hof kaum verkraften.« Darauf bedacht, dass Doriano ihm seine Gedanken nicht ansah, wandte er sich vorsichtshalber ab. »Ich verabschiede mich rasch von deiner Schwester.«

»Ich komme mit.«

»Silvana!«, rief Doriano vom Stalltor aus. »Federico will gehen.« Silvana gab keine Antwort; nur das Wiehern und Schnauben einiger Pferde war zu hören.

»Silvana? Wo steckst du denn?« Er ging ins Stallinnere und kam anschließend wieder auf den Hof. »Keine Spur von ihr. Ausgeritten ist sie nicht«, stellte er fest. »Merkwürdig, das Fohlen ist auch wieder fort.«

»Ich habe sie zwar nicht über den Hof gehen sehen«, sagte Federico, »aber vielleicht macht sie einfach einen Spaziergang. Du solltest dich nicht sorgen. Sie ist kein Kind mehr.« Federico strich gedankenverloren über sein Kinn und wartete gespannt auf Dorianos Reaktion. »Ich mag sie sehr gern. Es wäre sogar denkbar ...«

»Du meinst ... Aber sie ist viel zu jung.« Doriano fühlte sich seit den Ereignissen der letzten Tage völlig überfordert. Was wäre, wenn Federico ihm die Schwester nähme? Allein würde er das Gestüt nicht retten können.

»Letzte Nacht hat sie das Gegenteil bewiesen.« Federico

ging zu seinem Rappen. Mit Genugtuung stellte er fest, dass er Doriano verunsichert hatte. »Ich muss sowieso ins Dorf reiten«, sagte er. »Vielleicht treffe ich Silvana unterwegs. Dann bringe ich sie dir zurück.« Eine Staubwolke hinter sich herziehend, galoppierte er davon.

***

In Gedanken vertieft stieg Doriano in den ersten Stock und betrat Silvanas Schlafzimmer. Trotz des offenen Dachs darüber stank es unverändert nach Qualm und Rauch. Federicos Männer hatten die Trümmer beseitigt, aber der Raum blieb solange unbewohnbar, bis sie alles instand gesetzt hatten.

Er holte eine Leiter und nahm die Vorhänge von den beiden Fenstern herunter. Anschließend räumte er Silvanas Kleidung aus den Schränken. Fast ein Dutzend Mal lief er die Treppe runter und wieder rauf, bis er alles neben den beiden Zubern in der Waschküche aufgehäuft hatte. Es würde Tage dauern, alles zu waschen. Während er auf Silvanas Rückkehr wartete, konnte er genauso gut schon anfangen. Er begann zu sortieren. Gleich darauf hielt er ratlos inne: Wie wusch man überhaupt Silvanas Kleider und ihre feine Unterwäsche, ohne sie zu ruinieren? Er setzte sich auf einen der Haufen und knabberte an einem eingerissenen Fingernagel.

Er hatte einfach keine Ahnung; besser, er holte Hilfe. Er würde eine der Wäscherinnen auf Federicos Hof fragen.

Kurz bevor Doriano das Gut erreichte, traf er auf eine von Federicos Mägden. Als er sie eingeholt hatte und grüßte, hob sie nur kurz den Blick. Ihre Antwort war mehr ein Seufzen.

»Bist du müde?« Er parierte sein Pferd, da blieb auch sie stehen. »Es ist zwar nicht mehr weit, aber steig trotzdem auf.«

Sie lächelte zaghaft, ließ sich hinaufhelfen und saß vor Doriano auf. Gar nicht scheu schmiegte sie sich in seine Arme. Er atmete den Duft ihrer Haare. Die Wärme ihres Körpers und die zusätzliche Hitze des Tages ließen ihn plötzlich schwitzen.

»Wie heißt du?«, fragte er mit belegter Stimme.

»Ich bin Rosalba.«

»Du bist eine von Federicos Wäscherinnen, stimmt's?« Doriano fand seine Frage albern, aber er wusste nicht, was er sonst sagen sollte.

»Das war ich«, antwortete sie mit eigentümlicher Betonung.

»Wieso *war*?«

Sie drehte den Kopf zu ihm; in ihren Augen stand ein Glitzern, als freue sie sich diebisch über irgendetwas. »Weil ich beschlossen habe, nicht mehr für fremde Leute Wäsche zu waschen. «

Ihr aufmüpfiger Tonfall amüsierte ihn und er hatte plötzlich Spaß daran, darauf einzugehen. »Das ist aber schade! Ich suche nämlich gerade eine, die mir beim Wäschewaschen helfen würde.«

Er spürte, wie sie für einen Moment erstarrte. Ein überraschtes »Oh« war alles, was sie dazu sagte.

»Warum willst du denn nicht mehr Wäsche waschen?«

»Weil es meinen Fingern schadet.« Sie hielt ihm eine Hand vors Gesicht.

»Womit willst du dir stattdessen deinen Lebensunterhalt verdienen?«

»Das habe ich nicht mehr nötig. Jedenfalls für eine lange Zeit.« Sie drehte sich wieder zu ihm um und legte einen Finger an ihre Lippen. »Ich bin buchstäblich über Nacht reich geworden. Aber verrat es niemandem.«

Er lachte. »Dann solltest du selber nicht darüber reden.«

»Das tue ich sonst auch nicht. Doch dir kann ich es ruhig sagen. Dir vertraue ich.«

»Wie kommst du darauf?«

»Ich sehe es an deinen Augen. Sie sind gütig. Anders als beim Herrn Federico.«

Er knurrte. »Die meisten Leute sind deshalb vermögend, weil sie raffgierig sind.«

»Solche kenne ich nicht. Hier gibt es ja niemanden außer dir und dem Gutsherrn.« Sie drehte sich wieder zu ihm um, die Stirn in Falten gelegt. »In der Stadt scheint es anders zu sein. Was die alte Beppina mir erzählt hat ...« Sie schaute wieder nach vorn, wo jetzt die ersten Weingärten auftauchten. »Wahrscheinlich lebt es sich doch besser hier bei uns auf dem Land.« Plötzlich klang sie gar nicht mehr aufmüpfig.

»Musst du dich denn entscheiden?«

»Zumindest muss ich einmal in die Stadt, um die Rubine zu verkaufen.«

»Rubine? Wo hast du die her?«

»Ich habe sie eingetauscht.«

»Das lass bloß niemanden wissen.«

»Tue ich auch nicht. Eigentlich bin ich gestern deswegen ins Dorf gegangen. Später habe ich mir überlegt, dass es besser ist, wenn ich nicht ganz alleine fahre.«

»Also suchst du jemanden, der dich begleitet. – Und ich brauche jemanden, der mir bei der Wäsche hilft.« Doriano parierte sein Pferd. »Also suchen wir beide jemanden.« Er sollte auch in die Stadt fahren; er müsste wegen des Dachschadens so schnell wie möglich mit dem Erbverwalter reden. Vielleicht wusste der eine Lösung, wie sie die Reparaturen bezahlen könnten.

Er ließ ihr Zeit, über seine Worte nachzudenken und ihre eigenen Schlussfolgerungen zu ziehen. Nach einer Weile fuhr er fort: »Was hältst du von einem Tauschgeschäft? Du wäschst Silvanas Kleider und ich begleite dich in die Stadt.«

Sie verspannte sich. Doriano nahm an, ihr Zögern bedeute Ablehnung. Aber sie drehte sich um und fragte leise: »Sofort?«

»Meinetwegen gleich; ich wollte deshalb zu Federico. Du musst ihm aber Bescheid sagen.«

»Gar nicht. Mauro weiß, dass ich in die Stadt wollte. Ich hatte ihn im Dorf getroffen, als er den Suchtrupp für Federico zusammenstellte. Er weiß auch, dass ich auf dem Weingut nicht mehr waschen will.«

Doriano wendete sein Pferd und ritt zum Gestüt zurück.

16

Kann ich Euch helfen?« Ibonuk starrte die Fürstin des Schattenreichs mit glänzenden Augen an.

Moghora nickte. »Nimm dein Kratzhörnchen und lenke die Wölfe ab, die sich hinter der Hecke befinden.« Mit einem Fingerschnippen ließ Moghora die verrosteten Schlösser der Truhe aufspringen.

Ein moosgrünes rattenähnliches Tier mit einem spitzen Horn auf der Nase sprang heraus und hüpfte auf den Zwerg zu. Ibonuk fing es lachend mit beiden Händen auf.

Die Fürstin hielt sich die Nase zu. »Nimm es und geh mir damit aus den Augen.«

Ibonuk verschwand hinter einem Strauch, das Kratzhörnchen auf seiner Schulter.

Moghora nahm auf einem Baumstumpf Platz und dachte über die nächsten Schritte nach. Roya war eine hinterhältige Schlange und eifersüchtig. Sie konnte ihr nicht trauen und sorgte besser selbst dafür, dass Lybios frei kam. Aranaz hatte keinen Zweifel daran gelassen, dass er sich in der Gewalt des alten Grint befand. Wenn der Alte hinter das Geheimnis von Seoria kam, dann ... Für einen Moment schloss sie die Augen und legte die Fingerspitzen an ihre Schläfen. Lybios ... Er war stark genug! Die Schlangen würden ihn nicht ernstlich verletzen, auch wenn er bewusstlos war – oder doch? Plötzlich war sie sich dessen gar nicht so sicher.

Sie hoffte, dass wenigstens *Feu* sicher im Stall der Sterblichen war. Wenn ihm etwas zustieße, wäre alles verloren – Lybios und Seoria. Moghora erbleichte. Sie musste ihn dem Geschick Royas anvertrauen. Tränen der Wut traten ihr in die Augen. »Lybios, Liebster, es tut mir so leid!«, brach es aus ihr heraus. »Aber ich habe keine Wahl. Ich muss Seoria retten!«

***

Silvana erwachte. Vereinzelte Regentropfen fielen auf ihr Gesicht. Zaghaft richtete sie sich auf. Wo war sie? Um sie herum wuchsen riesige Bäume, deren ausladende Kronen kaum Sonnenstrahlen durchließen. Die Blätter hatten die Form großer Fächer, nicht vergleichbar mit den heimischen Zypressen. Plötzlich bewegte sich etwas hinter ihr.

»*Feu*!« Erleichtert, das Fohlen bei sich zu wissen, legte sie einen Arm um den Hals des Tieres und drückte es an sich. Vorsichtig lugte sie durch den Blätterwald. Bedrohlich aussehende Gewächse versperrten ihr die Sicht; große Wurzeln durchzogen den Boden und machten ihn unwegsam. Nichts an ihrer Umgebung kam ihr bekannt vor.

»*Feu*, wo sind wir und wie sind wir hierher gekommen?« Zögernd ging Silvana ein paar Schritte und wäre beinahe gestolpert. Die Kugel. Sie lag vor ihren Füßen. Jetzt erinnerte sie sich. Diese Landschaft hatte sie im Stall in der Kristallkugel gesehen. Silvana hob sie auf. War sie etwa mithilfe der Kugel in diesem Urwald gelandet? Doch wie konnte das passieren?

Neugierig drehte sie sie in ihren Händen, rieb mit dem Finger darüber. Jetzt zeigte sich darin eine undurchdringliche Wand aus Hecken, genau wie die, die vor ihr lag.

»Sie funktioniert wie ein Fernrohr.« Silvana versuchte, Einzelheiten zu erkennen. »Bewegt man sie ein wenig, verändert sich die Landschaft. – Wölfe!« Sie schrie auf und ließ die Kugel fallen. Ängstlich schaute sie nach allen Seiten. Sie sah nichts. Hinter ihr war alles ruhig, sie hörte nicht einmal das Gezwitscher eines Vogels.

Sie atmete auf und bückte sich nach dem Kristall, hielt es näher an die Augen. Ein Zwerg mit einem seltsamen Tier auf der Schulter lief direkt auf die Hecke zu, hinter der die Wölfe lauerten.

»Halt an! Sie werden dich fressen!«, rief sie instinktiv. Der Zwerg reagierte nicht. Nur noch ein kurzes Stück und er würde direkt in den Klauen der Ungeheuer landen.

Feu stieß Silvana unsanft an und trabte los.

»Bleib hier!« Silvana sprang auf. Sie durfte ihn auf keinen Fall aus den Augen verlieren. Dieses merkwürdige Land machte ihr Angst.

Sie stolperte über eine Wurzel und fiel hin. Schnell raffte sie sich wieder auf und hetzte hinter dem Fohlen her. Es lief genau auf die Hecke mit den Wölfen zu. »Bleib stehen! Diese Bestien greifen uns an. Wir haben keine Chance gegen sie.«

Dornen rissen ihre Arme auf, das Gestrüpp und die Bäume wurden dichter, aber das Fohlen störte sich nicht daran. Plötzlich hörte Silvana ein lautes Knurren. Sie schrak zusammen und stieß einen spitzen Schrei aus.

»Wer ist da?« Die Frage kam aus der Hecke. Silvana versuchte hindurchzuspähen.

»Silvana ... Silvana und *Feu*.« Ihre Stimme zitterte. Erneut ein Knurren, ganz in der Nähe.

»Ich bin Ibonuk«, erhielt sie zur Antwort. »Ich habe mein Kratzhörnchen dabei. Wir müssen die Wölfe ablenken. Hast du sie schon gesehen?«

»Nein, aber ich höre sie knurren. Weißt du einen Weg, wie wir zu dir gelangen?«

Bevor Silvana ein Schlupfloch entdecken konnte, kam ein riesiger Wolf auf sie zu. Er riss das Maul auf und fletschte seine gelben Zähne. Wie gelähmt blieb sie stehen.

»Bist du noch da?«, fragte Ibonuk.

»Ja ... ja, ich bin hier«, flüsterte sie mit zittriger Stimme und schlich langsam ein paar Schritte rückwärts. »Ein Wolf ...!«

»Ich schicke dir das Kratzhörnchen zur Hilfe.«

Ibonuk hatte kaum ausgesprochen, als es im Gesträuch zu Silvanas Füßen raschelte. Gleich darauf krabbelte das winzige Tier zwischen den Zweigen hervor.

Der Wolf kam näher. Silvana tastete sich weiter zurück, stieß gegen *Feu* und stürzte.

Das Ungeheuer folgte ihr. Aus seinem Rachen drang ein unerträglicher Gestank nach Moder und Fäulnis. Ein Schrei blieb ihr in der Kehle stecken. Sie drückte die Kristallkugel fest an sich, fuhr eilig mit den Fingern darüber und schloss die Augen. Im gleichen Moment fühlte sie sich schweben und anschließend fiel sie hart auf den Boden. Sie griff Halt suchend ins Gras.

»Da bist du ja.« Ibonuk stand mit einem Lächeln neben Silvana. »Hast du mein Kratzhörnchen gesehen? Ich habe es zu dir geschickt, damit es dir hilft.«

»Nein ... nein ...« Silvana räusperte sich. Vor Angst brachte sie kaum einen Ton hervor. Erneut erklang das wütende Knurren des Wolfs und dazwischen helle Schreie.

»Das ist mein Kratzhörnchen. Es ist in Gefahr!« Ibonuk zog ein kleines Schwert aus seinem Gürtel und begann wild auf das Dickicht einzudreschen.

»Halt ein, so wirst du die Äste nicht abschlagen können.« Silvana sprang auf und drückte das Geäst mit den Händen auseinander.

Das Stimmchen auf der anderen Seite klang immer jämmerlicher. Als sie merkte, dass sie so nicht weiterkam, ließ sie von der Hecke ab und langte nach der Kristallkugel. Wenn sie vorhin gewirkt hatte, warum sollte sie jetzt versagen? Rasch rieb sie darüber. »Ich wünschte, die Sträucher würden verschwinden und der Wolf zu Stein erstarren!«, schrie sie und presste die Augen zusammen.

»Ein Loch, da können wir durch!« Ibonuk stieß Silvana ans Schienbein und kroch los. Ungläubig sah Silvana zu.

»Komm zurück, das Ungeheuer wird dich töten!« Ibonuk gab keine Antwort; auch das Knurren war verstummt. »Ibonuk? Wo bist du?«, fragte sie zaghaft.

»Hier.« Er schluchzte. »Der Wolf ist zu Stein erstarrt, aber mein Kratzhörnchen ...«

»Was hat es?« Silvana bückte sich und kroch ebenfalls durch das Loch auf die andere Seite der Hecke. Ibonuk saß auf dem Boden, auf seinem Schoß hielt er ein moosgrünes Felltierchen mit einem Horn auf der Nase. Sein Kopf lag schlaff in Ibonuks Hand und aus einer Wunde tropfte grüne Flüssigkeit. Sanft streichelte der Zwerg das Tier. Tränen liefen ihm die runzeligen Wangen hinab, während sein kleiner Körper von Schluchzern geschüttelt wurde.

Er blickte Silvana flehend an. »Kannst du es mit deiner Zauberkugel wieder lebendig machen?«

Sie ging in die Hocke und legte vorsichtig einen Finger auf das Tierchen. »Es atmet noch.« Sie zögerte. – »Dennoch glaube ich nicht, dass ich so viel Kraft besitze, es wieder gesund zu machen. Ich kenne mich mit Kratzhörnchen überhaupt nicht aus.«

»Vielleicht kann Moghora es retten.« Ibonuk bettete das Hörnchen in seinen Arm und kroch durch das Loch zurück.

»Die Fürstin? Weißt du, wo sie ist?« Silvana robbte hinter ihm her.

»Natürlich. Sie wartet dort hinten auf mich. Ich bringe dich zu ihr. Bestimmt wird sie ihm helfen, denn ich habe für sie die Wölfe besiegt.« Er reckte den Kopf und rannte los. Silvana folgte ihm.

Moghoras Augen blitzten auf, als die drei näher kamen. »Mein Prinz!« Sie schob den jammernden Ibonuk mitsamt seinem stinkenden Kratzhörnchen zur Seite, nahm *Feus* Kopf in die Hände und lehnte ihre Stirn gegen seine.

»Fürstin, Ihr müsst uns helfen!« Ibonuk zerrte am Saum ihres Gewands. »Das Kratzhörnchen; es ist schwer verletzt. Ihr müsst es heilen.« Er schluchzte noch heftiger als zuvor.

»Wir haben keine Zeit. Kratzhörnchen gibt es zu Tausenden. Fang dir ein neues.«

Silvana trat näher und verschränkte die Arme vor der Brust. Sie musterte die Fürstin mit gerunzelter Stirn. »Moghora? Ist das deiner würdig?«

»Du wagst es, mich zu kritisieren?« Eine steile Falte bildete sich zwischen ihren Augenbrauen.

»Bitte!« Silvanas Blick war fest auf die Fürstin gerichtet.

Moghora seufzte. Sie beugte sich zu dem weinenden Zwerg. Widerwillig berührte sie das stinkende Etwas in Ibonuks Hand mit einem ihrer langen Fingernägel. Das Tier war halbtot; seine Beinchen hingen kraftlos hinunter und schaukelten jedes Mal hin und her, wenn der Zwerg schluchzte. Sie sammelte ihre Kräfte, indem sie die Augen schloss und tief einatmete.

‚Ein Kratzhörnchen‘, schoss es durch Moghoras Kopf. ‚Ich kann nur hoffen, dass niemand davon erfährt ... Besonders nicht der alte Grint.‘

Als Moghoras warmer Atem über das Fell strich, sickerte das grüne Blut zurück unter die Haut und die Wunden schlossen sich. Moghoras Finger schwebten über den kleinen Körper. Das Tier öffnete die Augen. Seine Beinchen zuckten, dann reckte es den Hals.

Ibonuk jauchzte. »Es lebt! Seht nur, es lebt!« Das Kratzhörnchen kletterte taumelnd auf Ibonuks Schulter, der einen Freudentanz veranstaltete.

Belustigt sah Moghora ihm einen Moment zu. »Das Fohlen muss so schnell wie möglich zur Insel Seoria. Wir dürfen keine Zeit mehr verlieren. Nicht wegen Kratzhörnchen und nicht wegen ...« Ihre Gedanken galten Lybios, doch sie hatte ihre Entscheidung getroffen. Sie unterdrückte die Tränen mit einem kräftigen Räuspern. »Lasst uns aufbrechen!«

Silvana legte ihre Arme um *Feu*. »Wo ist diese Insel?«

»Im Herzen meines Reichs – dort, wo der alte Grint, unser aller Feind, noch keine Macht besitzt. Er will jetzt das Fohlen. Damit kann er mich und Seoria zerstören. – Ibonuk? Bring die Sterbliche zurück zum Schattensee. Wir wollen dafür sorgen, dass ihr kein Leid geschieht.«

Ibonuk nickte, lief um Moghora herum und zerrte Silvana am Rocksaum – aber die junge Frau blieb stehen. »Ich glaube, ich habe hier noch eine Aufgabe.«

Moghora stutzte. »Wieso?«

»Du hast mir aufgetragen, *Feu* zur Insel Seoria zu bringen. Hast du das vergessen?«

Moghora bekam einen Hustenanfall. »Was?«, fragte sie mit hochrot angelaufenem Gesicht.

Silvana stemmte die Hände in die Hüften und ging einen Schritt auf die Fürstin zu. »Das weißt du sehr gut. Also werde ich tun, was du selbst mir aufgetragen hast.«

»Du ahnst nicht, in welche Gefahren du dich damit bringst. Es ist keine gemütliche Reise. Ich habe es mit einem ernstzunehmenden Gegner zu tun. Bevor ich zur Insel Seoria zurückkehren kann, muss ich den alten Grint vernichten.« Die Fürstin ließ Silvana stehen.

Sie rannte hinterher. »Du hast mir auf dem Gestüt einen Vorschlag gemacht. Als Gegenleistung für *Feu* wolltest du unser Dach reparieren. Ich bin bereit, das Fohlen auf deine Insel zu bringen, aber ich erwarte, dass du ebenfalls dein Wort hältst.«

Moghora blieb stehen und musterte sie von oben bis unten. »Du befindest dich in meinem Land und unterstehst meinen Gesetzen.«

»Ich helfe dir, *Feu* auf die Insel zu bringen.« Silvana war selbst ein wenig verblüfft über die Unerbittlichkeit, die sie der Fürstin gegenüber an den Tag legte. Hartnäckig hielt sie sich an Moghoras Seite.

»Du bist also entschlossen.« Moghoras Mimik zeigte, wie sehr Silvanas Entschiedenheit sie überraschte. »Was hast du davon?«

»Ich will nicht, dass ihm etwas zustößt. Wir brauchen *Feu* für unsere Zucht. Wenn wir ihn ganz verlieren, hat das Gestüt keine Zukunft. Das werde ich nicht zulassen.« Silvana fühlte plötzlich eine Kraft in sich, die ihr jegliche Angst nahm. »Moghora, gemeinsam haben wir eine Chance, deine Feinde zu bekämpfen und das Fohlen in dein Reich zu bringen.«

Die Blicke der Fürstin gingen zwischen Silvana und *Feu* hin und her. Der jungen Frau kam es wie eine Ewigkeit vor, bis Moghora sich entschied.

Das Fohlen stupste Moghora an und drängte sie zu Silvana. »Gut, aber lass uns erst einmal hier verschwinden, mein Kind. Dann sehen wir weiter!« Die Fürstin reichte ihr die Hand.

17

Royas Geschrei verriet sie. Krachend brachen die Soldaten durchs Gehölz und umringten die Nymbianerin. Ihre Ahnung, dass Aranaz sie ins Verderben stürzen würde, bestätigte sich. Roya hatte dabei zwar an die tote Hexe gedacht, doch am Ende war es gleich, wem sie zum Opfer fiele.

Aber sie war nicht hier, um sich umbringen zu lassen, sondern um ihren Bruder zu finden. Roya richtete sich zu ihrer vollen Größe auf – was im Vergleich zu diesen Männern leider nicht besonders viel war. Sie reichte ihnen gerade bis zur Hüfte.

»Bringt mich zu meinem Bruder«, befahl sie mit hochmütiger Miene.

Die Soldaten starrten sie an. Verstanden sie etwa ihre Sprache nicht? Vorsichtig tastete Roya nach ihren Gedanken: In den Köpfen der Männer herrschte Ratlosigkeit. Bei einem vermochte sie einen Funken Verstand wahrzunehmen; mit ihm nahm sie Kontakt auf.

‚Keine Angst', dachte sie in seinem Kopf. Er blinzelte und trat einen Schritt näher.

»Du bist unsere Gefangene«, erklärte er.

‚Ich werde dieses seltsame Geschöpf persönlich dem

Grint bringen‘, gab Roya ihm als Gedanke ein. Er grinste und streckte die Hand nach ihr aus.

Anstandslos ließ sie sich von ihm hochheben. Dies sollte der schnellste Weg sein, zu Lybios zu gelangen.

***

Lybios lag auf dem Boden des Kerkers und kicherte leise. Unerwartet spürte er die Gegenwart seiner Schwester.

Xavo beugte sich zu ihm hinunter. »Hast du den Verstand verloren? Erkennst du den Ernst der Lage nicht?« Er seufzte. »Entweder werfe ich dich in die Schlangengrube, oder aber ich springe gleich selbst hinein! Egal wie ich mich entscheide, ich kann nur verlieren. Wenn ich den Tobsuchtsanfall der Unbezwingbaren Brüder überlebe, habe ich deine Fürstin am Hals.« In Xavos Ohren tönte erneut der Schrei, den er im Schlangenverlies gehört hatte.

Er spürte einen Klumpen in der Magengegend und schluckte. Inzwischen war ihm nicht einmal klar, ob er schon Stimmen hörte oder gar verrückt war. Während er seinen Bauch massierte, dachte er angestrengt nach. Ob Sundar mehr erreichen konnte? Immerhin stammte Sundar aus dem Schattenreich, während er selber ein Überläufer aus der Welt der Sterblichen war. Vielleicht verfügten andere über wirksamere Methoden als er.

»Roya?« Lybios fuhr hoch und hielt den Kopf schräg, als lausche er.

Xavo sah zu Lybios hinüber. Roya? Was bedeutete dieses Wort? War es die Formel? Redete der Kerl endlich?

Lange musterte er seinen Gefangenen und wartete, doch

Lybios sank erneut zusammen. Xavo wusste nicht warum, aber er fühlte, dass gerade etwas geschah, was Moghoras Vertrauter mit aller Macht vor ihm zu verbergen suchte.

Xavo stand auf und ging zur Tür. Bevor er sie öffnen konnte, klopfte es und ein junger Soldat trat ein.

Er salutierte vor ihm. »Xavo, der Gefangene hat Besuch.«

»Besuch?«

Der Soldat nickte erfreut. »Oh ja, seine Schwester ist hier, um ihn zu befreien. Sie wartet oben. Die Fürstin des Schattenreichs schickt sie.«

Lybios versuchte aufzuspringen, doch seine Beine versagten den Dienst. »Moghora ...«

Xavo zerrte den Soldaten ins Verlies und warf sich dann mit aller Kraft gegen die Tür, um sie fest zu verschließen. »Die Fürstin des Schattenreichs? Ist sie etwa hier? Beim Krox!«

Der Soldat grinste über die Hektik seines Kommandanten. »Nein, o Xavo. Nur die Schwester des Gefangenen. Sie ist nett und sehr friedlich. Ihr braucht wirklich keine Angst vor ihr zu haben.«

Xavo zog sein Schwert. Er war sicher, dass Moghora den Soldaten verhext hatte. Warum sonst verhielt er sich so merkwürdig? Möglicherweise hatte sie sogar seine Gestalt angenommen und wartete jetzt auf eine Gelegenheit, ihn in die Schlangengrube zu werfen. Eigentlich gebot ihm die Vernunft, den Mann umzubringen.

Schweißperlen traten Xavo auf die Stirn. Er brauchte den Soldaten noch. »Los, komm hier herüber, du Idiot!«, fuhr er ihn an und stieß ihn gegen die Tür. »Du wirst diesen Eingang mit deinem Leben verteidigen, ist das klar?«

»Verteidigen? Aber gegen wen denn?«

»Gegen jeden, der versucht, hier einzudringen! Ich werde dich eigenhändig töten, wenn du dich meinem Befehl widersetzt!«

Der Soldat kicherte. »Na, wenn Ihr meint!«

Xavo lief zu Lybios hinüber, der schwer atmend auf dem Boden saß. Er musste ihn von hier wegbringen. Solange der Zaubergehilfe bei ihm war, hatte er eine kleine Überlebenschance. Er half ihm aufzustehen und stützte ihn. Dann langte er nach einer der Kristallleuchten mit den Glühwürmern, aber dabei entglitt ihm Lybios. Der Gefangene machte es ihm offensichtlich so schwer wie möglich. Also musste er ohne Licht zurechtkommen.

Unter großer Anstrengung gelang es ihm, Moghoras Gefährten aus dem Raum in einen Geheimgang zu bugsieren. Er musste sich beeilen! Die Fürstin des Schattenreichs würde ihn bei lebendigem Leib häuten, wenn sie ihn in die Finger bekäme.

Im Tunnel war es stockfinster. Xavo, der die stickigen Geheimgänge hundertmal im Licht der Glühwürmer benutzt hatte, fühlte sich plötzlich orientierungslos. Doch die Angst trieb ihn vorwärts. Er hielt sich äußerst rechts, immer mit einer Hand an der Wand entlang; mit dem anderen Arm umklammerte er Lybios. Nachdem sie in dem engen Tunnel ein paar Mal abgebogen waren, machte Xavo Halt und verschnaufte.

Lybios' Arm rutschte von Xavos Schulter. Er schaffte es gerade noch, seine Geisel wieder aufzufangen. »Hätten wir dir nur nicht so viel von der Wahrheitsdroge eingeflößt.« Xavo atmete durch und ging weiter. Noch ein paar Schritte und sie würden den Ausgang erreichen.

»Roya? Moghora?« Lybios' Kräfte schienen wieder zu erwachen. »Ich kann nicht auf euch warten. Ich muss das Fohlen zur Insel bringen.«

Xavo zerrte Lybios weiter. »Insel? Was für ein Fohlen?«

»Das Feuerpferd. Ich muss es ... zur Insel Seoria bringen. Habe ich eigentlich die Steine noch?« Lybios versuchte, sich aus Xavos Griff zu befreien.

»Was machst du denn da?«, herrschte Xavo ihn an. »Ich will dir doch helfen.« Er log; doch wenn es ihm gelänge, den Gefangenen fortzubringen, wäre er vielleicht auch in Sicherheit.

Lybios schlug plötzlich um sich.

Xavo ließ ihn los, sprang zur Seite und tastete die Wand ab. Irgendwo hier musste eine Tür sein.

***

Roya fand, sie habe lange genug gewartet. Der Soldat kam einfach nicht zurück. Menschen! Nie war Verlass auf diese Wesen. Sie suchte nach den Schwingungen seiner Gedanken, um herauszufinden, wo er steckte. Das erwies sich als ungeahnt schwierig. Wie durch eine Nebelwand drangen Bruchstücke aus den Köpfen verschiedener Personen zu ihr. Etwas Vergleichbares hatte sie vorher nie erlebt. Ratlos wickelte sie eine Haarsträhne um die Finger und ging auf und ab. Plötzlich ging ihr ein Licht auf: die Mauern. Diese steinernen, glatten Wände ringsherum waren das Hindernis. Jetzt verstand sie, warum die Sterblichen in solchen Häusern lebten: Damit versuchten sie, sich vor Nähe zu schützen.

Während der Soldat sie durch die Straßen trug, hatte sie registriert, dass diese Wände nicht monolithisch gebaut waren.

Wenn sie sich auf die Ritzen zwischen den Steinen konzentrierte, müsste es ihr gelingen, einen größeren Umkreis abzusuchen. Sie rief sich zur Geduld und tastete nach und nach durch die Köpfe der denkenden Wesen in ihrer Reichweite. Schließlich fand sie den Soldaten wieder. Und nicht nur ihn. Auch von Lybios erhielt sie eine schwache Schwingung!

Roya sprang auf und hüpfte voller Freude nach Zwergenart auf einem Bein im Kreis. Er war bei Bewusstsein und reagierte auf ihre Ansprache. Aber sein ganzes Denken kreiste bloß um diese Flohbändigerin, sodass sie nicht bis zu seiner Vernunft durchdrang.

Entnervt wandte sie sich den Gedanken des Soldaten zu. Dabei streifte sie die Phantasien eines Dritten: Eine Woge von Panik schlug ihr entgegen. Sollte das etwa Xavo sein und konnte sie diese Angst ausnutzen? Bevor Roya sich entschied, wurden alle Schwingungen schwächer. Ein neues Hindernis zwischen ihr und Lybios hatte die Verbindung unterbrochen. Sie fluchte.

Es blieb ihr der Zugang zum Kopf des einfachen Soldaetn. Sie konzentrierte sich darauf. Einen Moment folgte sie dessen eigenen Überlegungen, um besser zu verstehen, was dort passierte. Sie begriff, dass der dritte mit Lybios in ein unterirdisches Labyrinth geflüchtet war und der Soldat ihn decken sollte.

‚Xavo ist verrückt geworden.‘ Roya setzte ihre eigenen Gedanken in den Kopf des Soldaten. ‚Gegen was soll ich diese Tür verteidigen? Und welch ein Unsinn, sie von innen zu schützen statt sich als Wache davor zu stellen.‘ Er öffnete und verließ den Raum. So bekam Roya mehr Macht über ihn.

Sie musste sich beeilen. Wer weiß, wohin man ihren Bruder in diesem Augenblick schleppte; gerade war sie ihm so nahe gewesen. ‚Dieser nette Winzling ist harmlos‘, ließ sie den Soldaten denken. ‚Als Schwester hat sie bestimmt Einfluss auf den Gefangenen. Xavo macht einen Fehler, dass er sie nicht zu ihm lässt. Zumindest bedeutet es eine weitere, ganz gefahrlose Möglichkeit, Lybios zum Reden zu bringen.‘

Es schien Roya in ihrer Ungeduld endlos lange zu dauern, bis der Soldat wieder vor ihr stand. Der Weg durch dieses unterirdische Labyrinth musste weit sein; umso besser, wenn er sie trug.

Sie lächelte ihn an und er strahlte, bezaubert von ihrem Anblick. Wenn sie größer wäre, hätte sie jetzt um ihre Unschuld gefürchtet. Amüsiert vollzog sie einen eleganten Knicks. Er nahm sie wieder auf den Arm und eilte mit ihr in das Verlies zurück.

An einer Seite des Raums gab es eine Stelle, an der die Wand vom Boden bis auf halbe Höhe aus anderem Material zusammengefügt war. Neben dieser Fläche drückte ihr unfreiwilliger Helfer einen Stein nach innen. Vor ihnen öffnete sich ein dunkler Gang. Der Soldat griff nach einem leuchtenden Kristall und lief mit ihr hinein.

Es roch modrig, je tiefer sie stiegen. Nur schwach leuchteten vereinzelte Glühwürmer, die offensichtlich am Verenden waren. Auf dem glitschigen Boden kam der Soldat mehrmals ins Rutschen. Roya musste ihre magischen Kräfte einsetzen, um ihn auf den Beinen zu halten. Stellenweise wurde der Gang so niedrig, dass sie sich ganz flach an seinen Hals drückte, um nicht an die Decke zu stoßen.

Plötzlich hörte sie Geräusche. Gleich darauf tauchten Lybios und der andere Mann im Schein des Kristalls auf.

Xavo tastete hektisch über die Felsen und die Wand. Panische Gedanken kreisten in seinem Hirn; also würde Roya ihn problemlos lenken können.

Er drehte sich um und blinzelte geblendet. »Habe ich dir nicht befohlen ... Aber gut, dass du mit dem Licht kommst. Dein Ungehorsam sei dir verziehen.«

Erst jetzt bemerkte er Roya. Sein Kopf ruckte vor. Mit ausgestrecktem Finger und vor Angst geweiteten Augen kam er auf sie zu. »Was ist das denn?«

»Die Schwester des Gefangenen. Ich sagte bereits, sie will ihren Bruder sehen.«

»Aber dieses ... das ist gar kein Mensch!« Xavos Finger näherte sich ihrer grünen Wange, bis er sie fast berührte. Dann hielt er wie erstarrt inne.

Der Soldat zuckte die Achseln; beinahe wäre Roya dabei heruntergefallen. »Sie behauptet jedenfalls, sie sei die Schwester.«

»Was auch immer – wir müssen hier raus. Halte den Kristall höher, damit ich den Mechanismus für die Tür finde.«

Die Idee, dieses Labyrinth zu verlassen, konnte Roya nur unterstützen.

Während Xavo sich auf die Tür konzentrierte, schalt sie Lybios wortlos, Moghora und das Fohlen seien ihm wichtiger als sein eigenes Leben. Lybios beharrte darauf, dass sie alle dem Untergang geweiht seien, wenn er seine Mission nicht erfüllte. Vielleicht täte sie gut daran, ihm dabei zu helfen. Sobald sie im Freien waren, würde sie das Fohlen ausfindig machen.

Endlich standen sie in einer Höhle, kurz darauf gelangten sie auf eine Waldlichtung.

Roya sprang von der Schulter des Soldaten und knickste artig vor Xavo. »Ich danke dir, dass du meinen Bruder vor den Schlangen bewahrt und ihm aus dem Gefängnis geholfen hast. Nun will auch ich dir beistehen.« Sie knickste noch einmal und trat mit einem Lächeln näher. »Nicht weit von hier gibt es einen See. Ich weiß, er gilt euch als verflucht. Dort aber findest du den Schlüssel zu dem Geheimnis, das du lösen sollst. Bring uns dorthin.«

18

Eigentlich war es nur ein Vorwand gewesen, um fortzukommen. Federico wusste nicht recht, was er im Dorf sollte. Vielleicht war es trotzdem eine gute Idee und er stieße auf etwas, was ihn seinem Ziel näher brachte.

Doriano würde das Geld für ein neues Dach kaum auftreiben können, sodass er über kurz oder lang vor dem Bankrott stand. Notfalls würde Federico ein wenig nachhelfen. Gleichzeitig verlockte ihn die Möglichkeit, Silvana zu heiraten. Auch auf diese Weise könnte er seinen Besitz vergrößern und zum mächtigsten Grundbesitzer der Region werden.

Federico lenkte sein Pferd auf die Dorfstraße. Mehrere alte Männer saßen vor dem Haus des Bürgermeisters und rauchten Pfeife, während die Frauen vor dem Krämer ihr Schwätzchen hielten.

Sie grüßten ihn verwundert, da er nur selten in den Ort kam. Ohne offiziellen Anlass konnte er sich schlecht zu ihnen stellen und ein Gespräch anfangen. Aber er könnte zur Lehrerin gehen; das wäre unverfänglich.

Er band seinen Rappen vor dem Schulhaus an. Die Frau des Postfahrers lief mit einem Korb Gemüse über die Straße. »Welch seltener Besuch!«, rief sie von weitem. »Gibt es etwas

Besonderes? Wie geht es Teresa? Ich habe sie schon lange nicht mehr gesehen.«

»Alles bestens.« Federico kannte die Geschwätzigkeit der Frau und beeilte sich, im Eingang zu verschwinden. Wahrscheinlich würde sie jetzt im ganzen Dorf herumerzählen, dass er mit Concetta anbandelte.

Am Klassenzimmer vorbei stieg er die schmalen Stufen zur Lehrerwohnung hinauf. Es roch noch genauso muffig wie in früheren Zeiten.

Federico klopfte. »Concetta? Ich bin es, Federico.« Ein Stuhl scharrte und kurz darauf erschien sie im Türrahmen.

»Du?« Überrascht blieb sie stehen. »Was führt dich denn in die Schule?«

»Nichts Besonderes. Ich will mal wieder in die Bibliothek.« Er sollte aufpassen, dass nicht zu fadenscheinig wirkte, was er erzählte. Oder vielleicht war es gerade gut: Wenn es so offensichtlich an den Haaren herbeigezogen wäre, dass ihr nur eine Deutung blieb. Er setzte ein herzliches Lächeln auf.

»Willst du dir etwa ein Buch ausleihen? Ich glaube nicht, dass es dort etwas über Weinbau gibt.«

»Nicht Weinbau, eher ...« Er druckste herum und grinste noch breiter. »Ich will ein wenig in den alten Geschichten stöbern.«

»Ich kann dir gern öffnen,« sagte sie und griff in eine Schublade. »Komm.« Durch eine Hintertür gingen sie über den Hof zur Pfarrei. Sie schloss die Tür zur Bibliothek auf und ließ Federico eintreten. »Hier vorne findest du die Bücher über unsere Region.« Sie wies auf ein Regal. »Wenn ich dir helfen kann?« Sie zog ein Buch hervor.

Federico blickte auf den alten Holztisch, auf dem mehrere Zeichnungen ausgebreitet lagen. »Was sind das für Bilder?«

»Ach das.« Concetta winkte ab und errötete. »Ich beschäftige mich gerade mit dem Schattensee und den alten Sagen darüber. Mauro hat mich heute Morgen auf die Idee gebracht.«

»Mauro? War er hier?«

»Er hat erzählt, wie du abgestürzt bist. Er war völlig verwirrt.« Concetta schmunzelte bei dem Gedanken an Mauros Auftritt. »Deshalb habe ich mir die Bücher angesehen.«

Er zog eine der Zeichnungen hervor und hielt sie näher ans Licht. Die Sonne, die durch ein kleines Fenster aus Glasmosaiken hereinkam, erhellte den Raum kaum und zeichnete bizarre Schatten an die Wand.

»Ein Fohlen?«, fragte er.

»Nach den Geschichten zu urteilen, soll es ein Zauberpferd sein.« Sie nahm ihm das Papier aus der Hand und legte es zurück. »Ein weißes Fohlen, mit dunklen Augen. Sehr selten.«

»Bei Silvana und Doriano auf dem Gestüt wurde genau so ein Fohlen geboren.« Federico beugte sich über den Tisch. »Seitdem passieren in der Umgebung merkwürdige Dinge.«

»Du meinst den Brand?«

»Nicht nur.« Federico mochte ihr nicht erzählen, dass er auch sein nächtliches Abenteuer mysteriös fand. »Hast du noch mehr davon?«

Concetta nickte und holte ein paar Bücher aus einem Regal am Ende des Raums hervor. »Ich habe sie gut weggepackt. Das ist keine Kinderlektüre.«

»Glaubst du an die Sagen?«

Concetta zuckte die Achseln. »Oft enthalten solche Geschichten einen wahren Kern.« Sie sah ihn von der Seite an. »Interessiert dich das?«

Federico nickte und setzte sich auf die Tischkante. Sie zog einen Stuhl heran und schlug einen illustrierten Folianten auf. »Diese Bilder habe ich vorhin gefunden«, erklärte sie. »Sie waren weit unten im alten Holzschrank versteckt.« Sie blätterte. »Erkennst du das?«

»Könnte der Schattensee sein«, murmelte Federico.

»Es ist der Schattensee.« Concetta schlug ein anderes Buch auf. »Und jetzt schau dir die Wesen an und vergleiche sie mit den anderen Bildern.«

Federico lachte verhalten. »Fabelwesen und zwischen ihnen eine Fürstin ...«

»... die sich alle an unserem heimischen See aufhalten.«

Federico fuhr mit den Fingerspitzen die Bilder nach. »Wer hat die Bilder gezeichnet?«

»Keine Ahnung. Jedenfalls muss es lange her sein.«

Federico zog den bebilderten Folianten zu sich und blätterte. Plötzlich hielt er inne. »Das Fohlen sieht aus wie *Feu*.«

Concetta sah Federico überrascht an. »*Feu?*«

»Das Fohlen von Silvana.«

»Bist du sicher?«

»Ziemlich.«

Concetta stand abrupt auf; polternd fiel der Stuhl um. Erneut verschwand sie zwischen den wuchtigen Regalen. »Sieh dir das an.« Sie schlug ein dickes Buch auf. »Ein Fohlen umringt von Flammen. Ich habe es Feuerpferd getauft.«

»Das kann irgendjemand gezeichnet haben.«

»Nein. Es sind unterschiedliche Malstile. Dieses Buch ist

viel älter und enthält zudem Zeichen und Sprüche, die mir fremd sind.«

»Woher weißt du das alles?« Federico sah Concetta erstaunt an.

»Ich habe mich damit beschäftigt.«

»Warum?«

Concetta senkte den Blick. »Na ja ...«, begann sie zögernd. »Erstens, weil es mich interessiert und zweitens weil Mauro so verwirrt war.«

Federico wog langsam den Kopf hin und her und kratzte sich dann am Kinn. »Silvana ist mit dem Fohlen wie vom Erdboden verschwunden.«

»Vielleicht ist sie spazieren gegangen.« Concetta zuckte die Schultern. Silvana interessierte sie nicht.

»Zu Fuß mit einem Fohlen? Unwahrscheinlich.« Eigentlich wollte er Concetta nichts erzählen, sondern etwas von ihr hören. Er blätterte weiter. – »*Gharash alrodek barann!*«, stotterte er, als er eine mit Tinte beschriebene Seite aufschlug. »Was soll das heißen?«

»Keine Ahnung. Vielleicht ein Zauberspruch?« Concetta lachte heiser und rückte näher, bis sich ihre Schultern einen Moment berührten. »Ich habe das schon einmal gesehen«, murmelte sie. Sie stand auf, verschwand hinter den Regalen und kam mit einem Pergament zurück. »Hier.« Sie rollte es auseinander. »Dieselben Wörter.«

»Was ist das?«

»Es lag bei den Pferdezeichnungen.«

Federico verglich die Worte mit dem Pergament und wiederholte laut: »*Gharash alrodek barann!*«

Plötzlich erfüllte ein leises Surren die Luft. Erschrocken

schauten Concetta und Federico hoch. Eine Kugel, die einem Auge glich, schwirrte durch den Raum. Im Innern flackerte ein Licht, kleine Funken lösten sich und fielen zu Boden.

»Um Himmels Willen!« Concetta wich an die Wand zurück.

Das Auge blieb in der Luft stehen und schien sie anzusehen. »Wer hat mich gerufen?«

Federico fasste sich rasch und fragte gespannt: »Wer oder was bist du?«

»Ich bin Aranaz, das Auge der Fürstin des Schattenreichs.«

»Der Fürstin ... des Schattenreichs?«, flüsterte Concetta. Ängstlich presste sie sich noch enger an die Wand. »Es gibt sie wirklich?«

»Was hast du denn gedacht? Warum habt ihr mich gerufen? Was wollt ihr?«

»Wir suchen ein Fohlen und ein Mädchen namens Silvana«, antwortete Federico.

Im nächsten Moment trat ein Lichtkegel aus dem Auge heraus, wurde breiter und breiter. Es zeigte ihnen eine Lichtung zwischen fremdartigen Bäumen.

»Silvana«, flüsterte Federico, »und das Fohlen. Wo ist das und wer sind die anderen?«

»Sie sind im Schattenreich. Die Fürstin Moghora bringt das Fohlen auf die Insel Seoria.«

»Und Silvana?«

»Die Sterbliche? Darüber wird die Fürstin entscheiden.«

So plötzlich, wie es aufgetaucht war, verschwand das Auge wieder. Nur das Surren klang noch durch die Bibliothek.

»Halt!«, rief Federico. »Wie gelangen wir ins Schattenreich?« Alles blieb still.

Concetta ächzte und ließ sich die Wand entlang auf die Dielen rutschen. »Federico, das war ein Zauberspruch.« Ihr Kopf war hochrot vor Aufregung.

Mit zitternden Händen nahm Federico das Pergament. Seine Augen glänzten fiebrig, während er die Zeilen fixierte. »Ein Zauberspruch. Wahrlich ein Zauberspruch.« Fast andächtig verglich er ihn mit dem Schriftzug des Buchs. »Nur, wer sagt mir, wie man das Buch gebraucht? Welcher Spruch wofür ist?«, flüsterte er und presste das Papier an seine Brust.

»Wir sollten diese Dinge gut verschließen.« Concetta trat hinter Federico. Sie war leichenblass und stützte sich mit beiden Händen einen Moment auf die Tischkante, bevor sie ihm das Pergament aus der Hand nahm. »Man sollte niemals die Geister der Unterwelt heraufbeschwören oder sich gar mit ihnen anlegen.«

Federico sah mit zusammengekniffenen Augen zu, wie sie die Bücher stapelte. »Damit wirst du recht haben.« Er ging zum Fenster und tat, als blicke er auf die Dorfstraße. »Concetta, bringst du mir ein Glas Wasser?« Lächelnd drehte er sich zu ihr um.

»Ich gehe zum Brunnen.«

Federico blieb am Fenster stehen, bis er sie auf die Straße treten sah. Dann packte er das Zauberbuch und die Zeichnungen mit dem Feuerpferd unter seine Jacke. Die anderen Bücher räumte er schnell in die hinterste Ecke der Regale. Er war gerade damit fertig, als Concetta zurückkam.

»Hier.« Sie hielt ihm das Glas hin. In einem Zug trank er es leer.

»Danke. Das war sehr lieb von dir. Ich habe inzwischen aufgeräumt.« Er strich ihr mit der Hand über die Wange. »Wir sollten rasch die Pfarrei verlassen, sonst werden die Leute im Dorf über dich reden.«

»Du hast recht.« Sie ließ Federico vorgehen und schloss sorgfältig ab.

»Kommst du bald wieder?« Ein Hoffnungsschimmer stand in ihren Augen.

»Liegt dir etwas daran?«

»Du lässt dich selten sehen.« Concetta versuchte zu verbergen, dass ihr etwas daran lag. Sie reichte Federico die Hand. »Also bis zum nächsten Mal.«

Federico saß auf und ritt langsam die Dorfstraße hinunter. Concetta blieb vor der Tür stehen, bis er hinter dem Hügel verschwand.

19

Silvana überlegte, ob sie Moghora von der Kristallkugel erzählen sollte. Sie misstraute dieser Fürstin, die aus dem Nichts gekommen war, trotz ihrer freundlichen Worte. Sie traute auch diesem seltsamen Land nicht; bestimmt brauchte sie die Kugel spätestens dann, wenn sie wieder nach Hause wollte. Sie war ihre einzige Sicherheit.

»Gharash alrodek barann! Gharash alrodek barann!«, rief Moghora. Silvana zuckte zusammen, im gleichen Moment summte es laut über ihr. Erschrocken schaute sie hoch.

»Hab keine Angst«, erklärte Moghora sanft. »Das ist Aranaz, mein drittes Auge.« Sie drehte sich um. »Aranaz, hast du Neuigkeiten?«

Aranaz ließ einen Lichtkegel entstehen und zeigte darin einen dunklen Raum.

»Das ist ja die Bibliothek in unserer Pfarrei«, platzte Silvana heraus.

»Die Sterblichen suchen das Mädchen«, sagte das Auge. »Sie wissen vom Schattenreich. Und sie besitzen das Zauberbuch.«

»Unser Buch?« Unglauben schwang in Moghoras Stimme. »Woher weißt du das?«

»Sie haben mich gerufen.«

Der Kegel zeigte ein anderes Bild: Federico und Concetta beugten sich über einen dicken Folianten.

»Sie kennen den Zauberspruch? Wissen sie, wie man die anderen Zaubersprüche anwendet?«

»Ich glaube nicht, Herrin. Sie sahen sehr erschrocken und ratlos aus, als ich erschien.«

Moghora fasste sich wieder. »Das ist gut. – Aranaz, zeig uns, wo die Truppen des Grint lauern. Ich möchte ihm nicht als Gefangene gegenübertreten. Und suche für das Mädchen einen sicheren Weg nach Seoria.«

Der Lichtkegel verschwand. Silvana bedauerte es. Zu gerne hätte sie gewusst, warum Federico mit Concetta in der Bibliothek der Pfarrei saß.

Das Auge kreiste über ihnen. »Willst du die Sterbliche nicht nach Hause schicken? Das könnte Probleme geben.«

»Wir werden sie vielleicht brauchen«, erwiderte Moghora und in ihrem Gesicht stand plötzlich ein Ausdruck, der Silvana nicht ganz geheuer war. Sie fragte sich, was die Fürstin im Schilde führte.

In einem neuen Lichtkegel erschien eine Stadt aus Marmor. Sie glich jener, die Silvana in ihrer Kristallkugel gesehen hatte.

Moghora schüttelte den Kopf. »Gibt es für die Sterbliche nur diesen Weg? Damit riskieren wir, dass sie mitsamt dem Fohlen in die Hände des alten Grint fällt.«

»Nur mithilfe der Kristallkugel.«

Silvana zuckte zusammen. Meinte Aranaz damit ihre Kugel? Unwillkürlich faltete sie die Hände über ihrem Rock. Nun stand Silvanas Entschluss fest. Auf keinen Fall würde sie der Fürstin ihr Geheimnis verraten.

Aranaz zog den Lichtkegel zurück und schwang sich höher in die Luft. Das flackernde Licht im Innern des Glasauges war weit erkennbar. Die Fürstin schaute ihm hinterher.

Moghora hoffte, in der Stadt Roya zu treffen. Gemeinsam mit ihr könnte sie vielleicht Lybios befreien. Wenn diese junge Sterbliche sich um *Feu* kümmerte, wäre ihre Pflicht gegenüber Seoria erfüllt. Sie hätte freie Hand, dem Grint entgegenzutreten und den Geliebten zu retten.

Ibonuk rannte voraus. »Ich mache den Späher«, bot er eilfertig an. »Ihr könnt euch ganz auf mich verlassen. Ich war der Beste in unserem Dorf.«

»Wo liegt die Stadt?« Silvanas Neugierde wuchs.

»Gleich hinter dem Wald«, erklärte Moghora mürrisch. »Der alte Grint haust dort in einem Palast aus Marmor. An den glatten Steinen prallt jeglicher Zauber ab. Unter der Stadt gibt es Gänge, die wie Irrwege anmuten. So hat er es immer geschafft, zu entkommen.«

Die Gruppe trat aus dem Wald heraus und erreichte eine ausgedehnte Wiese. »Am Horizont kannst du die Stadtmauern sehen.« Moghora wies mit der Hand auf eine glänzend weiße Wand.

»Wird die Stadt bewacht?«

»Was dachtest du? Der alte Grint besitzt eine riesige Armee. Die Twehts. Primitive, aber ursprünglich freie Wesen. Sie leben jetzt in Gefangenschaft, sind abgerichtet und rücksichtslos. Kommandiert werden sie von Menschen, die der Grint verführen konnte, ihm zu dienen.«

Silvana lief ein Schauer den Rücken hinunter.

»In der Nähe gibt es eine versteckte Höhle. Von dort gelangt man in das unterirdische Labyrinth. Ein einziger Weg führt in den Mittelpunkt der Stadt und zum Palast.«

»Kennst du den Weg?«

Moghora schüttelte den Kopf. »Ich vertraue auf Aranaz. Wenn du Angst hast, kann du vom Schattensee direkt in die Andere Welt zurückkehren. Mir soll es recht sein.«

»Ich höre Stimmen!« Ibonuk kam aufgeregt zurück. Das Kratzhörnchen rannte neben ihm her und ließ sich verspielt vor Moghoras Füßen fallen.

»Nimm dieses stinkende Vieh weg!« Die Fürstin trat zu, sodass es ein paar Purzelbäume schlug und gellend aufschrie.

Silvana nahm das Tierchen, streichelte es und setzte es Ibonuk auf die Schulter. »Wie kannst du so undankbar sein«, entrüstete sie sich. Sie wurde aus Moghora nicht schlau. »Immerhin hat es dir das Leben gerettet.«

»Dafür habe ich seines gerettet.« Die Fürstin sah Silvana verächtlich an. »Du vergisst, dass ich im Gegensatz zu dir unsterblich bin.«

Aranaz flog surrend über ihnen. Das Licht in seinem Innern flackerte hektisch; dann breitete sich der Lichtkegel aus. Erst unscharf, dann immer klarer, zeigte er ein bewaldetes Gelände, das Silvana noch nicht kannte. »Da ist ja diese Nymbianerin!«, rief sie.

»Roya«, flüsterte Moghora. »Und ... Lybios!« Ein zärtlicher Ausdruck trat in ihre kalten Augen und ihre Gesichtszüge wurden weich. »Ich habe es doch gewusst, dass mir diese Zwergin Angst einjagen wollte. Lybios lebt und es geht ihm gut.«

»Aber nicht mehr lange. Seht, Fürstin.« Silvana zeigte mit dem Finger an den Rand des Lichtkegels.

Während sich Roya und Lybios von Xavo und dem Soldaten verabschiedeten, trat eine Tweht-Armee aus dem Dunkel der Höhle, richtete ihre Waffen auf die vier und umzingelte sie.

»Die Twehts des alten Grint!« Moghora stieß einen Schrei aus. »Ibonuk! Aranaz! Wir müssen ihnen zu Hilfe kommen. Sie werden Lybios töten.« Moghora hetzte mit wehenden Gewändern über die Wiese direkt auf das Wäldchen zu.

»Komm, *Feu*!« Auch Silvana setzte sich in Bewegung.

»Fürstin, Ihr begebt Euch in Gefahr.« Auch Ibonuk rannte. Aber mit seinen kurzen Beinen konnte er nicht Schritt halten und blieb stehen. »Wäre es nicht besser, vorher zu überlegen und einen Plan zu machen als einfach loszurennen?«, rief er ihnen nach.

»Lass mich in Ruhe mit deinen klugen Ratschlägen, du und dein Kratzhörnchen.« Bald erreichte sie den Waldrand, gefolgt von Silvana und *Feu*.

»Habe ich es mir doch gedacht.« Ein lautes Lachen erklang. Moghora drehte sich erschrocken um. Aus dem Dickicht trat Sundar, begleitet von einem Trupp Twehts.

Moghora hob die Hand und schrie: »Aranaz!«

»Du brauchst gar nicht so zu schreien«, sagte Sundar. »Dein Gehilfe stellt für uns keine Gefahr dar. Wir haben einen Gegenzauber. Sieh her.« Er hob seinen Arm. Die sprühenden Funken, die Aranaz abschoss, prallten an einer unsichtbaren Wand ab und wurden zurückgeschleudert.

Moghora entschied, den Lähmungszauber einzusetzen. Sie schloss die Augen und murmelte den magischen Spruch.

»Deine Magie ist hier nicht unbesiegbar. Auch hier herrscht schon der Grint.«

Moghora riss die Augen auf. Die Twehts richteten weiterhin ihre Waffen sie. Zu ihrem Entsetzen war niemand erstarrt.

»Darf ich dich jetzt bitten, mir in den Palast zu folgen? Mein Herr erwartet dich bereits sehnsüchtig. Sehr freundlich, uns gleich das Zauberpferdchen mitzubringen. So haben wir uns einen Weg gespart.«

»Was ist mit Lybios?«

»Für ihn haben wir keine Verwendung mehr.«

»Werdet ihr ihn töten?«

»Noch nicht.« Ein hämisches Lachen erklang. »Aber das wird dir der alte Grint alles erklären. Vorwärts.«

Moghora spuckte verächtlich auf den Boden.

»Sie hätten dich in der Welt der Sterblichen tatsächlich zum Rübenstechen schicken sollen.« Sundar stieß ihr seine Waffe in die Seite und trieb sie durch das marmorne Stadttor. Die Twehts umringten Silvana und *Feu* und zwangen sie zu folgen.

Silvana schaute sich verstohlen um. Wo waren Ibonuk und sein Kratzhörnchen? Die beiden waren entkommen.

Auf dem Weg zum Palast des alten Grint holten sie den Trupp ein, der Lybios, Roya und Xavo gefangen genommen hatte.

»Lybios«, flüsterte Moghora zärtlich und ging auf ihn zu. Sundar riss sie zurück.

»Du bist auch hier? Deine Zauberkräfte haben wohl versagt.« Roya sah die Fürstin giftig an. »Von dir hätte ich mehr erwartet.«

Wütend versuchte Moghora, von Sundar loszukommen, um sich auf die Nymbianerin zu stürzen. »Du... du hast uns in die Falle gelockt«, zischte sie. »Weil du so unvorsichtig warst, sind wir alle dem alten Grint in die Falle gegangen. Statt deinem Bruder zu helfen, wirst du ihn damit töten!« Sie spuckte vor Royas Füßen aus.

Das Gesicht der Nymbianerin wurde giftgrün. »Du warst ja nicht da, du eitle Hexe.«

»Die Sache ist noch nicht erledigt.« Die Fürstin stampfte mit dem Fuß auf. »Ich kann dem alten Grint mehr bieten als du.«

»Du meinst dieses Mädchen?« Roya wies auf Silvana. »Sie ist nur eine Sterbliche.«

»Sie ist hübsch und jung. Und sie ist eine Sterbliche. Du weißt, dass der Alte gerne Menschen um sich hat.«

»Sie wird ihn nicht sonderlich interessieren. Er kann sich so viele holen, wie er will.«

Silvana hörte dem Streit der beiden schockiert zu. Also war es richtig, dass sie Moghora misstraute. Trotzdem war sie enttäuscht.

»Wir werden sehen, wer hier als Sieger hervorgeht.« Moghora warf den Kopf in den Nacken.

»Moghora, streite jetzt nicht. Es hilft uns nicht weiter.« Lybios blickte die Fürstin traurig an. »Weder du noch Roya haben irgendeine Schuld. Ich habe versagt. Du musst mir verzeihen.«

»Lybios, das stimmt nicht.« In Moghoras Augen standen Tränen. »Es wäre nicht soweit gekommen, wenn ich an jenem Abend ...«

Sundar stieß Moghora vorwärts. »Streiten und Flirten könnt ihr später«, sagte er. »Unser Herr ist ungeduldig.«

Sie erreichten den Palast. Hohe weiße Türme, die von Twehts bewacht wurden, flankierten das Gebäude rechts und links. Eine breite Treppe führte zu einem weit geöffneten Portal. »Vorwärts, Fürstin!« Sundar verbeugte sich betont tief. »Darf ich bitten? Euer zukünftiges Schloss.«

»Dafür wirst du mir büßen.« In Moghoras Augen funkelte es gefährlich.

Silvanas Beine zitterten, als sie die Marmorstufen hinaufstieg und ihre Hand umkrampfte *Feus* Mähne. Vielleicht war es doch nicht klug gewesen, Moghora zu folgen. Sie tastete nach der Kristallkugel. Zum Glück befand sie sich noch in ihrem Rock.

Sundar stieß Silvana die Treppe hoch.

Denk daran, dass du mich zur Insel Seoria bringen musst.

Woher kam das in ihren Kopf? Silvana sah *Feu* misstrauisch an. Konnte das Fohlen Gedanken mir ihr austauschen?

Moghora drehte sich um. »Die Verhandlungen mit dem alten Grint werde ich führen.«

Sie betraten eine riesige Marmorhalle. Die mächtigen Säulen, die die Decke trugen, ließen sie einer Kathedrale gleichen, doch es gab keine Fenster. Trotz der unzähligen Lichtkristalle an den Wänden, die flackernde Schatten warfen, wurde der Saal nur spärlich erhellt.

Hinter ihnen fiel das Portal mit einem dumpfen Knall zu. Erschrocken schaute sich Silvana um. Hier gab es kein Entkommen. Durch ein Spalier von Twehts wurden sie ans Saalende geführt.

»Kommt ruhig näher«, dröhnte die Stimme des Grint durch die Halle. »Ich habe euch schon erwartet.« Silvana kniff die Augen zusammen.

Moghora ging vor ihr her. Nein, sie schritt wie eine Königin mit hocherhobenem Kopf die Reihen der Twehts entlang. Sie machte nicht den Eindruck einer Gefangenen, sondern den einer Siegerin nach gewonnenem Kampf.

Roya griff nach Lybios' Hand. Die Nymbianerin fühlte sich beklommen. Zum ersten Mal kam ihr der Gedanke, sie könnten diesen Kampf verlieren.

Feu drängte sich an Silvana. Seine Hufe klapperten; immer wieder kam er auf dem spiegelglatten Marmorboden ins Rutschen. Silvana legte schützend den Arm um seinen Hals und hielt ihn.

»Moghora, Fürstin des Schattenreichs«, dröhnte der Grint von seinem Thron herab, »wie gefällt dir dein Einzug in meinen Palast? Habe ich dir nicht versprochen, dass es ein Triumph wird?«

Sein widerliches Lachen ließ Silvana schaudern. Im Halbdunkel konnte sie kaum bis ans Ende der Halle blicken, von wo die Stimme kam. »Aber damals hast du mich zurückgewiesen. Jetzt erledigen wir das auf meine Weise.«

Am Ende der Halle stand ein riesiger Thron. Die mit faustgroßen Edelsteinen in roten und grünen Farben verzierte Lehne reichte fast bis zur Decke.

»Moghora, Fürstin des Schattenreichs, knie vor deinem Gebieter nieder«, bellte der Grint. Die Fürstin machte keinerlei Anstalten. Ihr Rücken versteifte sich im Gegenteil und sie reckte den Kopf noch höher.

»Hast du nicht verstanden? Du sollst niederknien.« Sundar sprang an Moghoras Seite, drehte ihr den Arm nach hinten und zwang sie auf die Knie. Dann drückte er sie vollends zu Boden.

Jetzt war für Silvana die Sicht auf den Thron frei. Auf einem hohen, mit rotem Samt ausgeschlagenen Polster saß ein kleines Männlein mit schrumpeliger Haut. Es trug einen viel zu großen, grünen Mantel. Das Herausstechendste an ihm war ein zweites Paar Augen, das sich auf der Stirn befand. Diese rollten in ständiger Bewegung auf und ab. Nie wusste man, wohin er schaute.

»Der Grint und die Unbezwingbaren Brüder«, platzte Roya heraus.

»Ja, du hast richtig gesehen, Nymbianerin. Die Brüder sind auch hier.« Blitzschnell schoss aus seinem weiten Mantelärmel eine Klaue hervor und zeigte auf zwei grobschlächtige Kerle rechts und links des Throns. »Willst du nicht einen von ihnen zum Mann? Sie sind noch zu haben.«

Roya ließ Lybios los und ging auf die beiden Kerle zu. Sie legte den Kopf in den Nacken, sodass ihre Haare bis zum Boden reichten. Erst besah sie sich den einen von oben bis unten, hernach musterte sie den anderen eingehend. »Nein«, erwiderte sie keck, »die sind mir zu hässlich. Da musst du mir schon etwas Besseres bieten. Wie wäre es denn mit dir?«

Silvana hätte beinahe gekichert, doch sie riss sich zusammen, als *Feu* sie in die Seite stieß.

»Was willst du von uns?«, fragte Moghora. Sie hob den Kopf und sah den Alten mit seinen vier rollenden Augen stolz an.

»Aber Moghora, meine Liebe, das ist dir seit Jahren bekannt.« Er streckte ihr seine Klauen entgegen. »Erstens will ich dich heiraten und damit zur Herrscherin dieser Stadt machen.« Der Alte breitete seine Arme einladend aus.

»Niemals, du altes Scheusal.«

Der Grint ließ sich nicht irritieren, sondern fuhr fort: »Zweitens das Feuer von Seoria. Wie ich sehe, hast du mir das Zauberpferdchen freundlicherweise gleich mitgebracht.«

»Vergiss es!« Moghora legte all ihren Hass in den Blick, den sie auf den Alten richtete.

»... drittens, die Feuerformel ... und viertens das Zauberbuch deines Reichs.«

»Das besitze ich nicht.«

»Wo ist es?«, fragte der alte Grint lauernd.

Moghora zuckte die Achseln. »Wie du weißt, ist das Buch vor Jahrhunderten verschwunden.«

Silvana staunte, wie gut Moghora zu lügen vermochte. Aber was wäre, wenn die Fürstin sich erweichen ließe? Womöglich gerieten dann auch Federico und Concetta in Gefahr.

»Gut.« Der alte Grint verschränkte seine haarigen Ärmchen vor der Brust. »Wie ich sehe, bist du nicht bereit, meine Forderungen zu erfüllen.« Er machte eine Pause und tat, als überlege er. »Aber ich lass dir Zeit zum Nachdenken.« Er winkte Sundar.

Sofort stand Sundar vor Moghora. »Darf ich bitten, verehrte Fürstin?« Er verneigte sich erneut übertrieben und zog sie fort.

Silvana fasste *Feu* um den Hals, um ihr zu folgen.

»Halt! Das Fohlen bleibt hier.« Der alte Grint sprang auf.

Silvana sah ihn an, ohne mit der Wimper zu zucken. »Nein. Ich werde das Fohlen nicht hier lassen«, sagte sie entschieden. »Es gehört mir.«

»Wer bist du, dass du es wagst, mir zu widersprechen?« Das Gesicht des alten Grint färbte sich bläulichrot und seine Augen rollten hektisch hin und her.

»Ich bin Silvana, die Herrin des Gestüts am Schattensee.«

Der alte Grint zog die vier Augenbrauen hoch und grinste. »Sieh an, noch eine Herrin, die mir den Gehorsam verweigert.« Dann hieb er mit einer Kralle auf die Lehne seines Thrones. »Wer gibt dir das Recht, so mit mir zu reden?«

»Ich.« Nun tat es Silvana der Fürstin des Schattenreichs nach und hob stolz ihren Kopf.

»Du dir selbst?« Der alte Grint kicherte. »Eine Sterbliche? Bist du dir bewusst, dass wir jeden Augenblick dein Lichtlein auslöschen könnten?«

Silvana stockte der Atem.

»Also füge dich. Wir sind nicht an dir und deiner Welt interessiert. Meinetwegen kannst du sofort in dein Land zurückkehren. Du wirst hier nicht gebraucht.«

»Ich werde *Feu* nicht allein lassen.« Silvana blieb stehen.

»*Feu?* Wer soll das sein?«

»Mein Fohlen.« Sie strich zärtlich über *Feus* Mähne.

»Du nennst den kleinen Gaul *Feu?* Wie passend.« Er lachte laut. »Und nun bring mir das Zauberpferdchen her.« Er streckte seine Klaue aus.

»Nein!«

»Was heißt hier nein?«, keifte der alte Grint und sprang die Stufen des Throns hinunter. Erst jetzt erkannte Silvana, wie klein und hässlich dieses Männchen war.

Sie sah auf ihn herab. »Nein heißt nein. Ich habe von der Fürstin den Auftrag erhalten, ihn nicht allein zu lassen. Und daran werde ich mich halten.«

»Du hast von der Fürstin des Schattenreichs den Auftrag? Eine Sterbliche. So armselig ist sie inzwischen?« Er griff nach *Feu.*

Im gleichen Moment war ein Donnern zu hören, der Marmorboden begann zu zittern, eine Windbö fegte durch die Halle und riss einige der Kristalle von den Wänden. Erschrocken blickte der Grint sich um, ging rasch zu seinen Thron zurück und fasste Halt suchend nach der Lehne. Anschließend herrschte wieder Ruhe.

Roya kicherte verhalten. »Du solltest dich hüten«, wisperte sie.

»Sei still, du dumme Zwergin.« Der alte Grint krabbelte wieder auf das Polster. »Führt sie weg.«

20

Sundar führte Moghora durch endlose Gänge, bevor er eine Tür öffnete. Er hieß sie einzutreten.

Überrascht schaute sie sich um. Im Gegensatz zur kahlen Marmorhalle war der Raum üppig eingerichtet. In einer Nische stand ein altertümliches Sofa aus rotem Samt mit vielen Kissen und vor dem festlich gedeckten Tisch zwei zierliche Stühle, mit dem gleichen Stoff bezogen. Zwischen den Platten mit Fleisch und Früchten lagen kleine Leuchtkristalle. Andere hingen an den Wänden neben Gemälden in wuchtigen Goldrahmen. Die Kristalle verbreiteten ein warmes Licht, das den Raum gemütlich erscheinen ließ.

»Nimm Platz.« Moghora schrak zusammen. Mit dem alten Grint hatte sie nicht gerechnet. Wie war er so schnell hierher gekommen? Er saß auf dem Sofa inmitten all der bunten Dekorationen. »Gefällt es dir hier?« Einladend streckte er seine Klauen aus. »Ist das der Rahmen für eine Fürstin?«

»Mein Palast ist edler eingerichtet. Nicht so ... überladen.«

»Wie hättest du es gerne? Möglicherweise so?« Er schnippte mit seinen Krallen, die dabei ein kratzendes Geräusch erzeugten. Moghora bekam eine Gänsehaut und ein Schauer lief ihr den Rücken hinunter.

Im Nu verwandelte sich der Raum in ein dunkles, feuchtes Verlies. An den Wänden züngelten Schlangen statt der Bilder und auf dem Tisch stand ein Napf mit einer undefinierbaren Pampe. Moghora wich zur Tür zurück.

»Keine Angst, meine Liebe. Du kannst wählen.« Wieder schnippte er mit den Krallen. Der Raum nahm seine vorherige Gestalt an.

»Willst du dich nicht setzen?« Widerwillig nahm die Fürstin auf einem der zierlichen Stühle gegenüber ihrem Feind Platz.

»Greif zu«, sagte er. Er nahm eine Karaffe, goss ein Glas randvoll und stellte es vor sie auf den Tisch. »Ein edler Wein«, sagte er. »Ich habe ihn von meiner letzten Reise aus dem Reich der Sterblichen mitgebracht. Sie sind eigentlich ganz unnütze Wesen, aber sie verstehen es, gute Weine zu machen. Trink.«

»Was willst du von mir?« Moghora verschränkte die Arme und ignorierte den Wein.

»Das habe ich dir vorhin gesagt. Ich mache dich zur Fürstin meines Reichs und damit zur Herrscherin der Welten. Gemeinsam werden wir unbesiegbar sein.«

»Niemals.«

»Niemals?« Der alte Grint klemmte das zerbrechliche Weinglas zwischen seine Krallen und leerte es in einem Zug. Mit dem behaarten Handrücken wischte er sich über den Mund. Ein Rülpser folgte. »Du vergisst, dass ich jetzt das Zauberpferd in meiner Gewalt habe.«

»Ja, und?«

»Ihr bekommt das Feuer zurück, sobald wir beide unseren Pakt geschlossen und die Hochzeit vollzogen haben.«

»Hast du nichts Besseres anzubieten?«

»Einiges.« Er kippte den Rest einer Karaffe mit Schwung in sein Glas und betrachtete einen Augenblick die rote Pfütze, die sich nach allen Seiten auf dem Tisch ausbreitete. »Da wäre zum Beispiel – sagen wir mal – dein Freund?« Er machte eine bedeutungsvolle Pause. »Als Sterblicher ist er sehr verletzlich.«

»Du meinst ...?« Moghora begann zu schwitzen. Sie ergriff ihr Glas und trank einen Schluck.

»Es liegt alles in deiner Macht, das sagte ich schon.« Die vier Augen des alten Grint begannen zu flackern. »Ich schenke dir sein Leben und seinen Körper, wenn du mir deine Hand reichst und meine Frau wirst.«

Moghora setzte das Glas so hart ab, dass es sprang. »Niemals!«

»Wirklich?« Der alte Grint schnippte erneut mit den Krallen und sie befand sich im unterirdischen Labyrinth. »Schau!«

Einige Twehts schleiften Lybios durch einen feuchten Gang. Sundar öffnete eine Tür.

»Erkennst du das wieder?« Der alte Grint feixte zynisch.

»Das Schlangenverlies«, brachte Moghora flüsternd hervor.

»Gut geraten, meine Liebe. Du kannst wählen, ob du deinen schönen Zaubergehilfen den Schlangen vorwerfen oder ihn lieber selbst verspeisen möchtest.« Er lachte krächzend. »Schließt die Tür!«

Im nächsten Augenblick befand sich Moghora wieder auf dem samtbezogenen Stuhl gegenüber dem Grint.

»Ich will ja kein Untier sein«, erklärte er, »natürlich gebe ich dir Bedenkzeit. Vielleicht gemeinsam mit deinem Gehilfen?« Sein Tonfall war lauernd. »Womöglich bringt er dich eher zur Vernunft.«

Er langte nach der nächsten Karaffe und reichte ihr ein neues Glas. Moghora griff danach und trank es in einem Zug leer. Nur einen Moment später hatte sie das Gefühl, dass der Wein ihre Sinne benebelte.

»Ein gutes Tröpfchen, nicht wahr? Geradezu geschaffen für eine Liebesnacht.« Der alte Grint sah Moghora tief in die Augen. »Aber nun möchte ich euch nicht länger stören.« Ein dröhnendes Lachen war zu hören. Mit schmerzverzerrtem Gesicht schloss die Fürstin die Augen und hielt sich die Ohren zu.

Nach einiger Zeit öffnete sie vorsichtig die Lider. »Lybios?« Anstelle des Gnoms saß Royas Bruder auf dem Sofa. »Wie kommst du hierher?« Lybios gab keine Antwort. Stattdessen füllte er zwei Gläser und reichte ihr eines.

»Du hast dich also entschieden?« Er lächelte sie an.

»Wofür?«

»Mein Leben zu retten und dafür Herrscherin der Welten zu werden. Eine kluge Wahl.«

»Aber Lybios ...« Träumte sie oder war es der Wein? Sie versuchte, den betäubenden Nebel zu verscheuchen. War es wirklich Lybios, der ihr da gegenübersaß oder täuschten sie ihre Sinne? Zu gerne wäre sie aufgestanden, um sich neben ihm aufs Sofa zu setzen, aber seine Worte ließen sie zögern.

»Nun«, begann sie, »ich habe mich vorerst zu nichts entschieden.«

»Wozu noch überlegen? Du könntest die Herrin eines mächtigen Reichs werden. Und«, Lybios machte eine bedeutungsvolle Pause, »wir wären immer beisammen.«

»Hast du vergessen, dass wir eine Aufgabe zu erfüllen haben?«

»Eine Aufgabe?« Lybios runzelte die Stirn.

»Wir müssen das Feuerpferd auf die Insel Seoria bringen, hast du das vergessen?«

»Was geht uns dieses Pferd an, wenn wir hier in Freuden leben können? Du mit deinen magischen Kräften und ich ...«, er räusperte sich, »... ähm ... und das Reich des alten Grint werden dich unverwundbar machen.«

Moghora horchte auf. »Das sind ganz neue Gedanken von dir. So kenne ich dich überhaupt nicht.«

»Ich habe viele ungeahnte Seiten. Also, wie wählst du?«

»Nein.«

»Was soll das heißen?« Lybios' Stimme ging in ein Kreischen über. »Du willst mich opfern für ... für ein Pferd?«

Ungläubig schaute Moghora den Geliebten an. »Ich werde eine andere Lösung finden.«

»Es gibt keine andere.« Lybios schnellte hoch und sprang auf sie zu. Moghora fiel in Ohnmacht.

21

Moghora erwachte im Verlies bei den anderen Gefangenen. Lybios hielt sie in den Armen.

Sie starrte ihn an. »Warst du ... war er die ganze Zeit hier?«

Lybios zog irritiert die Augenbrauen zusammen.

»Wen meinst du?«, fragte Silvana.

»Lybios natürlich.«

»Wir waren alle die ganze Zeit hier«, mischte sich Roya ein. »Außer dir selbstverständlich.«

»Dann ...« Moghora schoss hoch. »Nicht nur, dass er mich betäubt hat, nein, er hat mich auch noch getäuscht.« Sie setzte sich wieder und schlang ihre Arme um den Geliebten.

Plötzlich begann sie zu toben. »Dieses Scheusal! Das wird er mir büßen, so wahr ich Moghora, die Fürstin des Schattenreichs, bin.«

»Liebling.« Lybios streichelte ihren Rücken. »Beruhige dich. Der alte Grint wird alles versuchen, um dich zu erweichen. Wir dürfen uns nicht einschüchtern lassen. Du musst jetzt stark sein.«

»Stark sein?« Sie klammerte sich an ihm fest. »Ich bin schuld. Ich habe euch alle in diese Lage gebracht. Und nun schlägt dieses ... dieses Ungeheuer mich mit meinen eigenen

Waffen.« Sie hob die Arme zum Racheschwur und schloss die Augen. Ein Grollen erklang, die Wände des Verlieses bebten.

»Moghora, im Namen des Krox, bist du wahnsinnig!« Roya zog an ihrem Rockzipfel. »Du wirst uns alle vernichten.«

Die Fürstin hielt inne. »Dieses Ungeheuer wird mich nie wieder hinters Licht führen. Fast wäre ich darauf hereingefallen.«

»Spare deine Magie dafür auf, uns aus diesem Loch zu befreien.« Roya rümpfte die Nase.

»Was werden sie mit uns machen?« Silvana hockte sich neben Roya auf den kalten Steinboden.

»Sie werden uns den Schlangen vorwerfen.« Roya zuckte die Schultern. »Es sei denn, Moghora gibt nach und heiratet den Alten.« Die Nymbianerin sah die Fürstin abwartend von der Seite an, die sich neben Lybios niedergelassen hatte und zärtlich seinen Nacken kraulte.

»Du solltest schweigen«, herrschte Moghora die Nymbianerin an. »Hättest du nicht in deiner Dummheit die Wachen durchs Labyrinth zum Schattensee geführt, könnten wir jetzt alle auf Seoria sein. Mein Plan stand bereits fest.«

»Dein Plan? Du hattest einen Plan?«, keifte Roya zurück und zog verächtlich die Mundwinkel nach unten. »In deiner Verliebtheit bist du kopflos drauflos gestürmt und direkt in die Arme der Twehts gelaufen. Hatten dich deine Kräfte verlassen? Oder war es dein Verstand? In deiner Überheblichkeit hast du das Leben meines Bruders in Gefahr gebracht. Du ...«

»Roya«, die Fürstin stand auf und lief hin und her, »statt uns zu streiten sollten wir nachdenken, wie wir hier herauskommen.« Sie blieb vor ihr stehen. »Selbst wenn ich nachgäbe und den Alten heiratete, glaubst du, dass er dich und Lybios freilässt? Dann seid ihr sofort des Todes, denn er hat erreicht, was er wollte. Ich werde ihn nicht opfern. Weder so noch anders.«

Moghora blieb vor Lybios stehen; ein zärtliches Lächeln trat in ihr Gesicht. Wie schön er war! Ganz anders als dieser runzelige alte Gnom. Sie liebte ihn wirklich. »Ich werde alles daran setzen«, flüsterte sie, »dich nach Seoria mitzunehmen. Und dort, mein Geliebter ...«, sie strich ihm über die muskulösen Arme, »mache ich dich zum Herrscher meines Reichs.«

»Nun hör schon auf.« Roya seufzte und verdrehte die Augen. »Statt dich an meinem Bruder zu ergötzen, wäre es ratsamer, einen Ausweg zu suchen.«

Silvana hockte in der Ecke und streichelte gedankenversunken *Feus* Fell. Was wäre, wenn sie sich und das Fohlen einfach mit der Kristallkugel auf diese Insel zaubern würde?

»Was ist überhaupt mit deiner Kristallkugel?«, fragte Roya, die Silvanas Gedanken gelesen hatte. »Damit könnten wir sofort nach Seoria gelangen.«

Silvana horchte auf.

»Sie liegt in der Anderen Welt. Ich habe sie fallen lassen, als ... Ich habe sie in der Welt der Sterblichen versteckt.«

»Du bist aber wirklich sehr klug, meine liebe Freundin.« Roya grinste höhnisch.

»Sie hätte uns hier nichts genutzt«, erwiderte Moghora. »Ihre Zauberkraft dringt nicht durch die Mauern dieses Palastes.«

Silvana begriff. Wie wenig sie doch über die Magie des Schattenreichs wusste. Aber vielleicht konnten Federico und Concetta mit Hilfe des Zauberbuchs etwas ausrichten? Concetta war eine kluge Frau und Federico? Silvana dachte sehnsüchtig an ihn. Er war in der letzten Zeit so zuvorkommend gewesen. Ganz anders als früher. Sicher würde er alles daran setzen, sie zu befreien.

Sundar stieß die Tür zum Verlies auf. Vier Twehts bildeten ein Spalier davor, während er eintrat. »Fürstin, darf ich bitten?« Er sah Moghora lüstern an. »Mein Herr wünscht Euch zu sprechen.«

»Mich?« Sie zeigte auf sich. »Schon wieder? Und was passiert mit den anderen?«

»Das Fohlen und die Sterbliche kommen mit; die anderen brauchen wir nicht.« Er grinste ihnen hämisch zu. »Vielleicht überhaupt nicht mehr.«

»Geh schon«, sagte Roya und winkte ab. »Vielleicht verfügst du statt über Zauberkräfte über soviel Verhandlungsgeschick, dass du den Alten um den Finger wickeln kannst. Er muss völlig vernarrt in dich sein.«

»Giftschlange!« Moghora reckte sich und rauschte durch die Tür, dicht an Sundar vorbei.

»Wo bringst du uns hin?«

»Die Sterbliche kommt in den Turm. Der Herr hat im Augenblick keine Verwendung für sie.« Moghora horchte auf. Damit hätte sie *Feu* in ihrem Besitz und brauchte sich nur noch um Lybios zu kümmern und den alten Grint erledigen. Roya interessierte sie weniger. Sollte sie im Verlies schmoren, das geschah ihr recht.

»Ich bleibe bei *Feu*«, protestierte Silvana. »Auf keinen Fall verlasse ich ihn.«

»Kindchen«, entgegnete Moghora scharf, »das Fohlen ist bei mir genauso gut aufgehoben. Wir beide haben die gleichen Interessen. Hast du das vergessen?«

»Eben nicht. Du bist eine Gefangene des alten Grint. Wie willst du es zur Insel Seoria bringen?«

»Ich werde einen Weg finden.«

»Schweigt.« Sundar stieß Moghora vorwärts. »Und du, Mädchen, gehst mit denen da.«

»Ich will aber nicht.«

Doch die Twehts stießen Silvana weiter. Sundar brachte Moghora und *Feu* in die Halle.

»Nun, meine Freundin, hast du es dir überlegt?« Der alte Grint saß klein und behäbig auf seinem Thron.

»Du hast mich hinters Licht geführt«, erklärte die Fürstin. »So führe ich keine Verhandlungen.« Sie reckte ihren Kopf und sah ihn voller Verachtung an.

»Hat es dir nicht gefallen? Ich wollte dir zeigen, dass ich nicht so eine schlechte Partie bin, wie du annimmst. Ich kann mich durchaus benehmen und in eine ansehnliche Gestalt schlüpfen. Sogar mir hat es gefallen.«

»Du bleibst dennoch hinterlistig und bösartig.«

»Zier dich nicht so. Übergib mir das Fohlen.« Der Alte streckte seine Klaue aus.

»Es bleibt in meiner Obhut.«

»Du wirst wohl tun müssen, was ich sage. Deine Magie bewirkt hier nichts.«

»Deshalb hast du dir diese Marmorstadt gebaut.«

»Ich habe mir viel einfallen lassen, um dich zu bezwingen.« Sein Lachen erinnerte Moghora an eine meckernde Ziege. »Und ich habe lange auf dich gewartet, meine Schöne. Nun will ich den Lohn.«

Wutentbrannt stürzte sich die Fürstin auf den Alten. Sie

würde diese Kreatur eigenhändig vom Thron reißen und ihm mit ihren Fingernägeln alle vier Augen auskratzen. Noch nie hatte es jemand gewagt, in diesem Ton mit ihr zu reden.

22

Ibonuk gelang es mit seinen kurzen Beinen nicht, mit Moghora und Silvana Schritt zu halten. Er strengte sich auch gar nicht an, denn er war immer noch wütend, dass die Fürstin sein Kratzhörnchen getreten hatte.

Als er Stimmen hörte, duckte er sich hinter einen Baumstumpf. Ein Trupp Soldaten kam aus der Höhle. Auf keinen Fall durften sie das Fohlen in ihre Gewalt bringen; er musste die Fürstin warnen. Aber als er sein Kratzhörnchen losschicken wollte, war es schon zu spät.

Ibonuk hielt das Tierchen fest und beobachtete, wie die Twehts mit ihren Gefangenen im Labyrinth verschwanden.

»Was machen wir nun?«, flüsterte er. »Jetzt wird der alte Grint Seoria vernichten. Wie sollen wir ihnen helfen?« Vorsichtig schlich er zum Höhleneingang. »Nichts mehr zu sehen«, murmelte er. Er wagte nicht, hineinzugehen und kroch zurück zum Baumstumpf.

»Was machen wir nur«, murmelte er immer wieder. »Wie konnte die Fürstin so unvorsichtig sein.«

Plötzlich begann das Kratzhörnchen zu quieken und zeigte mit einer Pfote zu den Baumwipfeln. Dort erklang ein leises Surren.

Der Zwerg blickte hoch. »Das magische Auge der Fürstin!«, rief er erfreut und winkte in den Himmel. Aber Aranaz machte keinerlei Anstalten, herunterzukommen. »Wie lautet der Zauberspruch?« Ibonuk überlegte. Was hatte die Fürstin gerufen? »*Ghati ... Ghara ... Gharash* ... ach, ich weiß es nicht mehr!« Ibonuk ließ sich ins Moos fallen. Das Auge surrte über ihm. Der Zwerg begann erneut: »*Gharash alda ... alra alrodek ...* Ich hab's: *Gharash alrodek bari .. bara ... barann.*« Er holte tief Luft und rief: »*Gharash alrodek barann! Gharash alrodek barann!*«

»Was willst du von mir, Zwerg?«

»Der alte Grint hat die Fürstin in seiner Gewalt. Was können wir tun?«

Das magische Auge ließ einen Lichtkegel erstehen, aber darin tauchte kein Bild auf.

»Meine Kraft reicht nicht aus, um von hier aus die Mauern zu durchdringen. Ich bin zu weit weg.« Aranaz zog den Kegel wieder ein und schwang sich surrend in die Höhe.

»Versuch es bitte noch einmal. Wenn wir wüssten, wo sich die Fürstin und dass Feuerpferd befinden, könnten wir ...«, rief er dem Auge hinterher.

Aber Aranaz blieb verschwunden. Ibonuk seufzte. Das Kratzhörnchen sprang auf seine Schulter und sie traten den Heimweg an. »Ach, wenn ich nur wüsste ...« murmelte er. Traurig senkte er seinen Kopf.

Plötzlich sirrte es wieder über ihm. Aranaz umkreiste seinen Kopf und schuf dann seinen Lichtkegel.

»Die Fürstin!«, rief Ibonuk. Der alte Grint goss ihr gerade ein Glas Wein ein. »Nicht trinken, Moghora!«, rief er. »Der Wein ist bestimmt vergiftet.« Der Kegel begann zu flackern. »Beim Haupte des alten Krox, was macht der Grint jetzt? Er verwandelt sich in den schönen Zaubergesellen. Die Fürstin wird doch wohl nicht nachgeben?« Das Bild verschwand und gleich darauf erlosch der Kegel.

»Aranaz, was passiert jetzt?«

»Um der Fürstin zu helfen, müssen wir ins Innere des Palasts.«

»Da bekommen mich keine zehn Pferde hinein.« Ibonuk verschränkte die Arme vor der Brust.

»Wenn du der Fürstin helfen willst, bleibt dir nichts anderes übrig.«

»Die Twehts werden mich zerquetschen und zerreißen, wenn sie meiner habhaft werden. Vor Jahren hatte ich einmal ...«

»Das werden sie tatsächlich, wenn du nicht hilfst.« Aranaz sank leise surrend herab. »Also?«

»Was schlägst du vor?« Er verzog die Mundwinkel.

»Wir gehen durchs Labyrinth in den Palast. Dort kann ich dir den Weg weisen. Dein Kratzhörnchen ist flink und passt durch jede Ritze.«

»Du meinst ... wir sollten in den Palast ...?« Ibonuk keuchte vor Schreck.

»Öffne deine Hand.« Der Zwerg tat, wie Aranaz befahl. Langsam senkte sich das Auge hinein. Ängstlich wollte Ibonuk zuerst die Hand zurückziehen, doch dann griff er zu.

»Und nun?« Seine Stimme zitterte.

»Jetzt gehen wir in den Palast.«

Der Zwerg zögerte. »Keine Angst, der Weg ist nicht bewacht«, erklärte Aranaz. Furchtsam tat Ibonuk einen Schritt nach dem anderen. Wenn der alte Grint ihn schnappte, würde er ihn den Schlangen vorwerfen.

Die stickig-feuchte Luft im Labyrinth ließ Ibonuk frösteln. Zumindest redete er sich ein, dass das der Grund für seine Gänsehaut war. Ein schmaler Gang abwärts verzweigte sich bald, und trotzdem er gewohnt war, sich im Inneren von Bergen zu bewegen, verlor er sofort die Orientierung.

»Wie geht es weiter?«, fragte er. Sofort stieg das magische Auge leise surrend hoch und flog voraus. Der Zwerg blieb stehen. Seine Beine zitterten. Das Kratzhörnchen krallte sich in sein Hosenbein.

Aranaz tauchte unvermutet aus einem der Gänge auf. »Dies ist der richtige Weg.«

Vorsichtig setzte Ibonuk einen Fuß vor den anderen, bis er zu einem See kam. An den Steinwänden hingen vereinzelt Glühwürmer, deren Licht das Wasser spiegelte. Von hier aus gingen viele Gänge ab. Ratlos blieb er stehen. Erneut flog Aranaz davon.

Ibonuk wartete. Es schien ihm eine Ewigkeit, doch Aranaz kam nicht wieder. Der Zwerg überlegte umzukehren, aber er wusste nicht, aus welchem der Gänge sie gekommen waren. Alle sahen gleich aus.

Endlich kehrte Aranaz zurück. »Die Fürstin befindet sich in einem Verlies unter dem Hauptpalast.« Sein Lichtkegel zeigte Ibonuk die Gefangenen im Kerker.

»Da kommen wir nie hinein, geschweige denn wieder heraus.«

»Ibonuk, du bist ein Angsthase.« Aranaz lachte. »Zuerst müssen wir hineinkommen. Meine Anwesenheit wird der Fürstin neue Kraft verleihen. Sie ist eine weise Zauberin; sie wird einen Weg finden.«

Aranaz stieg hoch und Ibonuk folgte ihm auf dem schier endlosen Weg.

»Hier!« Aranaz blieb in der Luft stehen. »Hinter der nächsten Ecke findest du das Verlies. – Halt! Ich höre Schritte.«

Ibonuk beobachtete, wie Sundar, begleitet von bewaffneten Twehts, die Tür zum Verlies öffnete.

Aranaz stieg bis ins Dunkel unter der Decke, wartete, bis Moghora in den Gang trat und verschwand unbemerkt in ihren wallenden Gewändern.

Sundar verschloss gerade die Tür und bekam nichts davon mit. Er ließ die beiden Frauen und das Fohlen fortbringen.

»Und nun?«, flüsterte Ibonuk. »Jetzt sind wir ganz allein.« Furchtsam blickte er den Gang zurück. An die nächsten Abzweigungen konnte er sich noch erinnern; aber dann? Spätestens am unterirdischen See wüsste er nicht mehr weiter. Und eigentlich sollte er noch gar nicht hinaus.

Das Kratzhörnchen zog ihn an seinem Hosenbein. Unbemerkt war es aus seinem Hemd verschwunden; nun hielt es ihm einen Schlüssel entgegen.

»Wann hast du denn ...?« Freudig griff er danach. Er schaute noch einmal den Gang entlang, aber niemand war zu sehen. Vorsichtig schlich er zur Tür. Er streckte den Arm aus, so weit er konnte, doch er reichte nicht einmal bis zum Riegel. Das Kratzhörnchen kletterte auf seine Schulter, nahm ihm den Schlüssel ab und schloss auf.

Erschrocken schaute Roya auf, als sich die Tür wieder öffnete. Dann strahlte sie übers ganze Gesicht. »Ein Zwerg!« Sie drehte sich um und winkte ihrem Bruder. »Den schickt uns der Himmel.«

Roya trat auf den Zwerg zu, der sie nur ein kleines Stück überragte. »Wer bist du und wie hast du uns gefunden?«

»Ibonuk. Ich habe mit meinem Kratzhörnchen die Wölfe besiegt und der Fürstin zur Flucht verholfen, bevor sie wegen euch den Twehts in die Arme gelaufen ist.«

Roya runzelte die Stirn ob der letzten Bemerkung, aber sie beherrschte ihre Zunge. Zwerge waren schnell beleidigt. Wenn sie ihn verärgerte, würde er ihnen vielleicht nicht helfen. »Rasch, Lybios, lass uns von hier verschwinden.«

Ibonuk gab Lybios den Schlüssel. »Schließ ab!«, befahl er. »Sie sollen denken, dass ihr noch hier seid.«

»Kennst du den Weg hinaus?«, fragte Roya und schlich hinter dem Zwerg her.

»Nein«, gab Ibonuk kleinlaut zu. »Aranaz hat mich geführt. Jetzt ist er verschwunden.«

»Das Auge der toten Hexe ist auch hier?« Roya erinnerte sich an ihr letztes Erlebnis mit ihm und schüttelte sich. »Vielleicht wird noch alles gut«, gab sie zögernd zu und folgte Ibonuk.

»Wir können nicht fort.« Lybios blieb stehen. »Der alte Grint wird Moghora töten, wenn er von unserer Flucht erfährt.«

»Sei kein Dummkopf«, schalt Roya. »Sie kann sich selbst retten. Hat sie dir geholfen, als du den Schlangen vorgeworfen werden solltest? Nicht einen Finger hat sie gerührt.«

»Ich werde sie befreien!«

»Still!« Ibonuk legte den Finger auf seine Lippen. »Ich höre Schritte.« Er zog die kleine Roya hinter einen Felsvorsprung.

»Und was machen wir mit meinem Bruder?«, fragte die Nymbianerin.

»Er ist zu groß, er passt nicht dahinter.« Auf Ibonuks Stirn bildeten sich Falten. »Zu spät; sieh, die Wachen des alten Grint.«

»Ich schaffe es allein.« Lybios bedeutete seiner Schwester, sich zu verstecken.

23

Nicht so stürmisch, geliebte Braut!« Der Grint wehrte Moghoras Angriff mit einem Fußtritt ab. Sundar packte sie im gleichen Augenblick von hinten, riss sie zu Boden und kniete sich auf ihren Rücken.

Zum ersten Mal in ihrem Leben verwünschte Moghora ihr Temperament.

Da stürmten aus einem Seitengang aufgeregt einige Twehts in die Halle. Vor dem Thron des alten Grint sanken sie auf die Knie.

»Warum stört ihr?« Der Alte sprang auf und fuchtelte wild mit den Armen.

Einer warf sich fast auf den Bauch, bevor er stotterte: »Herr, die Gefangenen, die Zwergin und ihr Bruder ... sie sind entkommen.«

»Was heißt hier entkommen?« Der Alte stürzte die Stufen hinunter. Wie von Sinnen bearbeitete er die Twehts mit seinen Füßen.

Mit Genugtuung betrachtete Moghora die wutverzerrte Miene des Grint.

»Sie ... müssen einen Schlüssel gehabt haben«, jaulte schmerzerfüllt einer der Getretenen.

»Es gibt nur einen Schlüssel für diese Tür. Ihr habt euch

bestechen lassen!« Mit hochrotem Kopf winkte er den Wachen. »Werft sie in die Schlangengrube.«

Er rief Sundar herbei und flüsterte ihm ins Ohr. Dabei grinste er die Fürstin an. Moghora erhob sich und lauschte. Aber so sehr sie sich auch anstrengte, sie konnte nichts verstehen. Sundar nickte und verschwand.

»Wie du gehört hast, sind dein treuer Zaubergeselle und seine saubere Schwester ausgerissen.«

»Klug von ihnen. Du siehst, du bist nicht unbesiegbar.« Sie klopfte sich imaginären Staub aus den Gewändern. »Auch wenn es mir für diesmal nicht gelungen ist.«

»Das werden wir sehen. Aus den Gängen des Labyrinths finden sie nicht hinaus. Niemand hat es je geschafft.« Er stand auf. »Ich zeige es dir.« Er ging durch den Saal in eine Nische. »Sieh her: Ein Modell meiner Stadt.« Mit einem Stab in der Hand erklärte er stolz einige Gebäude und fuhr anschließend fort: »Sie steht vollständig auf unterirdischen Gängen. Ich habe das Labyrinth nach einem uralten Plan bauen lassen, aber viel ausgeklügelter. Niemand kommt hinaus, der nicht den genauen Weg kennt.« Er zog an einer Schnur. Das Modell der Marmorstadt fuhr langsam in die Höhe und die unterirdische Anlage kam zum Vorschein. »Jeder Gang verzweigt sich in fünf weitere, aus denen wiederum fünf weitere werden. Alle Wege bis auf einen führen ins Zentrum zurück. Ich habe lange gebraucht, um diese Ordnung auszutüfteln.«

»Und das alles für mich?« Moghora erfasste blitzschnell das Bild des Labyrinths und prägte es sich ein.

»Wie du siehst, meine Liebe, ich habe keine Mühe gescheut, dich zu beeindrucken.« Der Alte senkte das Stadtmodell wieder herab.

Moghora hoffte, dass Royas siebter Sinn funktionierte und die beiden sicher hinauskamen.

Einer der Unbezwingbaren Brüder betrat die Halle, beugte sich zu dem Alten und sprach leise auf ihn ein.

Moghora horchte auf. Der Grint sah sie lauernd an, während er zuhörte. Sie verstand einzig das Wort »... weg?« Also hatten es Roya und Lybios geschafft. Sie musste nur noch sich und das Fohlen befreien. Vielleicht konnte die Sterbliche ihr dabei helfen.

Der alte Grint kletterte wieder auf seinen Thron. Moghora hatte den Eindruck, dass er sich davon Würde und Macht versprach. Sie fand sein Auftreten umso lächerlicher.

»Ich erwarte jetzt eine Entscheidung von dir«, sagte er und tat großmütig. »Wir haben lange genug um den heißen Brei herumgeredet.«

»Meine Entscheidung ist Nein.« Moghora wanderte vor ihm auf und ab und ihre langen Gewänder schleiften über den Boden. Die vier Augen des Alten starrten sie an. Speichel tropfte aus seinem Mund, als er ihre schwingenden Hüften musterte.

»Weder werde ich dich heiraten noch wirst du das Fohlen bekommen. Mit der Kristallkugel und dem Zauberbuch meines Reichs kann ich dir nicht dienen, beides ist nicht in meinem Besitz. Du kannst mich gefangen halten, bis ich alt und grau bin, aber deine Kräfte werden dadurch nicht stärker. Du bist und bleibst eine armselige Kreatur, wie du sie schon vor Hunderten von Jahren warst.«

»Du wagst es, dich gegen mich zu entscheiden?« Der alte Grint begann zu kreischen.

Moghora zuckte mit den Schultern. »Ohne meine Zauberkräfte bist du ein Niemand und das weißt du auch. Was geht mich deine Marmorstadt an? Du meinst, ein Reich aufgebaut zu haben, in Wahrheit bist du nur geschützt, solange du dich hinter diesen Mauern verschanzt.«

»Auch dein eigenes Reich ist ohne Wert und wird langsam zugrunde gehen, solange das Feuerpferd nicht dort hinkommt.« Der alte Grint kicherte. »Ihr seid nicht so mächtig, wie ihr denkt. Ich konnte den Zauberspruch im letzten Moment umkehren.«

»Ich ahnte es, dass du deine Hand im Spiel hattest.« Moghora sah ihn verächtlich an. »Du wolltest seine seit langem geplante Geburt verhindern. Deshalb hat unser Zauber versagt. *Feu* trägt die Kraft des Feuers in sich. Damit kann er eines Tages alle Welten beherrschen – oder sie vernichten.«

»Nicht meine Stadt.« Der alte Grint hieb triumphierend mit seinen Krallen auf die Lehnen des Thrones.

»Deshalb hast du sie aus Marmor gebaut?«

»Klug, nicht wahr? Diese Steine widerstehen jedem Feuer. Ich habe lange nachgedacht, wie ich mich schützen kann.«

»Und doch wird es nicht ausreichen.«

»Deshalb will ich dich und deine Zauberkräfte. Du bist eine schöne Frau. Etwas Besseres als mich wirst du im Schattenreich nicht finden.«

»Wenn du das sagst.« Moghora lachte.

»Der schöne Zaubergehilfe ist es, an dem dein Herz hängt, habe ich recht?« Der alte Grint schlurfte die Marmorstufen hinunter und packte sie am Arm. »Davon kann ich dich leicht kurieren.«

»Womit willst du mich jetzt beeindrucken?«, fragte Moghora.

»Nicht beeindrucken, Fürstin. Ich möchte dich von deinen Illusionen befreien, damit du mir ganz und gar zur Verfügung stehst.«

Angewidert sah Moghora den Grint an und riss sich los. »Niemals!«

»Wir werden sehen.« Er grinste hinterhältig und rieb seine Klauen gegeneinander.

***

Roya lugte aus der Nische hervor. »Sundar und die Unbezwingbaren Brüder«, wisperte sie.

Rasch hielt Ibonuk ihr den Mund zu und zog sie weiter zurück.

»Da wird sich der alte Grint freuen.« Mehr als Sundars Worte hörten sie nicht. Ibonuk schob Roya durch ein Loch in der Wand und dann standen sie in einem anderen Gang.

»Was machen wir nun?« Roya zitterte am ganzen Körper. »Wir müssen ihn befreien.«

»Das wäre dumm. Wir sind zu klein und haben keine Waffen. Wir sollten zum Schattensee zurückkehren und ihm von dort aus helfen.«

»Pah, diese Twehts sind auch nicht größer. – Erinnerst du dich, wie du hergekommen bist?«, lenkte sie dann ein.

»Nein. Wir sind einfach Aranaz gefolgt.«

Roya strich ihm über Wange. »Wenn wir den Schattensee erreichen, kann ich in meine Höhle zurück. Ich besitze viele wertvolle Edelsteine. Die Twehts sind raffgierig. Vielleicht können wir Moghora und das Feuerpferd damit freikaufen.«

»Das glaube ich nicht.« Ibonuk ging ein paar Schritte in eine Richtung, dann in die andere und verschwand kurz hinter

184

einer Abzweigung, bevor er zu Roya zurückkam. »Die Twehts wagen es nicht, sich den Grint zum Feind zu machen. Aber erst einmal müssen wir hier herausfinden.«

Das Kratzhörnchen quiekte leise und zerrte an Ibonuks Hosenbein. In ihrer Angst hatten es beide vergessen. Roya rieb sich die Nase. »Sag mal, dein Kratzhörnchen ...«, Sie beugte sich hinunter und nahm es auf den Arm. »Es hat doch einen ... sagen wir ... ziemlich starken Geruch. Meinst du, dass es seine eigene Fährte wittern kann und wieder zurückfindet?«

Das Kratzhörnchen wippte auf und ab und sprang anschließend von Royas Hand. Es lief ein kleines Stück vorwärts, blieb stehen, schnupperte und wartete ungeduldig auf die beiden.

»Es hat mich verstanden!« Freudig sprang Roya hinter ihm her.

»Aber wenn es nicht ...?« Ibonuk blieb stocksteif stehen.

»Ach Ibonuk, du musst einfach mal vertrauen. Was können wir denn sonst machen?«

»Du meinst ...«

»Komm. Wir schaffen das.« Sie ging zurück, nahm den Zwerg an die Hand und zog ihn hinter sich her.

***

Lybios spürte noch immer den lähmenden Trank, den Xavo ihm eingeflößt hatte. Ehe er sich wehren konnte, umzingelten ihn die Twehts. Mit spitzen Lanzen stachen sie ihm in die Beine und die Hüften. Sundar hielt ihm seinen Dolch an die Kehle und drängte ihn gegen die Wand. »Wo ist deine Schwester?«

»Sie lief dort hinunter. Roya ist flink.« Lybios zeigte wahllos auf einen der vielen Wege. Sofort rannte einer der Unbezwingbaren Brüder den Gang entlang, gefolgt von einigen Twehts.

»Wir werden sie aufspüren. Aus dem Labyrinth findet niemand hinaus.«

Lybios ließ sich widerstandslos abführen. Allein hatte er keine Chance. »Wo bringt ihr mich hin?«, fragte er.

»Ins Schlangenverlies«, erklärte Sundar. »Es sei denn, deine Fürstin gibt nach und heiratet unseren Herrn. Die Hochzeitsfeier ist bereits vorbereitet.«

Lybios schauderte. Aber er war fest entschlossen zu verhindern, dass sie dem Alten nachgab. Wenn Moghora sich dem Grint beugte, würde es keinen Frieden mehr geben. Er dachte an die lang vergangenen Zeiten, in denen im Schattenreich Freude und Glück geherrscht hatten.

Tränen traten ihm in die Augen; instinktiv wusste er, dass er Moghora nie wieder sehen würde. Er hatte versagt, hatte sie enttäuscht. Wenn er das Feuerpferd zurückgebracht hätte, wäre alles anders geworden. Diese Sterbliche, die mit aller Macht das Fohlen verteidigt hatte, hatte dem Grint in die Hände gespielt.

Die Twehts schleiften ihn bis vor die Tür des Schlangenverlieses.

»Wir warten hier auf weitere Anweisungen«, sagte Sundar. »Unser Herrscher verhandelt gerade mit der Fürstin. Sie entscheidet über dein Schicksal.«

Lybios lief es kalt den Rücken hinunter. Wenn Moghora nicht nachgeben würde, dann war er des Todes. Aber auch wenn sie den Alten heiratete, ließe der Grint ihn nicht am Leben. Er war ein Ungeheuer, das sich von Lüge und Betrug nährte.

»Setz dich«, forderte Sundar ihn auf. »Es kann länger dauern.« Lybios lehnte den Rücken an die kalte Felsmauer. Die feuchte Luft im Labyrinth fand er unerträglich; sie machte ihm das Atmen schwer. Oder war es Angst? Er schüttelte sich. Vielleicht bekam er eine Möglichkeit, alles wieder gutzumachen.

<h1 style="text-align:center">24</h1>

Die Twehts sperrten Silvana in ein enges Turmzimmer. Wände, Boden und Decken waren aus spiegelglattem Marmor. Nicht einmal eine Sitzmöglichkeit gab es. Eine kleine Öffnung, die wie eine Schießscharte aus den alten Burgen zu Hause anmutete, ließ einen schwachen Lichtschein in den Raum. Allerdings war sie so weit oben angebracht, dass sie nicht mit den Händen heranreichte. Sie sprang hoch und versuchte, sich am Sims festzukrallen, rutschte aber immer wieder ab. Sie zog die Schuhe aus und probierte es mit bloßen Händen und Füßen. Endlich bekam sie Halt und zog sich hoch. Sie umklammerte eine Eisensprosse und blickte hinaus. Soweit das Auge reichte, weißer Marmor, bis hin zu den Stadtmauern. Die breiten Straßen waren wie ausgestorben, nichts rührte sich. Der Ort glich einem Geisterstadt. Mutlos ließ sie sich zurückfallen. Diese Öffnung war zu eng, um hinauszuklettern, und außerdem der Turm viel zu hoch. Nirgendwo gab es einen Halt oder einen Vorsprung.

Sie blieb auf den Boden sitzen und grübelte. Was würde mit *Feu* passieren? Sie hatte versprochen, das Fohlen zur Insel Seoria zu bringen, wo immer die auch sein mochte. Nun war alles verloren. Wie sollte Doriano allein das Gestüt bewirtschaften? Sicher würde er sich Sorgen machen und sie suchen. Ob auch Federico sie vermisste?

Silvana hob den Kopf. Federico! Sie zog die Kristallkugel aus ihrem Rock. Vielleicht konnte sie mit ihrer Hilfe eine Verbindung zu ihm herstellen oder gar zurückkehren? Sie musste es einfach versuchen.

Vorsichtig rieb sie über die Oberfläche. Die Kugel blieb klar und durchsichtig. Ob sie hier tatsächlich nutzlos war, wie Moghora behauptete?

Silvana stand auf und untersuchte die Turmwände. Sie waren dick und glatt. Ob deshalb keine Kraft hindurch drang? Sie trat noch einmal unter den fensterähnlichen Schlitz, stellte sich auf die Zehenspitzen, hob die Kugel und strich mit geschlossenen Augen darüber. Sie dachte an Federico. Wo mochte er sein? Immer noch in der Bibliothek der Pfarrei? Wie viel Zeit war inzwischen vergangen? Sie hatte jegliches Gefühl dafür verloren.

Als sie die Augen öffnete, sah sie Doriano auf dem Gestüt gemeinsam mit Rosalba. Wieso war Federicos Magd bei ihrem Bruder?

Silvana drehte die Kugel um herauszufinden, wie sie funktionierte. Nach Himmelsrichtungen? Das Dorf lag im Süden, also müsste sie die Kugel nach unten neigen. Sie probierte es. Erneut schloss sie die Augen, um ihre Kräfte zu sammeln. Es klappte. Schwach konnte sie die Straße zur Kirche erkennen. Noch ein kleines Stück bis zur Pfarrei. Dort saß Federico in der Bibliothek und beugte sich über das Zauberbuch aus dem Schattenreich. Wo war Concetta?

Silvana murmelte Federicos Namen. Er schaute kurz hoch, als ob er etwas gehört hätte. Kopfschüttelnd klappte er das Buch zu und steckte es anschließend in seine Jacke. Silvana staunte. Warum nahm Federico das Buch mit?

Als sie Geräusche an der Tür hörte, versteckte sie die Kugel geschwind in ihrem Rock.

»Unser Herr will dich sehen.«

»Mich?«

»Gibt es hier noch jemanden?« Zwei kleine, runzelige Twehts stießen Silvana mit spitzen Lanzen in die Seite und trieben sie vor sich her. Sie brachten sie durch zahllose weiße Marmorgänge in die große Empfangshalle des alten Grint.

»Komm näher, Mädchen.« Der alte Grint streckte ihr seine Klauen entgegen. »Ich werde dir nichts tun. Ganz im Gegenteil. Für dich habe ich eine große Aufgabe vorgesehen. Du wirst meine Zeugin sein, wenn die Fürstin mir ihr Jawort gibt. Die Hochzeitsfeier findet noch heute Nacht statt.«

»Niemals!« Moghora stampfte mit dem Fuß auf. »Fahr zur Hölle, du Ungeheuer.«

»Meine Liebe«, der Alte kicherte boshaft, »du weißt doch, dass deine Sprüche in meinem Reich nicht wirken.« Er stand auf und ging zu einer Öffnung, die mit einem Tuch verhangen war. »Ich werde dir bei deiner Entscheidung ein wenig helfen.« Er zog den Vorhang beiseite.

Moghora schrie auf. »Lybios!«

»Ist er nicht schön? Vielleicht nicht mehr lange. Es liegt an dir.«

Moghora trat näher. »Du willst mich wieder täuschen«, sagte sie mit zusammengekniffenen Augen. »Erspar mir deine Inszenierungen. Lybios ist längst in Sicherheit. «

»Das glaubst du, Fürstin. Die Unbezwingbaren Brüder haben ihn wieder eingefangen.«

»Du lügst.«

»Warum sollte ich lügen, Moghora? Du langweilst mich.« Er setzte sich auf seinen Thron. »Öffne.«

Sundar zog einen Schlüsselbund aus seinem Gurt und öffnete die Tür einen Spalt, sodass Moghora hineinsehen konnte. Twehts führten Lybios zur Schlangengrube.

»Nein«, flüsterte die Fürstin des Schattenreichs, als sie die zuckenden Schlangenköpfe sah. »Das ist ein qualvoller Tod. Das darfst du nicht tun.« Sie schüttelte sich.

»Bist du bereit, meine Frau zu werden?«

Silvana hielt den Atem an. Was, wenn Moghora nachgab? Wahrscheinlich konnte sie nie wieder nach Hause zurückkehren. »Fürstin, tu es nicht«, flüsterte sie. »Denk daran, dass wir das Fohlen nach Seoria bringen müssen.«

»Lybios?« Moghoras Stimme klang kalt. »Sag mir, dass du es wirklich bist und das Ungeheuer mich nicht wieder täuscht.«

»Ich bin Lybios.« Er wandte sich Moghora zu. »Die Unbezwingbaren Brüder haben mich im Labyrinth gefangen.« Moghora schaute erst den alten Grint an, dann wieder Lybios. Sie musste sich vergewissern, den echten Lybios zu sehen.

»Sag mir, welche Blumen ich am meisten liebe.«

»Es sind Schneeglöckchen.« Lybios antwortete schnell, ohne nachzudenken.

»Was soll das?« Der alte Grint sprang hoch. »Wollt ihr mich hinters Licht führen?«

»Ich will herausbekommen, ob nicht du es bist, der mich hinters Licht führt.« Moghora drehte sich wütend um. »Oder meinst du, dass du mich so einfach bezwingen kannst?«

»Dann nur zu. Frag, wenn es dich beruhigt.« Der Alte setzte sich wieder hin und betrachtete gelangweilt seine Krallen.

»Warum wurde das Feuerpferd im Reich der Sterblichen geboren?«

»Es war ein Fehler, ein Zauberspruch, ausgesprochen, als das Kraftfeld gestört wurde. Das Pferd sollte im Stall der Weisen auf Seoria zur Welt kommen. Wir waren in der Nacht zusammen, übermütig und glücklich. Du hast neue Sprüche ausprobiert und plötzlich ...«

»Ja, du bist Lybios.« Moghora nickte zur Bestätigung. »Das kannst nur du wissen. Ich habe dich und das Feuerpferd in Gefahr gebracht.« Sie seufzte und senkte den Kopf. »Es tut mir sehr leid.«

»Tja, meine Liebe. Du hast einen großen Fehler gemacht, der mir hilft, meinem Ziel näher zu kommen.« Der alte Grint lachte laut. »Und anschließend hat dein Zaubergehilfe versagt und ist uns dummerweise in die Hände gefallen. Die Weisen deines Landes werden dich verstoßen.« Er streckte ihr seine Klauen entgegen. »Mit mir zusammen aber hast du grenzenlose Macht. Du siehst, dass dir kein anderer Weg bleibt, wenn du nicht den Tod deines Gehilfen auf dem Gewissen haben willst.«

Die Fürstin sah Lybios lange an und ging dann mit gesenktem Kopf auf den alten Grint zu.

»Moghora, tu es nicht!«, flehte Lybios. »Du vernichtest Seoria. Gib nicht auf.«

»Lybios, er wird dich töten.«

»Er wird mich so oder so töten. Oder glaubst du ihm?« Lybios sah sie beschwörend an.

»Ich kann es nicht, Lybios. Ich kann dich nicht für meinen Fehler büßen lassen.«

»Also hast du dich entschieden.« Der alte Grint grinste hämisch.

»Ich werde ...«

»Nein!«, schrie Lybios. Er riss sich von den Twehts los. Sprang an Sundar vorbei direkt in die Schlangengrube.

»Lybios!« Moghoras Schrei hallte von den Marmorwänden zurück. Lybios sah sie noch einmal an; in seinen Augen stand Panik.

Sie warf sich über die Öffnung. Sofort packten die Unbezwingbaren Brüder sie an den Schultern und zogen sie zurück. Sie wehrte sich verzweifelt gegen ihren Griff, aber sie schoben sie vor den Thron des Grint.

Die Reptilien wickelten sich in Windeseile um Lybios, um Beine, Arme und seinen Leib. Verzweifelt versuchte er, sie abzuwehren, aber es waren zu viele. Eine Schlange wand sich um seinen Hals.

Lybios bekam keine Luft mehr. Mit aufgerissenem Mund sackte er tot zusammen.

»Lybios!« Moghora sank zu Boden und vergrub ihr Gesicht in den Händen. Silvana lief zu ihr und nahm sie in den Arm. Beide zitterten am ganzen Körper.

Wütend stürzte der alte Grint auf sie zu. »Das werdet ihr bereuen!« Er fuchtelte wild mit seinen Klauen in der Luft. Dann rief er nach den Twehts. »Bringt diese ... Schlangen ins Verlies zurück. Das Fohlen bleibt bei mir.«

25

Schau dir an, wie gut dein Kratzhörnchen den Weg findet«, sagte Roya. Das Tier sprang hin und her, roch einmal rechts, einmal links, hüpfte wieder ein Stück vorwärts.

»Wenn uns die Twehts finden, ist alles vorbei.« Ibonuk schaute sich alle paar Schritte ängstlich um.

»Die haben andere Probleme als harmlose Zwerge einzufangen. Nun komm, wir müssen uns sputen.«

Sie folgten dem Kratzhörnchen um eine Ecke. »Der unterirdische See!«, rief Ibonuk begeistert. »Hier bin ich vorbeigekommen, das weiß ich ganz genau.«

»Siehst du, dein Kratzhörnchen ist ein sehr schlaues Tier. Wie weit müssen wir noch laufen?«

»Wir sind bald draußen.«

Roya legte einen Schritt zu.

»Meine Beine!«, jammerte Ibonuk. »Noch nie in meinem Leben bin ich so viel gerannt wie heute. Mein Großvater hatte wohl recht, als er behauptete, dass Frauen anstrengend seien.«

»Hat er das gesagt?« Roya lachte. »Schau, da vorne wird es hell!« Als sie aus der Höhle hinaustraten, fiel ihm die Nymbianerin um den Hals und küsste ihn auf die Wange. »Der Schattensee! Wir haben es geschafft! Ibonuk, du bist der Größte.«

Ibonuk ließ sich ins Gras fallen, doch dann war er blitzartig wieder auf den Beinen. »Freu dich nicht zu früh!« Er zeigte auf den Höhleneingang. »Die Twehts sind im Anmarsch!«

»Auf was wartest du!« Roya schnappte im Laufen das Kratzhörnchen und sprang in den Schattensee.

Erschöpft tauchten sie auf der anderen Seite wieder nach oben. »Das war knapp.« Roya schüttelte ihre Haare und strich das Fell des Kratzhörnchens glatt.

»Wie weit ist es bis zu deiner Höhle?«, fragte Ibonuk, während er seine Füße massierte.

»Wir sind gleich da. Aber erst muss ich mit Moghora sprechen. Sie muss wissen, dass die Twehts Lybios wieder gefangen haben. Dieses Mal muss sie sich etwas einfallen lassen.« Roya kratzte am Amulett.

»Was ist das überhaupt?«, fragte Ibonuk, immer noch schnaufend.

»Der Stein? Es ist eine Art Sprachzauber. Moghora besitzt ebenfalls einen. Aber in der Marmorstadt werden seine Kräfte gebremst.«

»Kann ich auch so einen bekommen?«, fragte Ibonuk interessiert. »Damit ich weiß, wo du bist«, fügte er hinzu.

»Warum willst du das wissen?« Roya strich sich eine Strähne aus dem Gesicht. »In meiner Höhle habe ich einen versteckt. Wenn wir sie erreichen, gebe ich ihn dir.« Sie kratzte erneut am Amulett. »Nichts«, murmelte sie. Wieder probierte sie es und rief nach der Fürstin.

Wie gebannt schaute ihr Ibonuk zu. So etwas hatte er noch nie gesehen.

»Moghora!«, rief Roya, »Ibonuk und ich sind frei. Wir sind vor meiner Höhle. Hast du Lybios gesehen?«

Ein leises Schluchzen erklang. »Moghora?«, wiederholte Roya. »Kannst du mich hören? Wir holen Verstärkung und dann werden wir Lybios befreien.«

Roya schüttelte das Amulett. »Nichts«, sagte sie und ließ den Kopf sinken. »Sie sollte antworten statt herumzuschluchzen. Das sieht ihr mal wieder ähnlich.«

Ibonuk nahm sie in den Arm und streichelte ihre Schultern. »Vielleicht wird sie daran gehindert.«

»Wir haben doch das Schluchzen gehört. Ich trau ihr nicht. Diese Hexe! Versteht sie nicht, dass ich mich sorge?« Die Nymbianerin wischte mit dem Handrücken eine Träne aus dem Gesicht. »Sie verursacht nur Unheil. Ich werde ihr nie verzeihen, dass sie Lybios in Gefahr gebracht hat. Soll sie doch diesen alten Gnom heiraten und verrotten. Das wünsche ich ihr.«

»Du solltest solche Flüche nicht aussprechen«, sagte Ibonuk. »Sie könnten in Erfüllung gehen.«

»Sie hat es verdient.«

»Dann ist das Schattenreich verloren. Da heißt es jetzt Ärmel hochkrempeln und klug sein, vor allem klüger als der alte Grint.«

»Meinst du?«

Ibonuk nickte und strich ihr über die Haare. »Komm«, sagte er, »wir sollten uns ein wenig ausruhen und dann überlegen, was zu tun ist.«

***

Mit leeren Augen starrte Moghora auf die Felswände des Kerkers. »Das wird er mir büßen«, flüsterte sie immer wieder. »Nie wird er die Macht über das Schattenreich bekommen. Niemals!«

Silvana zögerte noch immer, Moghora zu vertrauen. Ob sie Moghora erzählen sollte, dass sie eine der Zauberkugeln besaß? Womöglich brachte die Fürstin damit sich und *Feu* auf die Insel Seoria, während sie selbst im Gefängnis des alten Grint verhungerte. Aber so wie bisher kamen sie nicht weiter. »Was hat es mit der Kristallkugel auf sich, von der ihr spracht?«

»Es gibt zwei. Beide liegen in eurer Welt. Mit ihnen kann man sich von einem Ort zum anderen bewegen.«

Silvana nickte, das hatte sie bereits festgestellt. »Und was ist das für ein Zauberbuch?«

»Es gehört den Weisen meines Landes. Die Zaubersprüche von Jahrtausenden sind darin zusammengetragen. Wer das Buch besitzt, kann die Welten beherrschen. In falschen Händen richtet es Unheil an. Aber das Buch verschwand vor vielen Jahren. «

Silvana holte die Kristallkugel aus ihrem Rock. »Hier.« Vorsichtig reichte sie der Fürstin die Kugel.

Erstaunt griff Moghora danach. »Wo hast du sie her?«

»Ich fand sie im Schilf am Schattensee.«

»Es ist meine.« Langsam drehte Moghora sie in ihren Händen. »Aber sie nutzt hier nichts«, rief sie verzweifelt. Die Fürstin ließ sie langsam in den Schoß sinken.

»Ich habe eine Idee!«, rief sie plötzlich. »Wir müssen mit der Kugel unter freien Himmel. Wenn wir es schlau genug anstellen ...« In ihren Augen glitzerte es.

26

Nachdem Federico das Dorf verlassen hatte, hieb er dem Rappen seine Fersen in die Seiten. Er vergewisserte sich, dass das Zauberbuch in seiner Jacke steckte und lachte triumphierend. Seine Augen funkelten wild. Er konnte es nicht erwarten, das Weingut zu erreichen.

Es war bereits dunkel, als er am Gutshaus ankam. Eilig versorgte er das Pferd, ging zum Haupthaus und stieg die Stufen zum Weinkeller hinunter. Er zündete eine Kerze an und setzte sich an den wackeligen Holztisch. Viel Zeit verbrachte er hier unten, um ständig neue Weine und Liköre zu entwickeln oder seine Experimente durchzuführen. Er liebte den Geruch der alten Weinfässer und frischen Trauben.

Federico wusste längst, dass die alten Geschichten, die man im Dorf erzählte, einen wahren Kern hatten. Seine gesamte freie Zeit verbrachte er mit deren Erforschung. Nie hätte er sich träumen lassen, an das große Zauberbuch der Weisen des Schattenreichs zu gelangen. Damit konnte er Herrscher aller Welten werden.

Aus einem der Fässer füllte er eine Karaffe. Er hielt den Wein gegen das Kerzenlicht und prüfte die Farbe. »Rot wie ein Rubin«, murmelte er. Anschließend goss er einen Schluck ins Glas und trank es genussvoll aus. Voller Ehrfurcht schlug er das Zauberbuch auf, zog die Kerze näher heran und begann zu lesen.

Wie verwandelte man Wein in Rubine? Es musste einen Spruch dafür geben. Dann wäre er nicht nur unendlich reich, sondern es wäre der erste Schritt auf dem Weg zur Macht. Er würde sich dafür rächen, dass man ihm seinen Einsatz im Krieg so wenig gedankt hatte.

Federico blätterte eine Seite nach der anderen durch, während er nachdachte. Er war zu Höherem geboren. Das wusste er seit Jahren. Mit diesem Buch würde er sein Ziel erreichen.

Er bedauerte, dass er nicht bereits vor dem Verschwinden von Silvana geahnt hatte, dass das Fohlen aus dem Schattenreich stammte. Die ungewöhnliche Farbe des Tieres hätte ihm auffallen müssen. Vom ersten Tag an schneeweiß! Eine unverzeihliche Dummheit! Jetzt war das Mädchen mitsamt dem Pferd fort. Aber wohin?

Er nahm noch einmal die Zeichnungen zur Hand, die *Feu* so ähnlich sahen. Gleich am Morgen würde er zum See reiten um herauszufinden, ob es von dort eine Verbindung ins Schattenreich und zu Silvana und dem Feuerpferd gab.

Er schlug die Seite mit dem Zauberspruch auf, der in der Pfarrei gewirkt hatte. Ob er mit diesem fliegenden Ding herausfinden könnte, wo sich Silvana und das Pferd befanden? Immerhin hatte es auf Fragen geantwortet. »*Gharash alrodek barann! Gharash alrodek barann!*«, rief er. Es blieb alles still. Er wiederholte den Spruch, diesmal langsam und deutlich. Nichts. Was war jetzt falsch? Müde stützte er den Kopf auf die Hand.

Federico schlug sich die halbe Nacht um die Ohren und

kam zu keinem Ergebnis. Er musste noch einmal in die Pfarrei, die anderen Bücher besorgen und herausfinden, was Concetta noch wusste. Auf keinen Fall durfte sie ihm in die Quere kommen oder womöglich jemanden etwas erzählen. Die Lehrerin zu gewinnen, dürfte ihm nicht schwer fallen. Federico lachte leise. Ein paar nette Worte, tiefe Blicke, meist reichte das schon aus und die Frauen waren ihm treu ergeben.

Entschlossen schlug er das Buch zu und löschte die Kerze.

***

Am frühen Morgen ritt Federico zum Schattensee. Er band seinen Rappen an einen Baum, ging zum Ufer und schaute über das spiegelglatte Wasser. Alles war ruhig. Ein leichter Dunst wehte über die Oberfläche.

»Eigentlich nichts Ungewöhnliches«, murmelte er. Das Wasser war glasklar und doch konnte Federico keinen Grund sehen. Es musste unendlich tief sein.

Er bückte sich und rührte mit den Händen darin herum.

Plötzlich vernahm er ein Wispern. Erschrocken sprang er hoch und schaute hinter sich, ob ihn jemand beobachtete. Nichts. Sein Rappen graste friedlich, hatte die Ohren nicht aufgestellt. Offensichtlich hatte er sich getäuscht.

Erneut beugte er sich hinunter und berührte die Wasseroberfläche. Da, wieder das Wispern. Kam es etwa aus der Tiefe? Zu gerne hätte er gewusst, was der See für ein Geheimnis barg. Ob er hineinsteigen sollte? Er war ein guter Schwimmer und Taucher, aber bis zum Grund würde er nicht kommen. Was nutzte es ihm dann?

Federico stand auf, ging zu seinem Rappen und trabte

langsam Richtung Dorf. Concetta würde bestimmt Unterricht geben und erst am Nachmittag für ihn zu sprechen sein. Aber er hielt es nicht aus zu warten. Zum Schein wollte er einige Besorgungen erledigen und für Teresa ein paar Küchenutensilien kaufen.

Als er an Dorianos Gestüt vorbeikam, sah Federico Wäsche auf der Leine hängen. War Silvana etwa zurück? Er lenkte sein Pferd durch den Hof und band es am Geländer der Veranda an.

»Silvana?« Aus der geöffneten Tür der Waschküche waberte Dampf und er ging hinüber. Als er eintrat, wäre er beinahe von einem übervollen Wäschekorb umgestoßen worden, der sich ihm in den Bauch rammte.

»Herr ...« Rosalba versuchte zu spät, mit einem Schwenk auszuweichen. Einige Wäschestücke fielen zu Boden. »Entschuldigung.«

»Was machst du denn hier?«

Rosalba ging einen Schritt zur Seite. »Die Wäsche muss ...«

»Stehst du nicht bei mir im Dienst?«

»Nicht mehr. Ich ... ich helfe Doriano. Jemand muss hier sauber machen, solange Silvana nicht da ist.«

»Meine Hilfe hat er abgelehnt. Wo ist er überhaupt?«

Rosalba wies mit dem Kopf nach oben. »Er räumt das verbrannte Zeug weg, damit der Gestank aus dem Haus kommt.« Eilig sammelte sie die am Boden liegende Wäsche wieder ein, lief über den Hof und hängte sie auf die Leine. Dabei vermied sie es, sich nach ihrem ehemaligen Dienstherrn umzuschauen.

Aus den geöffneten Fenstern von Silvanas Schlafzimmer drang das quietschende Geräusch eines über den Fußboden gezogenen Möbels. Federico wollte sich jetzt nicht mit Doriano unterhalten. Wichtiger war, die Geheimnisse des Schattensees und des Zauberbuchs zu lüften. Stillschweigend ging er zu seinem Pferd zurück, saß auf und ritt ins Dorf.

Zuerst betrat er den Laden des Krämers.

»Ihr kommt in letzter Zeit recht häufig, Herr Federico«, sagte der Besitzer. »Ist Teresa krank?«

»Es geht ihr gut, aber da ich hier etwas zu erledigen habe, nehme ich ihr den Weg ab.«

Federico kaufte ein paar Töpfe, Pfannen und Löffel. Dabei beobachtete er ständig das Schulhaus. Erst als die Kinder hinausliefen, bezahlte er den Hausrat und ging. Die Utensilien band er an sein Pferd und schlenderte zur Schule hinüber.

Concetta räumte gerade die Tische ab und stellte die Stühle gerade. »Du wieder?«, fragte sie erfreut, als sie Federico gewahrte.

»Teresa bat mich, einige Dinge für sie einzukaufen. Der Weg ins Dorf macht ihr inzwischen viel Mühe.«

»Das ist sehr nett von dir. Nicht jeder hat so einen freundlichen Dienstherrn.«

»Na ja.« Federico blieb unbeholfen im Türrahmen stehen. »Und dich wollte ich auch gerne wiedersehen.«

»Mich?« Concetta lachte. «Federico, wie komme ich denn zu dieser Ehre?«

»Nun, du bist eine hübsche Frau und ich dachte, dass ...«

»Was dachtest du?«

»Ich wollte dich aufs Gut einladen.«

Concetta nahm einige Bücher vom Pult. »Das freut mich«, sagte sie. »Ich war schon lange nicht mehr draußen. Teresas

Kuchen sind immer etwas Besonderes. Darf ich dir einen Kaffee anbieten?«

Das ging ja noch einfacher, als Federico erwartet hatte. Beschwingt nahm er an. Sie schloss die Schulräume ab und ging mit ihm in ihre Wohnung.

»Setz dich.« Concetta schürte das Feuer im Herd, stellte den Wasserkessel darauf und brühte Kaffee auf. Dann füllte sie zwei Becher.

»Es war gestern ein schöner Nachmittag«, begann Federico.

»Ja? Ich allerdings habe einen gehörigen Schreck bekommen. Mit der Zauberei sollte man achtsam umgehen«, erklärte sie. »Wir waren nicht vorsichtig genug. Ist Silvana wieder auf dem Gestüt?«

Federico schüttelte den Kopf. »Sie ist immer noch verschwunden. Doriano macht sich große Sorgen um sie.« Er hatte keine Lust, über die Geschwister zu reden. Aber dann fiel ihm auf, dass sie ein guter Vorwand waren. »Ich habe Doriano von gestern erzählt. Er bat mich, es noch einmal ...« Er räusperte sich und senkte den Kopf, als sei er geniert. »... mit diesem Zauberspruch zu probieren.«

»Merkwürdig. Ich kenne Silvana als zuverlässig und sorgfältig. Hoffentlich ist nichts passiert.«

»Wie gesagt«, erwiderte Federico, »wir haben die ganze Gegend abgesucht. Nichts. Womöglich kann uns dieses Auge bei der Suche helfen.«

»Federico, den Mächten der Magie sollte man aus dem Weg gehen.«

»Es ist für meinen Freund Doriano.« Bittend sah Federico sie an.

Sie zögerte.

»Es ist die letzte Möglichkeit, die noch bleibt.«

Concetta runzelte die Stirn; dann stand sie auf. »Komm, der Pfarrer ist zwar noch da, aber er muss gleich zu einem Besuch. Er wird uns nicht stören.«

Sie trafen ihn, als er die Sakristei verließ.

»Federico möchte etwas nachschlagen«, erklärte Concetta ihre Anwesenheit und öffnete die Tür zur Bibliothek.

»Nur zu«, meinte er und eilte über den Kirchplatz. »Bitte lasst die Dinge alle da, wo sie sind. Sonst finde ich nachher nichts mehr wieder.«

Concetta ging zum hinteren Regal. Aus der Ecke rief sie: »Federico, wo hast du denn gestern das dicke Buch hingepackt? Ich kann es nicht finden.«

»Zu den anderen Sachen unten ins Regal.«

»Bist du dir sicher?«

»Natürlich.« Er ging zu ihr und bückte sich. »Merkwürdig, genau an diese Stelle habe ich es gelegt. Jetzt ist es weg.«

»Dann muss jemand das Buch gestohlen haben.« Sie überlegte. »Nur ich und der Pfarrer besitzen einen Schlüssel und normalerweise besucht niemand die Kirchenbücherei.«

»Was ist das für eine Schachtel?«, versuchte er, sie abzulenken.

»Keine Ahnung.« Sie beugte sich zu ihm hinunter. Federico öffnete den Karton.

Er stutzte: Eine Kristallkugel, ähnlich der von Silvana, lag darin.

»Federico, du hast das Buch vielleicht doch woanders hingelegt?«, fragte Concetta und reckte sich, um die oberen Reihen abzusuchen.

»Bestimmt nicht.« Federico belauerte Concetta und wartete auf einen unbeobachteten Moment.

Nachdenklich drehte sie sich zu ihm um und sah, wie er die Kristallkugel in seiner Jacke verschwinden ließ. Sie war schockiert. »Federico, du hast nicht zufällig das dicke Buch mitgenommen?«, fragte sie vorsichtig.

»Natürlich nicht.« Er stand auf und lehnte sich an ein Regal. »Was denkst du von mir.«

Mit zusammengekniffenen Augen betrachtete die Lehrerin den Gutsbesitzer. »Federico«, sagte sie gefährlich ruhig. »Ich glaube dir nicht. Du hast das Buch gestern mitgenommen: Genauso, wie du gerade die Glaskugel eingesteckt hast.«

Federico grinste sie böse an. »Die schlaue Lehrerin. Und ein paar andere Sachen werde ich jetzt auch mitnehmen.«

»Das wirst du nicht. Ich bin dafür verantwortlich.« Concetta sprang auf ihn zu und griff in seine Jacke. Die Kugel fiel polternd zu Boden, rollte eine Regalreihe entlang und Concetta bückte sich, um sie aufzuheben.

Federico nahm ein dickes Buch und hieb es Concetta in den Nacken. Mit einem leisen Aufstöhnen sank die Lehrerin zu Boden.

***

In Windeseile ritt Federico zum Weingut zurück. Concetta würde man frühestens zum Unterrichtsbeginn am folgenden Tag vermissen. Der Pfarrer war auswärts. Als er auf dem Weingut eintraf, dunkelte es bereits. Eilig brachte er seinen Rappen in den Stall und wies einen der Knechte an, ihn zu versorgen. Das Kochgeschirr ließ er Teresa in die Küche bringen und lief in den Weinkeller. Er musste das Rätsel um den Schattensee lösen.

Er holte das Zauberbuch hervor und vertiefte sich in die vielen Sprüche, die darin aufgeschrieben waren. Irgendjemand musste vor langer Zeit sehr sorgfältig gearbeitet haben.

Nachdenklich nahm Frederico die Kugel zur Hand. Sie sah fast genauso aus wie die, die Silvana gefunden hatte. Auf der Handfläche ließ er sie hin- und herrollen. Plötzlich begann es darin zu flackern. Federico hielt sie dichter an seine Augen. Das Licht erlosch wieder. Noch einmal rollte er sie auf der Hand. Erneut flackerte es darin auf.

»Sie reagiert auf Körperwärme«, erkannte er. »Doch was bedeutet das Licht?«

Federico grübelte. Concetta fiel ihm ein. Vielleicht hätte er sie nicht niederschlagen sollen. Das war unklug gewesen. Bestimmt hätte sie ihm mehr erzählt, wenn er geduldig gewesen wäre. Aber warum musste diese dumme Lehrerin ihn auch verdächtigen, das Buch gestohlen zu haben? Noch einmal drehte er die Kugel und rieb mit dem Zeigefinger darüber.

Fast hätte er sie fallen gelassen. Er erkannte Concetta auf dem Boden in der Pfarrei. Gebannt sah er hin. Sie rührte sich, hob mit schmerzverzerrtem Gesicht den Kopf und legte eine Hand in den Nacken. Wie war das möglich?

»Gedanken!« Federico jubelte. »Es sind Gedanken und Wärme. Beides wird zu einer einzigen Energie.« Er lachte triumphierend auf. »Es ist eine Zauberkugel!« Würde es auch funktionieren, wenn er ganz fest an Silvana dachte?

Mit fiebrigen Händen erwärmte er das Glas. »Na, kleine Silvana, wo bist du?« Federicos Mundwinkel zogen sich verächtlich nach unten.

»Tatsächlich, es funktioniert.« Federico erkannte sie in einem prachtvoll eingerichteten Raum mit Wänden aus schimmerndem Marmor. »Ein Palast?« Wie sollte Silvana dorthin gekommen sein. Gut, sie war ein hübsches Mädchen, aber gleich das Herz eines Herrschers gewinnen? Mit der nächsten Bewegung änderte sich das Bild. Federico sah einen riesigen Prunksaal, an dessen Kopfende ein Thron stand, und darauf saß, Federico konnte es nicht glauben und schüttelte den Kopf, ein hässliches Männlein. Vor ihm knieten seltsam aussehende Gestalten. Hatte er das Männchen nicht schon einmal irgendwo gesehen?

Er legte die Kugel beiseite und blätterte im Zauberbuch. Darin waren diese Wesen abgebildet. Twehts hießen sie und ihr Land regierte der alte Grint. Einen Hinweis auf das Reich fand Federico nicht; nur eine Insel namens Seoria wurde erwähnt. Aus den Aufzeichnungen entnahm Federico, dass es sich um ein reiches, glückliches Land handelte, das von weisen Fürsten mit Zauberkräften regiert wurde.

Nachdenklich legte Federico das Buch auf den Tisch. »Moghora«, sprach er leise, fast zärtlich, »ein schöner Name. Woher kenne ich ihn?« Er nahm die Kugel zur Hand und konzentrierte sich auf die Fürstin des fremden Reichs. Wieder begann es zu flackern und er sah den Prunkraum, in dem er zuvor Silvana erblickt hatte. Doch jetzt stand dort eine wunderschöne, edel gekleidete Frau. In der Pfarrei hatte das Auge sie ihm zusammen mit Silvana und dem Fohlen gezeigt. »Moghora«, flüsterte Federico. »Diese Frau ist meiner würdig. Die schöne Fürstin eines reichen Landes. Sie ist der Schlüssel zu meiner Macht.« Erneut schlug Federico das Zauberbuch auf. »Nur, wie gelange ich zu ihr?«

Noch einmal nahm er die Kugel zur Hand, schloss die Augen, dachte an Moghora und ihr Land.

27

Moghora schlug gegen die Tür des Verlieses. »Aufmachen!«, schrie sie. Nichts passierte. Sie klopfte energischer. »Aufmachen! Ich habe es mir anders überlegt.«

Ein Schlüssel drehte sich quietschend im Schloss. Sundar selbst öffnete die Tür. »Was macht Ihr hier für einen Radau?«

»Ich möchte deinen Herrn sprechen.«

»Was Ihr möchtet oder nicht, interessiert niemanden.«

»Ich glaube, dass es ihn sehr interessieren wird.« Sie trat nahe an Sundar heran und strich ihm mit der Hand über die Haare. Dabei blitzten ihre silbernen Fingernägel auf. »Sei so lieb und sage deinem Herrn, dass die zukünftige Fürstin seines Reichs ihn zu sprechen wünscht.«

Sundar brummte. Dann schloss er die Tür und schlurfte davon.

»Zuerst müssen wir hier raus.« Moghora zog die Mundwinkel verächtlich herunter. »Alles Weitere wird sich finden.«

Nach einer Weile kam Sundar zurück. »Der Grint erwartet Euch.«

»Das habe ich dir gleich gesagt. Damit hättest du dir einen Weg sparen können.« Sie rauschte an ihm vorbei. »Komm, Silvana.«

»Sie bleibt hier. Von der Sterblichen hat er nichts gesagt.«

»Sie kommt mit.«

Sundar seufzte. »Wenn das keinen Ärger gibt.«

Als Sundar sie in die Halle führte, saß der alte Grint auf seinem Thron. Daneben standen die zwei Unbezwingbaren Brüder.

»Du wolltest mich sprechen?« Er winkte die Fürstin heran. »Ich höre.«

»Ich habe es mir überlegt«, begann Moghora mit deutlichem Zögern und blickte zu Boden. »Nachdem Lybios nun tot ist.« Sie schien mit den Tränen zu kämpfen.

»Jaja. Ich habe dir gleich gesagt, dass ich dich von ihm befreien muss. Ich bin schlau, nicht wahr?«

Moghora riss sich zusammen. Eines Tages würde sie ihn eigenhändig erwürgen. »Also, ich habe mich entschlossen.«

»Mach's kurz. Du ziehst also mich und dieses Reich vor.« Der Alte grinste überheblich. »Eine kluge Entscheidung.« Er stand auf, trat ihr entgegen und reichte ihr seine Klaue. »Somit können wir gleich zu den Hochzeitsfeierlichkeiten schreiten.« Er machte eine ausladende Bewegung. »Meine engsten Vertrauten sind anwesend, wie du siehst.«

Angewidert wich sie einen Schritt zurück. »Nicht so schnell. Du musst zuerst ein paar Bedingungen erfüllen.«

»Du hast Bedingungen?« Aus den Augenwinkeln warf er ihr einen überraschten Blick zu. »Das wagst du?«

»Mein Lieber«, begann sie mit schmelzender Stimme, »das ist meine erste Hochzeit. Einer Frau bedeutet das sehr viel. Das verstehst du sicherlich.«

»Natürlich. Es soll ja eine Ewigkeit halten.« Er lachte siegessicher. »Was möchtest du? Edle Kleider, Diamanten, einen eigenen Palast? Es steht dir alles zur Verfügung.«

»Ich möchte in freier Natur heiraten, auf blühenden Wiesen und unter Sonnenschein. So, wie es in meiner Heimat üblich ist. In deiner Stadt friere ich. Dieses ständige Dämmerlicht schadet meinem Aussehen. Ich bin hier so blass und farblos. Sicherlich möchtest du eine schöne Braut?«

»Ich finde nicht, dass du blass bist.« Der Grint stand auf, kam näher und betrachtete sie von allen Seiten.

Moghora beugte sich zu ihm hinunter. »Sieh, ich habe schon Falten und meine Haut ist grau und fahl.«

Der Alte legte seinen Kopf schräg. »Vielleicht hast du recht. Aber nur ein bisschen. Doch was hast du gegen meinen Palast? Wenn du frierst, kann ich ihn erwärmen lassen. Gib mir die Feuerformel.«

»Ich benötige Sonne, um zu leben«, widersprach sie. »Zu Hause haben wir blühende Blumen, Tiere auf den Weiden und Wasser, das in Tälern plätschert. Hier ist nichts außer kaltem Stein.«

»Gefällt dir mein Haus nicht? Dabei gab ich mir wirklich sehr viel Mühe.«

»Der Palast ist großartig, doch für die Hochzeit der Fürstin von Seoria nicht der richtige Rahmen. Wir brauchen Gäste. Was essen wir und welche Weine hast du ausgesucht?«

»Gäste? Essen? Weine? Wozu brauchst du das alles?«

»Das gehört zu einer Hochzeit.« Moghora schritt auf die Unbezwingbaren Brüder zu. »Was meint ihr? Ihr wisst sicherlich, wie man die Hochzeit einer Fürstin ausstattet, oder?«, fragte sie mit einem bezaubernden Lächeln.

»Ja, wir glauben auch, es muss so sein.« Mit einem schiefen Lächeln sahen sie den alten Grint an und grunzten laut.

»Siehst du?« Moghora trat einen Schritt zurück. »Dein Volk weiß, was sich gehört.«

»Aber ... eine solche Organisation kann Tage dauern.«

»Darüber mach dir keine Sorgen. Ich werde dich unterstützen.« Sie ging zurück an seine Seite. »Wofür sind wir Frauen sonst da? Du wirst sehen, ich werde dir eine liebevolle Hilfe sein und es wird das größte und schönste Fest, dass dein Reich je gesehen hat.«

»Was ist mit dem Feuerzauber?« Der Kopf des alten Grint schnellte ein Stück vor.

»Mein Lieber«, Moghora senkte die Augenlider, »das wird mein Hochzeitsgeschenk an dich. Was sonst sollte ich dir schenken? Du hast bereits alles.«

»Ja, da hast du recht. Das Feuerpferd besitze ich längst.« Der alte Grint ging zu seinem Thron. »Nun gut«, sagte er. »Dann soll es so sein wie du wünschst. Wehe, du führst mich hinters Licht.«

»Wir beide werden ein großes Reich beherrschen und deine Macht wird grenzenlos sein.« Moghora verneigte sich tief. Ihm fiel die Übertreibung nicht auf.

Der alte Grint winkte mit einer müden Bewegung ab. »Bringt sie zurück.«

»Halt!«, rief Moghora scharf, doch sofort lächelte sie wieder. »Willst du mich etwa ins Verlies bringen lassen? Habe ich als Fürstin deines Reichs nicht Anspruch auf entsprechende Räume?«

»Ach ja.« Er kniff die Augen zusammen und überlegte. »Ja, das ist wohl so. Stellt der Fürstin ein paar Gemächer zur Verfügung.«

»Und was ist mit dem Mädchen?«

»Unwichtig. Die kommt wieder ins Verlies.«

»Ich brauche das Mädchen als Kammerzofe«, widersprach Moghora. »Sie muss meine Haare kämmen und meine Kleider ordnen.«

»Ist das wichtig?«

»Sogar sehr wichtig.« Moghora nickte zur Bestätigung. »Wie sonst soll ich für dich schön aussehen?«

»Hm. Und es ist kein Trick dabei?« Der Grint streckte seinen Kopf vor.

Moghora lachte silberhell. »Du musst noch viel lernen, was Frauen anbelangt, mein Lieber.« Sie warf ihm einen lockenden Blick zu.

Der alte Grint seufzte. »Sundar, bring die Frauen in die Gemächer. Stell eine Wache davor.«

Als Sundar die Tür hinter den beiden geschlossen hatte, ging Moghora feixend zu einem der schmalen Lichtschächte. »Gib mir die Kristallkugel.«

Silvana reichte sie ihr. Moghora drehte sie ein wenig und strich darüber. Dann schloss sie die Augen.

»Nein«, sagte sie gleich darauf, »die Kraft reicht immer noch nicht. Die Marmormauern dieser Stadt brechen sie. Sieh her, das ist die Insel Seoria. Hier bin ich zu Hause. Aber alles ist sehr undeutlich. Die Kraft der Zauberkugel reicht nicht, uns sicher hinzubringen.«

»Schön sieht es bei euch aus«, sagte Silvana und bewunderte die bunten Wiesen. »Ganz anders als bei uns. Ich möchte so gerne wieder nach Hause.« Sie seufzte tief.

»Das wirst du. Und es wird nicht dein Schaden sein, wenn du mir hilfst. Auch wenn du das Feuerpferd nicht behalten kannst.«

28

Ohne anzuklopfen betrat Sundar die Räume von Moghora und Silvana. »Fürstin, die Kutsche steht vor dem Palast. Ich soll Euch abholen.«

»Wir sind in einer halben Stunde fertig. Solange musst du dich noch gedulden. Und mach die Tür hinter dir zu!«, rief sie ihm zu.

»Ein Benehmen hat der.« Moghora kicherte, als Sundar mit einem zornigen Röcheln den Raum verließ. »Der wird mich später richtig kennen lernen. Als erstes werde ich ihn mit meinem Lähmungszauber zu Eis erstarren lassen und anschließend ins Feuerverlies werfen. Da kann er brennen, bis er schwarz wird.«

»Was ist das überhaupt, ein Lähmungszauber?« Silvana bürstete ruhig und gleichmäßig die Haare der Fürstin. »Uns hast du auf dem Gestüt auch erstarrt.«

Die Fürstin verfolgte Silvanas Bewegungen im Spiegel. »Das erkläre ich dir, wenn wir hier mit allem fertig sind.« Sie stutzte. »Was war das für ein Geräusch? Hast du es auch gehört?« Hastig drehte sie sich um.

Silvana fiel vor Schreck die Bürste aus der Hand. »Federico!« Sie stotterte. »Wie bist du hierher gekommen?« Ein Strahlen überzog ihr Gesicht. »Ich wusste, dass du dich sorgen und mich nach Hause holen würdest. Ich bin so froh, nicht mehr allein zu sein.«

»Er hat die zweite Kugel gefunden.« Moghora stand auf und nahm Federico die Zauberkugel weg. Vorsichtig legte sie sie auf ein Samtkissen. »Die wirkt hier nicht«, sagte sie, als er protestierte. »Nichts weiter als ein schönes Spielzeug. – Du bist also der Gutsherr?«

Silvana ging auf Federico zu. Doch statt sie zu begrüßen, nahm Federico Moghoras Hand und beugte sich formvollendet zu einem Handkuss darüber. »Fürstin, ich habe alles in Bewegung gesetzt, um zu Euch zu gelangen. Als ich Euch sah ...«

Moghora beobachtete den Gutsbesitzer mit zusammengekniffenen Augen. »Du bist nicht allein mithilfe der Kugel hierher gekommen, habe ich recht?« Sie wartete gespannt auf seine Antwort. Daran würde sie seine Aufrichtigkeit messen. »War ein dickes Buch bei der Kugel? Ein Zauberbuch? Es gehört meinem Volk.«

Federico zögerte und massierte verlegen seine Schläfe.

»Das Buch richtet, wenn es in falsche Hände gerät, unendlichen Schaden an«, erklärte Moghora in ruhigem Ton. »Hast du das Buch?« Sie sah ihn eindringlich an.

»Federico!« Silvana packte ihn am Arm. »Ich habe gesehen, dass du ein dickes Buch aus der Pfarrei entwendet hast. Ist das dieses Zauberbuch? Hast du es vielleicht schon benutzt? Oh Gott.« Sie hielt inne; plötzlich war ihr alles klar. Jetzt wollte sie wissen, was er wirklich beabsichtigte. »Wie bist du überhaupt hierher gekommen?«

»Lass mich in Ruhe.« Federico schüttelte Silvanas Hand ab und lächelte die Fürstin an. »Ich habe das Buch für Euch mitgenommen«, log er. »Es ist gut versteckt. Ihr regiert ein reiches und glückliches Land. Ich werde es Euch überreichen, wenn Ihr mir dafür einen Teil des Landes schenkt. Und als Beigabe eine winzige Kleinigkeit: Wie verwandele ich Wein in Rubine? Das sollte Euch nicht schwer fallen. Ich weiß, dass es geht, aber in der Eile, mit der frohen Botschaft über das verlorene Buch zu Euch zu gelangen, konnte ich daran nicht mehr weiterarbeiten.«

Silvana konnte kaum glauben, was sie hörte. Und doch war es das, was sie eben befürchtet hatte. »Federico!«, rief sie empört. »Ich dachte immer, du seiest ein Ehrenmann.«

»Ach, was du schon gedacht hast. Ich bin zu Höherem geschaffen, nicht für ein kleines Landmädchen. Auch Concetta, diese dumme Lehrerin, hat gedacht. Ihr solltet das Denken besser den Männern überlassen.«

Silvana wurde blass vor Wut. »Was ist mit Concetta?«

»Schluss jetzt«, griff Moghora ein. »Ich habe gesagt, dieses Buch bringt außerhalb des Schattenreichs Unheil.« Sie setzte sich wieder vor den Spiegel und griff nun selbst zur Bürste. »Bei deiner ganzen Klugheit hast du nämlich eines nicht bedacht.« Sie sah ihn verächtlich an. »Sowohl ich als auch – wie hast du gesagt? – das Landmädchen befinden uns in der Gewalt des alten Grint. In dieser Stadt, die aus Marmor gebaut ist, wirken weder Zaubersprüche noch Kristallkugeln. Das bedeutet, mein Kluger, du bist ebenfalls ein Gefangener. Auch für dich gibt es kein Zurück mehr.«

»Aber ich dachte, als ich all die Pracht sah, das wäre Euer Palast.«

»Mein Palast? So einen Palast besitze ich nicht. Ich wohne nicht in einer Festung.« Sie zuckte die Schultern und beobachtete ihn im Spiegel. »Vielleicht, mein Lieber, solltest du den Frauen das Denken überlassen: Du kommst gerade recht zu meiner Hochzeit.«

»Eurer Hochzeit?«

»Ich werde gezwungen, den alten Grint zu heiraten.« Wenn Federico sie gekannt hätte, hätte er den Hohn in ihrer Stimme gehört.

»Den alten Grint?« Federico verstand nichts.

»Schweig jetzt.« Moghora wandte sich Silvana zu. »Komm, wir müssen zur Trauung, sonst erzürnen wir meinen zukünftigen Mann. Nimm deinen Freund ruhig mit. Der Grint wird hocherfreut sein, wieder einen Sterblichen in seinem Reich begrüßen zu können.« Sie schaute über die Schulter und lächelte Federico an. »Er hat nämlich die Angewohnheit, seine Schlangen mit ihnen zu füttern.« Moghora verstaute die Kristallkugeln sorgfältig in ihren weiten, wallenden Kleidern. Dann rief sie: »*Gharash alrodek barann! Gharash alrodek barann!*«

Das Auge erhob sich aus ihrem Ausschnitt und blieb leise surrend über ihr stehen. »Aranaz, du kennst deine Aufgabe?« Wie zur Bestätigung flackerte es und versenkte sich wieder hinter dem Brusttuch.

»Das muss reichen, mehr haben wir nicht zur Verfügung. Bist du bereit, Mädchen?«

Silvana nickte. Sie ahnte inzwischen, dass die Fürstin etwas plante. Ihr Magen rumorte. Es widerstrebte ihr zu gehorchen ohne genau zu wissen, was auf sie zukäme.

Als die Fürstin vor die Tür trat, erwartete sie eine Armee von Twehts. Das sah dem Alten ähnlich. Er traute ihr bis zur letzten Minute nicht. Wie recht er hatte! Moghora kicherte leise.

Durch endlose Gänge führte man sie hinunter auf die breite Marmorstraße. Eine altertümliche Kutsche aus der Anderen Welt stand bereit. Gemeinsam mit Silvana und Federico nahm Moghora darin Platz. Einen Moment stutzten die Wächter bei Federicos Anblick, schlossen aber ohne ein Wort die Tür.

Der Weg führte über schnurgerade Straßen an Häusern vorbei, die an Wehrmauern erinnerten und deren wenige Fenster Schießscharten glichen. Eine gute Planung, das musste sie zugeben. Ein normales Feuer konnte der Stadt so gut wie nichts anhaben. Die Flammen fänden keine Nahrung und würden im Entstehen erstickt. Es sei denn, dass es ein besonderes Feuer wäre; so wie die Glut, die das Fohlen zu entfachen vermochte.

Als die Kutsche durch das einzige Stadttor fuhr, erblickte Moghora knapp dahinter auf einer Wiese ein riesiges Zelt. Gleich hinter dem großen Wald musste der Schattensee sein. Sie erkannte den Platz, an dem man sie gefangen genommen hatte.

Moghora stieß Silvana an. »Erkennst du den Ort wieder?«, flüsterte sie ihr ins Ohr.

Silvana nickte unmerklich und Federico beugte sich lauschend vor.

Moghora sprach noch leiser. »Präge ihn dir gut ein. Es kann dein Leben retten.« Die Fürstin drückte Silvanas Hand. »Nur Mut.« Feixend beobachtete sie aus den Augenwinkeln, wie Federicos Gesicht immer länger wurde.

Der alte Grint erwartete sie und half ihr aus der Kutsche. »Meine Liebe, jetzt ist es bald soweit. Ich mache dich zur Fürstin eines unbezwingbaren Reichs. Wer ist das?« Er wies auf Federico.

»Er gehört zu ihr. Sozusagen ein weiteres Hochzeitsgeschenk für dich.«

Der alte Grint rümpfte die Nase. »Ein Sterblicher? Na schön, die leben hier sowieso nicht sehr lange.«

Er ließ ein krächzendes Lachen vernehmen, sodass Silvana eine Gänsehaut bekam. Federico als Schlangenfutter? Oh nein, das brauchte sich der alte Grint nicht einzubilden. Da hatte sie auch noch ein Wörtchen mitzureden.

»Er ist mein Gast. Wo ist das Feuerpferd?«, fragte Moghora.

Der Alte winkte mit der Hand und ließ es von einem Tweht bringen. »Ich halte meine Versprechen.«

Moghora beugte sich zu dem Fohlen hinter, streichelte ihm über den Kopf und pustete in seine Ohren.

»Was hast du gerade gemacht?«, fragte der Grint. Er zeigte mit seinen Krallen auf *Feu*.

»Ich sagte ihm, dass ich ihn liebe und ihn sehr vermisst habe.«

Der alte Grint packte Moghora mit seinen haarigen Klauen am Arm und zog sie fort. Der Fürstin lief vor Ekel ein Schauer über den Rücken. Ihr Magen krampfte sich zusammen, als sie den aufkommenden Unmut hinunterwürgte. Am liebsten hätte sie diese widerliche Pranke abgeschüttelt und das Ungeheuer mit dem Lähmungszauber ins Jenseits befördert. Aber sie musste den richtigen Zeitpunkt abpassen, wenn sie im letzten Moment nichts verderben wollte.

»Komm hier herüber und stell dich zu mir.« Die vier Augen des alten Grint stierten sie lauernd an. Also führte er selber etwas gegen sie im Schilde.

Moghora atmete hastig; ihre Brust hob und senkte sich

vor aufgestauter Wut. Aranaz zwinkerte ihr zu, als ihr Blick auf ihn fiel. Daraufhin biss sie sich auf die Lippen, riss sich zusammen und folgte dem alten Grint über die Wiese bis zum Altarstein.

»Sundar als mein engster Vertrauter wird uns vereinen«, erklärte er. »In meinem Reich besitzt er den Status eines Priesters. – Sundar, gib das Zeichen!«

Sundar hob die Hand. Ein gewaltiger Trommelwirbel erklang, schwarz gekleidete Twehts öffneten die Vorhänge des riesigen Zelts und die vom Grint geladenen Gäste traten heraus.

»Da ist ja einer schöner als der andere«, bemerkte Moghora trocken. Der alte Grint strahlte. Moghoras Unbehagen wuchs, als die missgebildeten Gestalten langsam auf sie zu kamen und einen engen Kreis um das Paar bildeten; einige kamen so nah, dass sie den Saum ihres Kleides berührten.

Der Grint kicherte verzückt. »Wie du siehst habe ich keine Kosten und Mühen gescheut, dir ein Fest nach deinem Geschmack zu gestalten. Komm, lerne deine künftigen Untertanen kennen.«

Moghora hoffte, dass die Twehts ihr den Abscheu nicht ansahen. Sie presste die Arme fest an ihren Körper, um sich nicht instinktiv die Nase zuzuhalten, denn der eine oder andere roch so schlimm wie Ibonuks Kratzhörnchen. Manche weibliche Geschöpfe übertrafen sogar dessen Ausdünstungen. Sie konnte es kaum erwarten, dass endlich alles vorbei war.

Feu drängte sich dicht an Silvana. Die Twehts verunsicherten sie und obwohl die Gestalten in ihren bunten, festlichen Roben geradezu lächerlich aussahen, erschienen sie ihr unheimlich. ‚Wann werden wir endlich gehen können?‘, dachte sie sehnsüchtig, als ein leiser Wind die Wipfel der Bäume bewegte, die den Platz säumten. Sie wünschte sich nach Hause und in dieser Minute hätte sie gerne ausprobiert, ob die Kristallkugeln hier funktionierten.

Moghora schickte ihr einen beunruhigten Blick.

Vertrau mir, es ist bald soweit. Mir fehlen noch ein paar Dinge.

Woher kam dieser Gedanke, den sie wie eine Stimme in ihrem Kopf hörte? Silvanas musterte ihre Umgebung. Die Fürstin zwinkerte ihr zu.

Kannst du meine Gedanken lesen?

Moghora deutete ein Nicken an. *Hier draußen, an der Luft, beginnen meine Energien zu fließen und so kann ich mit dir Kontakt aufnehmen.*

Was hast du vor? Silvana unterdrückte die laute Frage mit einem Husten.

Ich lasse es dich rechtzeitig wissen. Was auch passiert, bleibe in Feus Nähe! Und wenn ich dir ein Zeichen gebe, schwingst du dich auf ihn und reitest, was das Zeug hält, hast du verstanden?

Silvana riss entsetzt die Augen auf. *Bist du verrückt geworden? Er wird mich niemals tragen können!*

Er wird, glaube mir!

Der Grint riss plötzlich die Arme hoch. Silvana schrak zusammen. Hatte er ihre stille Unterhaltung mit Moghora belauscht? Unwillkürlich zog sie die Schultern hoch, ließ sie aber gleich wieder sinken, als sie vernahm: »Das Fest möge beginnen! Werdet Zeuge meiner Heirat mit Moghora, der Fürstin des Schattenreichs.«

Einige ausgewählte Twehts, bekleidet mit blauen Umhängen, traten mit gravitätischen Schritten vor und stellten sich als Zeugen rechts und links neben den Stein, der den Altar darstellen sollte.

»Bist du so weit, meine Fürstin?« Der alte Grint streckte beide Arme aus und griff nach ihren Händen.

Moghora entwand sie ihm und hielt die leeren Handflächen nach oben. »Noch nicht ganz, mein Freund. Es fehlen das Feuerkraut und der Flammendost.«

»Was? Wovon redest du?« Sein Gesicht nahm eine grünliche Farbe an, ähnlich der seines Umhanges.

»Jetzt sag bloß, niemand kümmert sich um meinen Brautstrauß?« Moghora drehte sich erbost im Kreise und blickte mit erhobenem Kopf über die Twehts hinweg, die betreten von einem Fuß auf den anderen traten, weil sie befürchteten, sogleich den Groll ihres Herrn zu spüren zu bekommen.

»Was? Welchen Brautstrauß?«, wiederholte der alte Grint. »Davon habe ich nie gehört.«

»Ich benötige einen Brautstrauß aus Feuerkraut und Flammendost! Ich kann nicht heiraten, wenn ich diese Kräuter nicht bei mir trage. Sonst verliere ich alle Zauberkräfte!«

»Du lügst!« Er trat auf sie zu und zog sie ungnädig zur Seite. »Das ist ein Vorwand, um unsere Heirat zu verzögern.«

»Probier es einfach aus!« Die Fürstin zog eine Augenbraue hoch und verschränkte die Arme vor der Brust. »Mein Schaden wird es nicht sein. Ich lebe ja zukünftig sicher in deiner feuerfesten Stadt.«

Der alte Grint stampfte wütend mit dem Fuß auf, griff nach dem erstbesten Tweht im blauen Umhang und zog ihn am Kragen zu sich hoch; »Du! Renne wie der Blitz und besorge mir diese beiden Pflanzen! Und wage nicht, ohne sie wiederzukommen. Los!« Der alte Grint stieß ihn von sich, sodass er rücklings auf dem Rasen landete.

Rasch kroch er davon, bis er außer Reichweite war. »Herr«, stotterte er dann, »ich kenne diese Kräuter nicht. Wie und wo kann ich sie finden?« Flehend blickte er zu Moghora auf, um deren Mundwinkel ein amüsiertes Lächeln spielte.

Die Fürstin ging zu ihm und half ihm beim Aufstehen. »Das dachte ich mir.« Sie wandte sich an den alten Grint. »Dein Volk kennt nicht einmal die einfachsten Kräuter, weil du es in deiner wunderbaren Marmorstadt eingesperrt hast. Also werde ich sie mir selber besorgen müssen.«

»Das wirst du nicht.« Der alte Grint war mit einem Satz bei ihr und krallte sich in ihrem Kleid fest. »Sundar wird das erledigen.«

»Kennt er denn die Kräuter?«

»Ich habe sie noch nie gesehen.« Sundars Gesicht verzog sich zur Fratze und nahm dann einen so dümmlichen Ausdruck an, dass Silvana kicherte.

Sie hätte sich wohl besser beherrscht. Der Grint kam auf sie zu. »Du bist eine Sterbliche.« Er hob eine Klaue und fuchtelte unwillig vor ihrer Nase herum. »Du wirst die Kräuter besorgen. Und wenn du in fünf Minuten nicht damit zurück bist, wird es deinem Freund«, er zeigte auf Federico, »so ergehen wie diesem Lybios.«

Federico erbleichte. Silvana fand, das geschah ihm recht, selbst wenn sie ihm diesen Tod nicht wünschte. Für seine Falschheit sollte er büßen.

Kennst du die Kräuter?

Silvana schaute zu Moghora. *Ja.*

Sie wachsen dort drüben. Die Fürstin wies in Richtung Wald. *Hole sie. Wir werden sie später benötigen.*

»Sundar wird dich begleiten.« Der alte Grint ging mit schleifendem Umhang zurück zu Moghora.

Silvana fragte sich, was die Fürstin vorhatte. Begleitet von Sundar pflückte sie von jeder Pflanze einen Arm voll und brachte sie Moghora.

»Danke«, sagte die Fürstin laut, dann dachte sie: *Ich brauche eine Waffe. Hat dein Freund eine dabei?*

Federico? Ja, ich glaube, er trägt einen Dolch.

Bring ihn mir unauffällig.

Silvana stellte sich neben Federico. »Da hast du noch einmal Glück gehabt. Wie gut, dass ich mich zu Hause mit Pflanzen beschäftige. Genauso gut hätte ich es zulassen können, dass er dich zu Schlangenfutter verarbeitet.«

»Aber Silvana, das hättest du nie getan. Ich verstehe deinen Unmut nicht. Bin ich nicht hierher gekommen, um dir zu helfen?« Er legte seinen Arm um ihre Schulter.

Wie verlogen er doch war; aber jetzt kam es ihr gerade zupass. Vorsichtig griff sie in seinen Gürtel, packte den Dolch und versteckte ihn in den Falten ihres Kleides. »Spar dir deine Bemerkungen.« Sie rückte ein paar Fußbreit von ihm ab und ging langsam zu Moghora.

Die Fürstin ließ Aranaz fliegen. Das Auge surrte dicht über dem Boden zwischen den Füßen der Hochzeitsgäste und stieg erst hinter dem Festzelt in die Luft. Mit Gedankenkraft rief Moghora anschließend das Fohlen zu sich. *Feu* begann an den Kräutern zu knabbern.

»Halte das Pferd zurück!«, blaffte der alte Grint los. »Mädchen, komm her.«

Moghora lächelte. »Warum so aufgebracht? So viele Kräuter benötige ich sowieso nicht. Hier!« Sie zupfte ein paar Blätter ab und platzierte sie aufreizend in ihrem Ausschnitt. »Die reichen völlig aus.«

Ein Sabberfaden lief dem alten Grint das Kinn hinunter. Die Fürstin gab *Feu* mit einem Tätscheln an Silvana weiter, die gleichzeitig der Fürstin heimlich den Dolch zusteckte.

Assachla Daramm, übertrug Moghora ihr.

Was ist das?

Ein Zauberspruch, merke ihn dir gut. Du wirst ihn später benötigen.

»Moghora, meine Fürstin! Kommst du?«

Moghora zuckte zusammen. Der alte Grint tätschelte tatsächlich ihren Hintern mit seinen Krallen. Wut schoss in ihr hoch. Sie wirbelte herum, hob ihre Hand und holte zum Schlag aus.

Reiß dich zusammen!, schrieen Silvanas Gedanken in Moghoras Kopf. *Wir brauchen Zeit! Wenn du jetzt einen Tobsuchtsanfall bekommst, ist alles aus!*

Die Fürstin des Schattenreichs ließ im letzten Moment den Arm sinken. Sie funkelte den Grint böse an.

Er grinste lüstern. »Hast du was, mein Täubchen?«

Silvana griff lächelnd ein. »Ihr müsst verzeihen, Herr. Es ist ihre erste Hochzeit und sie ist nervös. Bei solch wichtigen Anlässen haben Frauen ihre Gefühle nicht immer im Griff.«

»Sind wir heute nicht alle aufgeregt?« Der alte Grint lachte und reichte Moghora einen Becher Wein. »Das wird dich beruhigen.« Wieder rann Sabber sein Kinn hinunter, doch diesmal streckte er seine schwarze Zunge heraus und schleckte ihn mit einem Zischlaut auf.

Übelkeit wallte in Moghora hoch. Schnell nahm sie den Kelch und trank ihn mit einem Schluck leer.

Silvana zerrte an Moghoras Ärmel. *Was hast du getan? Du musst deine Sinne zusammenhalten!*

Die Fürstin stieß ihre Hand weg. *Ich weiß, was ich tue. Kümmere dich um* Feu. Für einen Moment fühlte Moghora sich benommen. Sie schloss die Augen, um den Schwindel zu bekämpfen.

»Fehlt dir etwas?« Der alte Grint stützte sie.

Moghora öffnete die Augen. Da stand er vor ihr: Lybios. Genauso, wie sie ihn in Erinnerung hatte. Sein schwarzes Haar hing ihm über die goldgelben Augen. Er lächelte sie sanft an, fuhr mit einem Finger über ihre Wange und anschließend über die Lippen. Moghora zitterte.

»Moghora, meine Geliebte!« Seine Stimme hallte in ihren Körper. »Endlich liegst du wieder in meinen Armen!« Sie spürte seinen Kuss auf ihrem Hals. »Heirate mich und alles wird gut!«

Sie ließ sich unterhaken und folgte die wenigen Schritte zum Altarstein, vor dem Sundar wartete.

Moghora?

Lass mich!

Moghora! Das darfst du nicht tun!, flehte Silvana.

Sundar ergriff Moghoras Hand und platzierte sie neben der des alten Grint auf dem Altarstein.

Moghora kicherte. *Ich heirate ihn gar nicht.*

Du heiratest ihn gar nicht? Was tust du denn sonst?

Die Fürstin blendete Silvanas Stimme aus. Der Altarstein war kühl. Moghora hob ihre Hand und legte sie auf die von *Lybios.* Seine Hand war ebenso kalt wie der Stein.

»Geht nun gemeinsam um den Altar herum!«

Die Fürstin ließ *Lybios* ihre Hand ergreifen. Die Zeremonie verlangte, dass sie langsam mit ihm um den Stein herumging. Sie folgte und blinzelte ihn dabei verliebt an.

Moghora!

Geh aus meinen Gedanken und sei ruhig! Mit zusammengepressten Lippen blitzte sie Silvana an.

»Ihr dürft die Braut jetzt küssen!« Sundar trat ein paar Schritte zurück. Mit lüsternen Augen verfolgte er die Bewegungen Moghoras.

Moghora! Du darfst den Grint nicht heiraten!

Ein spöttischer Zug lag um Moghoras Lippen. Ihre Augen funkelten gelb wie Katzenaugen. Auch ihre Bewegungen erinnerten an eine schleichende Katze, weich und kraftvoll zugleich.

Silvana verfolgte fasziniert und erschrocken, was Moghora tat.

Jetzt trat sie einen Schritt zurück; im nächsten Augenblick musste Moghora auf den alten Grint zutreten und mit einem Kuss die Heirat besiegeln. Doch die Fürstin verharrte auf der Stelle.

»Was ist los, meine Fürstin? Willst du deinen Geliebten nicht küssen?« Die Augen des alten Grint zuckten hin und her, aus seinen Mundwinkeln trat Schaum. »Lass uns zusammen sein, meine Geliebte. Für immer und ewig!«

Moghora breitete langsam die Arme aus, öffnete die Hände und schloss die Augen. »Hole dir deinen Hochzeitskuss, Geliebter! Ich bin bereit!«, rief sie in die Menge, dabei floss rote Flüssigkeit aus ihrem Mund über ihr weißes Gewand.

Der Wein, durchfuhr es Silvana. *Sie hat ihn nicht geschluckt.*

Sabbernd stolperte der Grint vorwärts.

»Es tut mir leid.«

»Was tut dir leid, meine Geliebte?«

»Das!« Geschwind zog Moghora die Waffe aus ihrem Gewand und richtete sie auf ihn. Bevor er erfasste, was geschah, stieß sie ihm den Dolch in die Brust.

Er sank mit einem Röcheln zu Boden.

Moghora zog den Dolch heraus und setzte zu einem erneuten Stich an. »Hast du geglaubt, du könntest mich ein zweites Mal betrügen?«

Der alte Grint riss die Augen auf. Im selben Moment explodierte hinter ihm das Festzelt.

Mit einem Satz warf sich Federico zwischen die beiden und entriss Moghora den Dolch. »Was hast du getan?« Er kniete neben dem Grint und legte ihm die Hand auf die Brust. Eine schwarze Flüssigkeit sickerte zwischen seinen Fingern hindurch.

Mit vor Wut verzerrtem Gesicht sah Federico die Fürstin an. Ein paar seltsame Töne, die an das Krächzen eines Raubvogels erinnerten, entwichen seiner Kehle. Die Fürstin hob ihren Kopf. Ihre gerade noch gelb funkelnden Augen verdunkelten sich und richteten sich ins Nichts. So verharrte sie.

»Nein«, schrie Silvana. »Federico, das darfst du nicht!«

Federico versuchte hektisch, die Wunde des alten Grint mit der Hand zu schließen. Silvana ging wie in Trance auf Moghora zu. Er maß sie mit einem mitleidigen Blick. Plötzlich sprang er auf die Beine. »Du stehst auf der falschen Seite, meine Kleine.«

Er langte in Moghoras Gewand und zog eine der Kristallkugeln hervor. Silvana stürzte mit einem Wutschrei auf ihn, aber er wehrte sie mit einem Tritt ab. »Sei friedlich, mein Schatz. Die alte Hexe besitzt zwei davon.«

Im nächsten Moment verschwand er.

29

Wütend packte Roya alle Rubine, die sie auf die Schnelle finden konnte, in einen Beutel. »Verdient hat sie es nicht, dass wir ihr helfen«, schimpfte sie. »Für mich hätte sie bestimmt keinen Finger gerührt. Sie wäre froh, wenn ich in der Höhle des Krox schmoren und nie wieder ihre Kreise stören würde.« Sie kramte in ihren Truhen und warf alles beiseite, was sie nicht gebrauchen konnte. »Aber wenn man alles ihr überlässt, richtet sie Lybios zugrunde.«

»Du kannst Äpfel nicht mit Birnen vergleichen.« Ibonuk betrachtete die Felle, die an den Wänden von Royas Höhle hingen.

»Woher hast du den Spruch? Ist das ein neuer Zauber?« Die Nymbianerin beugte sich über die Truhen in der nächsten Ecke.

»Hab ich von den Sterblichen aufgeschnappt. Bewirkt leider gar nichts.« Ibonuk half ihr, Steine in ein zweites Säckchen zu packen. »Woher hast du die alle?«

»Auf Seoria liegen sie überall herum. An den Flüssen und Bächen. Früher habe ich sie auf meinen Spaziergängen gesammelt. Aber seitdem mein Bruder sich mit der Fürstin eingelassen hat, habe ich keine Zeit mehr.« Sie hob einen gegen das Licht. »Dieser hier hat zum Beispiel eine wunderschöne Farbe und die Form eines Herzens.« Sie packte ihn in den Beutel. Dann nahm sie ihn wieder heraus und gab ihn Ibonuk »Für dich. Damit du dich an mich erinnerst. Die Sterblichen und der Grint sagen, dass sie wertvoll sind. Ganz vernarrt sind sie darin. – Wenn die sähen, dass sich auf Seoria kein Wesen darum schert, würden ihnen die Augen aus dem Kopf fallen.« Roya kicherte. »Beim alten Grint würde sich das direkt lohnen.«

Sie räumte die Truhen hastig wieder ein. »Lass uns gehen.« Sorgfältig tarnte sie den Eingang ihrer Höhle mit Strauchwerk.

»Ich frage mich immer noch, wie wir Lybios befreien können. Meinst du etwa, der Grint nimmt deine paar Rubine und lässt dafür sein wichtigstes Pfand laufen?«

Roya gab Ibonuk einen Beutel. »Der Grint gewiss nicht, aber man könnte damit seine Wachen bestechen.«

»Das Beste wäre, wir würden zusammen mit der Fürstin einen Plan machen. Vielleicht kannst du dazu dein Amulett benutzen.«

»Eine gute Idee.« Sie blieb nachdenklich stehen. »Du bist gar nicht so dumm wie du aussiehst. Alle Achtung!«

»Sehe ich dumm aus?« Ibonuk schaute betroffen an sich hinunter; dabei trug er eine dezent karierte Hose und ein passendes Hemd. Auch sein Wams passte farblich dazu. Enttäuscht blickte er Roya an und seufzte. Er hatte gedacht, Roya habe Gefallen an ihm gefunden.

»Nein, überhaupt nicht. Das war nur ein Scherz.« Sie strich ihm übers das Gesicht. »Du siehst sogar richtig gut aus. Und klug bist du auch. Dein Herz ist sicherlich mehr wert als all diese Glitzersteine.« Ibonuk strahlte übers ganze Gesicht und seine Nase färbte sich rot.

Roya zog das Band von ihrem Hals. Vorsichtig kratzte sie über den Stein. »Nichts zu hören«, murmelte sie. »Ob Moghora noch lebt?«

»Gib nicht auf.«

Roya bückte sich und befeuchtete das Amulett mit dem Wasser des Sees. Dann probierte sie es erneut.

»Nichts.«

»Und jetzt? Zurück in die Marmorstadt?«

»Ich höre etwas.« Ibonuk nahm ihr das Amulett aus der Hand. »Schau, es flackert.«

Roya griff sofort danach.

»Du willst uns wieder ins Verlies bringen lassen? Habe ich als Fürstin deines Reichs nicht Anspruch auf entsprechende Räume?«, erklang aus dem Stein.

»Was?« Roya schleuderte das Amulett erbost fort. »Diese falsche Schlange hat zugestimmt, die Frau des alten Grint zu werden! Ich wusste, dass sie habgierig und gemein ist. Sie brachte Lybios absichtlich ins Verderben. Wahrscheinlich wollte sie ihn sogar loswerden.«

»Nun beruhige dich.« Ibonuk hob das Amulett auf. »Das war nicht der Tonfall, in dem sie sonst redet. Ich glaube nicht, dass sie einfach so zugestimmt hat.« Er reichte Roya den Stein. »Mach es noch einmal.«

Roya seufzte. »Hoffentlich hast du recht.« Sie benetzte den Stein mit dem Seewasser.

»Du wirst noch viel lernen müssen, was Frauen anbelangt, mein Lieber.«

Roya sah Ibonuk an und feixte. »Jetzt glaube ich es auch.

Sie zwitschert wie ein dummes Täubchen. Ich wusste, dass sie durchtrieben ist.« Sie kicherte bei der Vorstellung, wie Moghora jetzt um den Grint herumscharwenzeln mochte.

»Nun, was ist? Worauf warten wir?« Die Nymbianerin nickte. Ibonuk nahm sein Kratzhörnchen auf den Arm und Roya an die Hand.

***

Roya lugte vorsichtig nach allen Seiten, als sie vor der Marmorstadt aus dem Schattensee stieg. »Ich glaube, die Luft ist rein.« Sie reichte Ibonuk die Hand. »Weit und breit nichts zu sehen. Merkwürdig. Ich hätte zumindest einige Wachen vermutet. Wofür habe ich meine Dolche mitgenommen?« Sie fasste an den Gürtel und vergewisserte sich, dass sie gut befestigt waren.

»Ich bin gar nicht scharf darauf zu kämpfen«, meinte Ibonuk. Er rieb das Kratzhörnchen trocken, dessen Fell am Körper klebte. »Seit ich dich kenne, komme ich überhaupt nicht mehr zur Ruhe. Dabei wollte ich friedlich in meinem Wald leben.«

»Und ich in meiner Höhle. Bis Moghora auftauchte und alles durcheinander brachte. Sobald ich meinen Bruder gefunden und zur Vernunft gebracht habe, werde ich zurückkehren. Dann kann sie mich so oft rufen wie sie will.« Sie beschirmte die Augen mit beiden Händen, weil die Sonne sie blendete. »Was machen wir? Gehen wir wieder durchs Labyrinth in den Palast?«

Ibonuk verzog den Mund. »Ehrlich gesagt würde mir die andere Richtung besser gefallen.« Er schaute zum Wald. »Sieh mal!« Dahinter, hoch am Horizont, flatterten bunte Wimpel in der Luft. Ibonuk deutete darauf. »Was, im Namen des Krox, geschieht dort hinten?«

»Ein Zelt! Als ob dort ein Fest veranstaltet wird. Was hat das zu bedeuten? Der alte Grint, dieser Feigling, geht nie vor seine Stadtmauern.«

Ratlos zog Ibonuk die Schultern hoch. Er ahnte Schlimmes: Wie er Roya inzwischen kannte, würde sie der Sache auf den Grund gehen wollen »Was jetzt? Durchs Labyrinth oder in die andere Richtung?« Wenn er ehrlich war, bevorzugte er mittlerweile sogar das Labyrinth.

»Wir müssen herauskriegen, was da drüben vor sich geht. Wie sieht es mit deinen Kräften aus?« Die Nymbianerin stieß ihm den Ellenbogen in die Seite und huschte hinter den nächsten Strauch.

Eilig hüpfte Ibonuk ihr nach. Seitdem er die kleine Roya kannte, war sein Leben voller Abenteuer. Vorsichtig sprangen sie Stück für Stück vorwärts, stets darauf bedacht, im Dickicht des Unterholzes zu bleiben. An den Rand der Lichtung robbten sie sich schließlich auf dem Bauch heran.

»Schau dir das an«, wisperte Roya. »Das sieht mir nach einer Hochzeit zwischen der Fürstin und dem alten Grint aus. Ich habe doch geahnt, dass sie ein falsches Spiel betreibt. Diese verdammte Hexe. Und das Feuerpferd hat sie auch.«

Ibonuk legte einen Finger auf den Mund. Als der alte Grint mit der Fürstin um den Altarstein schritt, hielt er den Atem an und kniff die Augen zusammen, um besser zu sehen. Plötzlich stieß er Roya in die Seite: »Da stimmt was nicht. Sieh dir mal ihre Augen an. Jetzt fordert er sie auf, ihn zu küssen. Roya, wir müssen etwas unternehmen, sonst werden wir niemals in unseren Höhlen glücklich sein.«

»Verrate mir, was?«, wisperte sie. »Die gesamte Armee der Marmorstadt ist dort versammelt. Die erledigen uns wie Ameisen.«

»Halt deine Dolche bereit«, sagte Ibonuk todesmutig und robbte davon.

»Bist du verrückt geworden?« Roya kroch aus dem Schutz des Buschs hinter ihm her und wollte ihn am Fuß festhalten, aber Ibonuk entwischte ihr. Das Kratzhörnchen hockte auf seinem Rücken und zog vorsichtshalber den Kopf ein.

Plötzlich hielt der Zwerg inne und brüllte: »Roya! Roya! Guck dir das an! Sie hat einen Dolch und will ihn erstechen. Ich wusste es, da geht Unheimliches vor.« Er sprang auf die Beine und lief auf das Zelt zu.

»Ibonuk, bist du wahnsinnig?« Roya rannte hinter ihm her und bekam ihn am Hemd zu packen. Da explodierte das Zelt mit einem ohrenbetäubenden Knall. Trümmerteile flogen durch die Luft, fielen überall auf der Lichtung nieder. Wie erstarrt blickte die Nymbianerin mit weit aufgerissenen Augen auf das Geschehen. Ein Stöhnen brachte sie in die Gegenwart zurück. Ibonuk sackte zu Boden, der Hemdzipfel entglitt ihren Fingern.

»Ibonuk?« Sie stürzte sich über ihn. »Ibonuk? Was hast du?« Sie sah aus einer Seite Blut quellen. In Windeseile riss sie sein Hemd auf. Rechts klaffte eine tiefe Wunde. Sein Gesicht wurde kreideweiß. »Ach Ibonuk, du Dummer«, jammerte sie. Tränen liefen ihr übers Gesicht. Sie presste ihre Hand auf die Verletzung.

Plötzlich spürte sie, wie eine große Kraft durch ihren Körper floss. Roya erbebte, schloss die Augen, konzentrierte sich auf ihren Freund und suchte in ihrem Gedächtnis die

Formeln der großen Weisen des Schattenreichs. *»Kadamm laya radam, Ibonuk. Kadamm laya radam, Ibonuk«*, flüsterte sie schluchzend. Ihre Tränen fielen auf die Wunde des Zwerges. Nach einer Weile öffnete sie die Augen. Ihr Zittern ließ nach; sie sah auf ihre Hände hinunter, die auf Ibonuks gleichmäßig atmenden Körper lagen. Der Blutstrom war versiegt.

Royas Gesicht erhellte sich. Zart strich sie über seinen Bauch. Der Zauber der Weisen aus dem Schattenreich hatte seine Wirkung gezeigt. Sie verschloss Ibonuks Wunde mit der Hand und knöpfte sein Hemd zu. Mit einem tiefen Seufzer wandte sie ihr Gesicht zum Himmel und bedankte sich. Sie erkannte, wie viel Ibonuk ihr bedeutete. Gleichzeitig war ihr jetzt klar, dass Moghora kein falsches Spiel gespielt hatte, sondern das Übel des alten Grint mutig mit dem Todesstoß beseitigen wollte.

Sie kniete tief in Gedanken neben Ibonuk, als der Zwerg die Augen aufschlug. Er blinzelte und griff nach ihrer Hand auf seinem Bauch.

»Sind wir zu Hause?«, fragte er und fasste sich an die Stirn.

»Krox sei Dank!« Die Nymbianerin wischte rasch die restlichen Tränen weg, die auf ihren Wangen glänzten. Ibonuk durfte nicht sehen, dass sie geweint hatte. Sie weinte so gut wie nie, erst recht nicht um einen Zwerg. Innerlich musste sie selbst über ihre Gedanken lachen. Sie war so glücklich darüber, dass er lebte, dass gleich die nächste Träne ihre Wange hinunterrollte und auf sein Gesicht fiel.

»Was ist los?« Er rappelte sich hoch.

»Nichts weiter. Du wolltest den Helden spielen«, meinte

Roya, um Gleichgültigkeit bemüht. »Das hat allerdings nicht geklappt. Irgendwer ist dir zuvor gekommen. Es knallte, das Zelt flog in die Luft und ein Teil davon erwischte dich.« Sie stand auf und reichte ihm die Hand. »Lass uns nachsehen, was dort hinten passiert ist. Sei dieses Mal bitte vorsichtiger. Ich kann dich nicht ständig von den Toten erwecken.« Sie stupste ihn auf die Nase.

»Weißt du, dass du die netteste Nymbianerin bist, die ich je in meinem Leben kennengelernt habe?« Er griff ihr in die Haare und drückte anschließend einen Kuss auf ihren Mund.

Roya schluckte. »Kennst du denn so viele?« Ihre Stimme klang rau.

»Überhaupt keine einzige, bloß dich.« Ibonuk fasste übermütig ihre Hand und zog Roya weiter.

»Still«, rief sie gleich darauf und stieß Ibonuk hinter ein Gebüsch. »Da ist jemand.« Sie lugten durch die Zweige. »Das ist ein Sterblicher«, wisperte sie. Eine Falte stand zwischen ihren Augenbrauen. »Wie ist der hierher gekommen?«

»Kennst du ihn?« Ibonuk legte einen Arm um Royas Schulter, zog sie zurück und beobachtete den Mann.

30

Doriano wuchtete den zerschlagenen großen Spiegel seiner Mutter in den Hof und lehnte ihn an die Hauswand. »Habe ich nicht eben ein Pferd gehört?«, rief er zu Rosalba hinüber.

»Das war Federico. Er fragte nach Silvana und ist sofort wieder weg.«

Doriano seufzte. »Also hat er sie nicht gefunden.«

Rosalba legte ein Kleid in den Wäschekorb zurück und ging zu ihm. »Sie wird bald zurückkommen. Kein Mensch verschwindet einfach.«

»Dessen bin ich mir nicht mehr so sicher.« Er hockte sich vor den Spiegel und löste die restlichen Scherben aus dem Rahmen.

»Warum hat Federico den von Mauro zusammengestellten Suchtrupp nicht losgeschickt, um Silvana zu suchen?«

Doriano runzelte die Stirn. »Zu dem Zeitpunkt war sie noch da!«

»Wie?« Rosalba blickte ihn einen Moment verwirrt an. »Ja, natürlich. Ich bin ganz durcheinander. So viele merkwürdige Dinge sind in kurzer Zeit geschehen.«

»Ist dir das auch aufgefallen?«

Rosalba nickte eifrig. »Würdest du es nicht eigenartig finden, wenn du aufwachst und aus deinem Schrank steigt eine Zwergin mit lila Haaren? Sie wollte dich übrigens sprechen.«

»Rosalba, du spinnst. Lila Zwerge!«

»Überhaupt nicht.« Sie zog ihr Beutelchen aus der Tasche. »Hier, das ist der Beweis. Von ihr hab' ich diese Rubine. Im Tausch gegen die Kette, die ich in deiner Hosentasche gefunden habe.«

Doriano nahm einen Stein in die Hand. »Die Kette«, murmelte er. »Ich hatte sie am Schattensee gefunden, als wir diesen Mann verfolgten.« Er setzte sich auf den Boden. »Du hast sie einfach eingesteckt und dieser Zwergin gegeben?«

»Du warst bereits weg, als ich eure Kleider gewaschen habe«, log sie. »Und diese Roya behauptete, sie gehöre ihrem Bruder.«

»Sie hat dich angelogen.« Doriano steckte den Stein in das Beutelchen zurück. »Da war ein seltsamer Mann am See; er wollte das Fohlen stehlen. Kein Zwerg. Er hat die Kette verloren, als er verschwand. Anschließend tauchte er noch einmal auf und fiel über Silvana her. Ich musste ihn erschießen.«

»Es tut mir leid.«

»Dass ich ihn erschossen habe?«

»Nein. Dass ich die Kette weggegeben habe.« Rosalba zögerte einen Moment. »Also eigentlich hat die Zwergin sie mir abgenommen.« Sie wog den Beutel in der Hand und betrachtete Doriano aus den Augenwinkeln. Hastig, als müsse sie es aussprechen, bevor sie es sich anders überlegte, stieß sie hervor: »Ich schenke dir die Rubine. Die Kette gehörte dir.«

Er starrte sie entgeistert an. Seine Augen begannen zu leuchten. »Rosalba.« Er räusperte sich. »Weißt du, was du da tust?«

Sie nickte eifrig und legte ihm den Beutel in den Schoß. »Ich habe mir überlegt ... ich dachte ...« Sie verknotete ihre Finger. »Ich bin es leid, für fremde Leute Wäsche zu waschen. Mehr will ich gar nicht. Was soll ich mit einem feinen Leben in der Stadt? Ich will was Richtiges.«

Doriano zog sie an sich. »Und was wäre das, Rosalba?«

Sie wehrte sich nicht, bog aber den Kopf ein Stück zurück und sah ihn ernsthaft an. »Du weißt es.«

Er nickte und strich ihr zärtlich mit einem Finger über die Lippen. Dann ließ er sie los. »Aber zuerst muss ich mich um den Wiederaufbau kümmern.«

»Mit dem Geld, das wir für die Rubine bekommen, wird das Haus ganz schnell wieder schön.« Andächtig berührte sie den Rahmen und fuhr die Linien der Intarsien ab. »Das sieht aus wie eine alte Schrift.«

Als sie den Kreis vollendete, leuchteten die Linien auf. Im nächsten Augenblick war Rosalba verschwunden.

***

Federico landete ungeschickt in dichtem Unterholz. Er ruderte heftig mit den Armen, um nicht hinzufallen; dann fand er die Balance wieder.

Die Landschaft kannte er nicht; jedenfalls war dies nicht der Wald am Schattensee. Ihn beschlich eine Ahnung, dass er gar nicht in seine Welt zurückgekommen war. Gewiss hätte er sich nicht derart vertan, wenn nicht diese Hexe ihre Hand im Spiel gehabt hätte. Wütend schleuderte er die Zauberkugel mit einem Fußtritt ins Gestrüpp.

Jemand schrie auf.

Erschreckt schaute Federico sich um, konnte aber niemanden entdecken. Wenn das so weiterging, würde er demnächst womöglich Elfen und Zwerge sehen. Was hier alles schief lief, war Silvanas unüberlegtem Eingreifen zuzuschreiben.

Federico entschloss sich, zum Zelt zurückzukehren. Bestimmt fand er dort die Fürstin. Er musste sie in seine Gewalt bringen. Er benötigte keine Zauberkugel, um der Herrscher eines großen Reichs zu sein. Bei reiflicher Überlegung fand er Moghoras Anschlag auf den Alten fabelhaft; darauf hätte er gleich kommen können. Zukünftig würde er als König in dem prunkvollen Palast wohnen und die Stadt regieren – neben ihm die schöne Fürstin des Schattenreichs. Federico warf den Kopf in den Nacken, lachte laut und rannte los. Plötzlich vernahm er erneut ein Geräusch aus einem hohen Busch.

»Herr?«

Der Gutsbesitzer blieb stehen. So langsam wie möglich drehte er sich um in der Erwartung, jetzt tatsächlich einen Zwerg oder eine Elfe zu erblicken.

»Rosalba?« Seine Augen weiteten sich vor Staunen, als er die Wäscherin erkannte. Er schwitzte plötzlich und wischte sich mit dem Handrücken über die Stirn. Mit gestrecktem Zeigefinger ging er auf sie zu, in der Hoffnung, dass diese Vision wie eine Seifenblase zerplatzte.

Rosalba hielt die Hand vor den Mund und starrte ihn mit genauso großen Augen an wie er sie. »Wo bin ich? Das ist nicht Silvanas Hof.« Dann griff sie nach einem Zipfel ihrer Schürze und zog ihn hoch, als ob sie sich daran festklammern wollte.

Federico hielt in seiner Bewegung inne und kniff die Augen zusammen. »Du bist kein Geist, oder? – Was willst du hier?«, herrschte er sie an. »Spionierst du mir nach? Bist du im Auftrag von Doriano hier?«

»Nein, Herr.« Rosalba wich zurück, bis sie einen Baumstamm im Rücken spürte. Wie von Sinnen sprang Federico auf die Magd zu, packte sie an der Schulter und schüttelte sie heftig hin und her. Dabei fielen ihm die Haare wirr in die Augen, sein Gesicht verzerrte sich zu einer Fratze. Rosalba schrie auf und zerrte an seinen Fingern. Aber in dieser Hand hatte er so viel Kraft, dass sie die Umklammerung nicht lösen konnte. Schwungvoll hob sie das Knie hoch und rammte es Federico in den Unterleib. Mit einem Aufschrei ließ er von ihr ab und stürzte in einen Brombeerstrauch.

»Du Teufelin!«, brüllte Federico. »Das wirst du mir büßen.« Er stöhnte und presste seine Hand in den Schritt; taumelnd richtete er sich wieder auf.

Rosalba sprang hinter eine verdorrte Zistrose.

»Du Tölpelin, kannst du nicht aufpassen, wohin du hüpfst?« Roya richtete sich zur vollen Größe auf.

Rosalba tat einen Schritt zur Seite, stolperte und purzelte rücklings über Ibonuk.

Der Zwerg rieb sich den Arm. »Kennst du sie etwa?«

Als Rosalba loskreischte, zupfte Roya sie am Rocksaum. »Beruhige dich; es ist alles halb so schlimm. Du bist im Schattenreich.« Sie wandte sich an Ibonuk. »Das ist das Mädchen vom Weingut. Sie besaß Lybios' Amulett. Ich habe es gegen ein paar Rubine von ihr zurückgetauscht.«

»Und weshalb ist sie jetzt bei uns? Will sie noch mehr?«

»Nein, nein.« Rosalbas Stimme zitterte. »Ganz bestimmt nicht. Ich weiß überhaupt nicht, wie ich hierhergekommen bin.«

Sie zeigte auf Federico, der gerade einen Busch zur Seite schob und mit gerunzelter Stirn das Bild betrachtete, das sich ihm bot.

Die Nymbianerin und der Zwerg, der auf dem Boden kauerte, bestätigten seine Befürchtung, dass es in dieser Welt Elfen und Zwerge gab. Da er nicht wusste, welche Rolle sie spielten und wie viel Macht sie besaßen, tat er gut daran, sich mit ihnen zu vertragen. Und Rosalba mochte als Unterstützung nützlich sein. Also setzte er eine freundliche Miene auf, streckte der Magd die Hand entgegen und zog sie hoch. »Entschuldige mein unbeherrschtes Verhalten.« Mit einem Lächeln wandte er sich an Roya. »Sie gehört zu mir. Sie ist leider etwas ungeschickt.«

»Ach ja?« Roya kratzte sich am Kopf. »Ich hatte vorhin einen anderen Eindruck.«

»Verzeih mir, Rosalba, erzähl mir lieber, wie du hierher gekommen bist.«

Rosalba trat einen Schritt zurück, als er näher kam. Sie musterte ihn skeptisch, verunsichert von seinem launischen Verhalten. Heftig kniff sie sich an den Arm. Es schmerzte und die Haut rötete sich.

»Du träumst nicht«, erklärte Federico freundlich. »Wir befinden uns auf der anderen Seite des Schattensees.«

»Nein, das kann nicht sein.« Immer noch ungläubig ließ sie ihren Blick über die Landschaft schweifen, alles mutete sie fremd an. »Ich kann nämlich gar nicht schwimmen«, fügte sie lahm hinzu.

»Wahrscheinlich möchtest du wieder zurück?«, begann er vorsichtig. »Ich kann dir dabei helfen. Du musst mir vertrauen. Du kennst mich lange Jahre. War ich jemals ungerecht zu dir?«

»Nein, Herr ...«, stotterte Rosalba. Sie erinnerte sich an die täglichen Wäscheberge. Bei Doriano gefiel es ihr besser. Wenn sie nur wüsste, welcher Weg zu ihm zurückführte. Hilfe suchend blickte sie von Federico zu Roya und Ibonuk.

»Wir müssen dort oben hinauf.« Federico machte eine unbestimmte Bewegung zum Waldrand. Dort sah Rosalba etwas Buntes durch die Bäume schimmern. »Von da kommen wir nach Hause.«

Zusammen mit ihm zurückzukehren lockte sie nicht.

Roya wies in die entgegengesetzte Richtung. »An eurer Stelle würde ich den Weg durch den See wählen. Er ist die einzige Verbindung in die Andere Welt.«

Rosalba seufzte. In einen See zu springen wagte sie nicht. »Du versprichst mir, mich nach Hause zu bringen?«, fragte sie Federico.

»Habe ich je in meinem Leben gelogen?« Federico zwinkerte und streckte ihr die Hand entgegen. Rosalba würde er noch schneller um den Finger wickeln als Silvana und Concetta. Er grinste.

»Deine Entscheidung solltest du dir gut überlegen, Rosalba.« Roya wiegte den Kopf hin und her, als sie Federicos Gedanken erfasste. Sie begriff, dass er böse war. »Du darfst nicht jedem trauen.« Sie stapfte mit Ibonuk durchs Gestrüpp zu dem zerstörten Festzelt. Die Zeit drängte. Sie musste feststellen, was dort geschehen war und wo sich Lybios befand.

»Wartet! Ich komme mit euch.« Rosalba lief ihnen nach, worauf Federico ihr wütend hinterher fluchte: »Dumme Pute!« Da wusste sie, dass sie sich richtig entschieden hatte.

31

Beeil dich, es bleibt uns nicht viel Zeit.« Moghora drückte Silvana die restlichen Kräuter in die Hand. Mit gerafften Röcken beugte sie sich über den alten Grint. »Er lebt. Dein verrückter Federico ist mir dazwischengekommen.«

»Willst du ihn wirklich töten?«

»Was hast du gedacht!« Moghora lachte laut. »Aber erst werde ich die Ehe vollziehen und in die Marmorstadt als rechtmäßige Fürstin einziehen.«

»Du verlierst damit deine Zauberkräfte.«

»Alles Unfug. Das glaubte er, weil ich es ihn glauben ließ.« Sie griff nach dem Dolch, der im Gras lag. Langsam beugte sie sich über den alten Grint; dicht vor seinem Mund hielt sie inne. »Mein Lieber«, flüsterte sie, »jetzt erreichst du, was du dir so lange gewünscht hast. Ich mache dich zu meinem Gemahl.« Sie senkte ihre Lippen auf die seinen. Er stöhnte dumpf. Moghora hob den Arm und versetzte ihm mit aller Kraft den Todesstoß.

Sie richtete sich auf, stemmte die Hände in die Hüften und betrachtete ihn. »Er hat es verdient«, sagte sie. »Viele Jahre hat er dieses Volk unterdrückt, es versklavt und getötet, wann immer ihm danach dünkte. Jetzt liegt es an uns, das Schattenreich wieder zu dem zu machen, was es einst war.«

»Welche Aufgabe habe ich?«

»Natürlich *Feu* und das Feuer nach Seoria zu bringen, wie ich dich geheißen habe. Mein Volk friert und hungert. Vorher müssen wir allerdings die Stadt vernichten.«

»Du meinst, alle Twehts töten?« Auch Lybios' Tod rechtfertigte das in Silvanas Augen nicht.

»Natürlich nicht. Dieses arme Volk litt seit Jahrhunderten unter der Herrschaft dieses Ungeheuers. Es musste sein Dasein in kalten Mauern fristen, obwohl es früher unter der Sonne in der freien Natur lebte. Er«, sie zeigte auf den Alten, »zwang die Twehts, ihm untertan zu sein.«

Moghora fasste *Feu* in die Mähne. »Komm, mein Prinz«, flüsterte sie ihm ins Ohr. »Jetzt ist deine Stunde gekommen. Bring das Feuer in die Marmorstadt und anschließend nach Seoria.«

Kein Tweht hielt sie auf, niemand stellte sich ihnen in den Weg. Als Moghora und Silvana mit *Feu* die marmornen Stadtmauern erreichten, waren die Wachtürme unbesetzt, das schwere Eisentor stand weit offen.

»Richtig unheimlich.« Silvana betrachtete die leeren, weiß gepflasterten Straßen. »Wie kann man in einer solch eiskalten Stadt leben, wie überhaupt existieren?«

»Dieses Reich wird es nicht mehr lange geben.« Als sie durch das Eisentor schritten, klapperten *Feus* Hufe laut auf den Steinen. »Bald haben wir es geschafft. Seoria ist gerettet.«

»Ihr bleibt, wo ihr seid!«

Erschrocken blieb Silvana stehen. Die Stimme kannte sie. »Federico?«

»Halt den Mund!« Mit einer Handbewegung gebot er ihr zu schweigen. »Fürstin, übergebt mir das Fohlen!«

»Es gehört dir nicht.« Moghora reckte den Kopf. »Niemand wird es mir streitig machen. Du erst recht nicht.«

»Du täuschst dich.« Aus Federicos Kehle drang ein unheimliches Lachen. Sundar trat mit einer bewaffneten Einheit von Twehts aus dem Palast. »Wem die Armee gehorcht, der hat die Macht. – Schließt das Tor!« Langsam bewegten sich die schweren Flügel und fielen mit einem dumpfen Ton zu. Sie waren erneut gefangen.

»Willkommen in meinem Reich!« Mit ausgestreckten Armen ging Frederico auf die Fürstin zu. »Darf ich Euch geleiten?«

Silvana blieb der Mund offen stehen. Was war in Federico gefahren?

Moghora zwinkerte ihr unbemerkt zu. *Du weißt, was du zu tun hast*, vernahm Silvana. *Denk an die Kräuter, verliere sie nicht. Sie sind wichtig. Egal, was mit mir passiert, bring Feu auf die Insel Seoria. Nimm auf niemanden Rücksicht und lass dich nicht durch falsche Worte täuschen.*

Silvana schaute von Federico zur Fürstin. Ihr Blick versank in Moghoras Augen, die sie nicht mehr loslassen wollten. *Ich bringe Feu nach Seoria.*

Die Fürstin senkte den Kopf. Silvana würde ihre Aufgabe erfüllen; sie besaß ein starkes Herz.

»Was ist, Fürstin?« Federico hielt ihr seine Hand hin. »Darf ich Euch als meinen Gast begrüßen?«

»Wie kommst du darauf, dass du der Herr dieses Reichs bist?«, fragte sie. »Bis vorhin regierte hier der alte Grint und ich habe mich kurz vor seinem Tod mit ihm vermählt. Also gehört diese Stadt mir und nicht dir.«

»Ihr habt ihn vorher ermordet.«

»Er lebte, als du die Feier frühzeitig verlassen hattest. Ich habe die Ehe mit einem Kuss besiegelt. Erst danach erhielt er von mir den Todesstoß. Deshalb fordere ich dich auf, meine Stadt zu verlassen.« Unbeirrt ging sie weiter.

»Du bleibst.« Federico winkte Sundar herbei. »Er wird dich ins Verlies bringen.«

Los, vernahm Silvana. Ohne lange zu überlegen, sprang sie auf *Feus* Rücken. Wie der Blitz schoss das Fohlen zum Palast. Zu ihrer Überraschung trug das kleine Pferd sie sicher und fest. Vor dem mit Edelsteinen verzierten Thron des alten Grint blieb es stehen.

»Was soll ich tun?« Von den Wänden des Prunksaals hallten Silvanas Worte laut zurück.

Zerstöre die Kristalle an den Wänden. Silvana zog eine Lanze aus ihrer Halterung an der Wand. Mit schwungvollen Hieben zerstörte sie einen Kristall nach dem anderen, in denen die riesigen Glühwürmer eingeschlossen waren. Bald krochen sie zu Hunderten auf dem glatten Marmor hinaus ins Freie.

»Und jetzt?«

Zerreibe das Feuerkraut und verteile es im Saal. Den Flammendost behalte noch, den benötigen wir später.

Silvana gehorchte. Plötzlich vernahm sie von der Freitreppe Stimmen und Schritte.

»Sie kommen!«, rief sie, »was machen wir jetzt?«

Folge Feu. *Feu* trabte zu einer Wand und schob mit seinen Hufen einen Quader zur Seite. *Versteckt euch, dort seid ihr sicher.*

Silvana schlüpfte durch den Spalt.

An den Händen gefesselt, wurde Moghora von Sundar in den Saal geführt. Federico stolzierte auf den Thron zu, begutachtete das weiche, rote Samtpolster, strich mit der Hand darüber und setzte sich. Er breitete die Arme weit aus. »Willkommen in meinem Reich!«, rief er. Wie zum Hohn warfen die glatten Marmorwände seine Worte zurück.

Moghora bemerkte, dass alle Kristalle an den Wänden zerstört waren. Auf dem Boden lagen die fein zerbröselten Kräuter.

»Verbeuge dich vor deinem neuen Herrn.« Federico winkte sie mit einer Handbewegung heran und Moghora gehorchte. Sundar blieb neben ihr stehen und beobachtete sie argwöhnisch.

Plötzlich schob sich *Feu* an Silvana vorbei in den Saal. Bevor jemand reagieren konnte, bäumte er sich mit einem lauten Wiehern auf. Ein Feuerstrahl schoss aus seinem Maul. Die Kräuter gerieten in Brand, die Glut verbreitete sich auf dem Steinboden des Saals wie ein Teppich. Aber statt dass die Pflanzen verbrannten, vermehrten sie sich. Nach wenigen Sekunden stand die Halle in Flammen.

»Nein!«, schrie Silvana und sprang aus ihrem Versteck hervor. »Moghora! Federico!«

Feu stieß sie um.

Sag den Zauberspruch. Sonst verbrennst du.

»Welchen Zauberspruch?«

Assachla Daramm.

»*Assachla Daramm*!«, schrie Silvana, stand auf und stürmte hinaus.

***

248

Nach dem Umweg über den Festplatz gelangten Roya, Ibonuk und Rosalba zum Stadttor. Im letzten Moment, bevor Sundar und seine Leute es verschlossen, schlüpften sie unbeachtet hindurch.

»Was geht hier vor?«, flüsterte der Zwerg. »Warum gehen sie freiwillig zum Palast anstatt mit dem Fohlen nach Seoria zu verschwinden?«

»Moghora will meinen Bruder befreien.«

Roya schlich an den glänzenden Wänden der Häuser entlang und beobachtete, wie die Fürstin mit den Sterblichen im Palast verschwand.

»Schau dir das an.« Ibonuk zeigte auf einen riesigen Glühwurm, der kurz danach durch eine Öffnung in der Marmorwand nach draußen kroch.

Roya lächelte wissend. »Sie hat es geschafft. Moghora hat das Feuer von Seoria freigesetzt. Jetzt muss es wieder entzündet werden.« Bevor sie den Satz zu Ende sprach, schoss eine Stichflamme aus dem Portal des Palastes.

Ibonuk sprang mit einem gewaltigen Satz zurück, fasste Roya am Ärmel und zog sie hinter einen Mauervorsprung. »Meinst du das mit dem Feuer von Seoria?«, brüllte er. »Das ist ein Inferno. Sie verbrennen alle darin!«

»Irgendetwas ist schief gelaufen.« Roya robbte hinter der Mauer hervor und hastete geduckt die Treppe hinauf. Rosalba stand wie erstarrt auf der Treppe zum Palast. »Weg hier!« Sie zerrte die Magd an der Schürze hinter sich her. Rosalba purzelte die Stufen herab. Ibonuk stellte sich in den Weg und bremste ihren Fall.

»Wir müssen aus der Stadt heraus!«, befahl Roya.

»Und was geschieht mit den anderen, die da drin sind?«

Roya senkte den Kopf. »Denen können wir nicht mehr helfen. Ich hoffe, Moghora besitzt Verstand genug, sich und Lybios zu retten.«

∗∗∗

Silvana sprang über die brennenden Kräuter. Der Zauberspruch wirkte. Die Flammen züngelten an ihr hoch, aber verbrannten sie nicht.

Federico stand auf dem Thron, dessen Beine schon in Flammen standen. Moghoras Kleider fingen Feuer. Sundar ließ sie los und rannte schreiend zum Ausgang, stürzte über einen zerbrochenen Kristall und blieb liegen.

Moghora wälzte sich über den Boden und Silvana beugte sich zu ihr hinunter, um sie hinauszuzerren.

»Bring mich hier raus«, japste Federico. Er bekam kaum Luft. »Silvana, ich bin dir immer ein guter Freund gewesen. Hilf mir, so wie du mir am Berg geholfen hast. Ich weiß, dass du stark bist. Sie dagegen ist schwach und unwichtig.« Er kniete sich hin und streckte Silvana die Hand entgegen.

Silvana zögerte, hielt in ihrer Bewegung inne. Federico! Ihr Herz schrie.

»Silvana, hilf mir! Liebst du mich denn nicht?« Federico versuchte aufzustehen. Seine Kleidung hatte sich zwischen den Polstern verklemmt.

Lass dich nicht durch falsche Worte täuschen.

Silvana schüttelte verzweifelt den Kopf. Sie griff nach Moghora und zog die Fürstin hinter den Quader. Dann verschloss sie mit dem Steinblock den Weg in den Prunksaal.

Feu stieß sie an. Das hast du gut gemacht. Lass uns gehen.

»Wohin?« Silvana wischte mit dem Handrücken den Schweiß von der Stirn.

Nach Seoria natürlich.

»Unsere Arbeit ist noch nicht beendet.« Die Fürstin strich über *Feus* Mähne.

Überrascht blieb Silvanas Blick an ihr hängen. »Bist du in Ordnung?«, fragte sie erfreut.

»Dank deines mutigen Einsatzes.« Die Fürstin des Schattenreichs erhob sich flink. »Hast du den Flammendost?«

»Natürlich. Was willst du damit? Es brennt bereits alles.«

»Nur der Palast. Jetzt müssen wir das Feuer nach Seoria bringen. Komm.«

Silvana zögerte. »Was passiert mit Federico?« Sie ließ den Kopf hängen. »Wird er verbrennen?«

»Liegt dir so viel an ihm?« Die Fürstin strich ihr übers Haar.

Silvana schwieg. Moghora holte die Kristallkugel aus ihrem Gewand, wärmte sie mit den Händen und schloss die Augen.

»Du hast behauptet, die Kugel würde nicht wirken«, sagte Silvana, als Moghora sie wieder wegsteckte.

»Durch das Feuer kehren die magischen Kräfte zurück«, erklärte Moghora. »Aber sie reichen nicht sehr weit. Deinen Federico findest du am Schattensee wieder. Und nun komm.«

Moghora schritt voraus, *Feu* an ihrer Seite. Seufzend folgte Silvana. Wie gerne würde sie jetzt zu Hause bei Doriano sein. Durch einen kleinen Tunnel gelangten sie ins Freie.

»Moghora!« Roya stellte sich ihnen in den Weg. »Ich dachte, du wärest endlich in der Hölle des Krox verbrannt.«

»Deine giftigen Bemerkungen kannst du dir sparen.« Die

Fürstin zog eine Augenbraue hoch. Dann besann sie sich. Sie wusste, dass ihr das Schlimmste noch bevorstand.

»Wo ist Lybios?« Roya trat auf sie zu. »Hast du es etwa gewagt, ihn zurückzulassen, um dein eigenes, lausiges Leben zu retten?« Sie ballte ihre Hände.

Mühsam hielt Moghora ihre Tränen zurück. »Lybios hat sich für Seoria geopfert.« Ihre Stimme brach; sie flüsterte. »Er sprang vor meinen Augen in die Schlangengrube. Um ihn zu retten, wollte ich dem alten Grint meine Hand reichen; aber dein Bruder ließ es nicht zu.«

»Nein, das glaube ich dir nicht.« Roya stand wie versteinert. Ibonuk nahm sie in den Arm. Langsam drehte sich die Nymbianerin um und schlich mit hängenden Schultern davon.

»Roya!«, rief Moghora hinter ihr her. »Lybios hat den Bewohnern Seorias das Leben gerettet. Dein Bruder ist ein Held.« Sie rannte hinter der Nymbianerin her. »Lass uns Frieden schließen.« Moghora streckte die Hand aus.

Roya nickte unter Tränen. »So mag es sein. Für jetzt. Aber wir sehen uns wieder.«

»Was wirst du tun?« Die Fürstin hielt Royas Hand fest umschlossen.

»Sie geht mit mir«, erklärte Ibonuk. »Wir bauen uns eine große Höhle und führen ein gemütliches Leben. Solche Abenteuer verkrafte ich auf Dauer nicht.«

»Ich wünsche euch Glück.« Moghora ließ Royas Hand los. »Und vergesst nicht, mich in meinem Turm zu besuchen.« Sie biss die Zähne zusammen, dass sie knirschten.

Atem holend bat Moghora Silvana: »Reich mir den Flammendost.«

Silvana überließ ihr das Kraut. »Wozu ist es gut?«

»Das wirst du gleich sehen.« Sie riss einzelne Blätter davon ab und verteilte sie gleichmäßig auf dem Weg zum Stadttor. Sofort krochen die Glühwürmer herbei und fraßen die Blätter.

Mit Erstaunen stellte Silvana fest, dass sich die Tiere in Windeseile verdoppelten. »War es das, was der alte Grint wollte?«

»Richtig. Die Feuerformel, die er so gerne in Erfahrung bringen wollte. Dabei wächst das Zeug vor seiner Tür.« Sie packte Silvana am Arm. »Lass uns schnell verschwinden, bevor sie sich zu Tausenden vermehren und die Stadt vollends in Flammen setzen.« Eilig schloss Moghora das Stadttor. »Sie werden ganze Arbeit leisten. Nie wieder wird es eine Marmorstadt geben.«

Auf dem Weg zum Schattensee öffnete Moghora ihre Hand. Ein kleiner Glühwurm schlängelte über ihren Handrücken. Vorsichtig setzte sie ihn auf ein Blatt. »Hier draußen kann er sich ernähren und fortpflanzen. Der alte Grint fing alle ein und sperrte sie in Kristalle, um sein Reich zu beleuchten. Er vergaß, dass sie, wie jedes Lebewesen, Nahrung benötigen. — Wir sind da.«

Der See glänzte silbern in der Sonne. »Wirst du *Feu* mit dir nehmen?«

»Das Feuerpferd gehört nach Seoria. Du wirst noch viele Fohlen bekommen.« Moghora wies auf Rosalba. »Ich bringe dich und das Mädchen in deine Welt zurück.«

»Und Federico?«

»Sieh dorthin.« Moghora deutete auf eine Gestalt, die am Ufer des Sees hockte. Federicos Kleider wiesen Löcher auf, sein Gesicht war mit Ruß verschmiert. Über seine Hand kroch ein kleiner Glühwurm, den er vollkommen in Gedanken versunken betrachtete. Silvana tat Federico leid. Plötzlich war er nicht mehr der Held ihrer Kindertage, den sie bewunderte und in den sie sich verliebt hatte.

»Ich hoffe, er wird aus den Erlebnissen seine Lehre ziehen und künftig ein guter Grundherr sein.«

Plötzlich blitzte es im Schilf auf. Silvana bückte sich. »Die Zauberkugel!«, rief sie überrascht und reichte sie der Fürstin. Moghora holte aus ihrem Rock die zweite hervor. Beide wog sie in ihren Händen und überreichte Silvana dann eine davon. »Verwahre sie gut. Wer weiß, wozu sie dir später einmal nützt.«

Silvana nahm sie vorsichtig entgegen. Tapfer beugte sie sich zu *Feu* hinunter, strich ihm über die Mähne und drückte einen Kuss zwischen seine Ohren. »Mein Kleiner! Vielleicht treffen wir uns irgendwann einmal wieder.«

32

Silvana blinzelte und öffnete die Augen. Die Sonne blendete sie und sie kniff sie wieder zusammen. Ruhig lag der Schattensee vor ihr. In den Bäumen ringsherum zwitscherten die Vögel. Neben ihr saß Rosalba im Schilf und rieb sich die Schläfen.

Sie sahen sich einen Moment an. Silvana lächelte, beugte sich vor und bewegte ihre Hand im warmen Wasser. Es plätscherte harmlos, wie es immer geplätschert hatte.

Die beiden Frauen standen auf und liefen zum Gestüt.

»Da bist du ja endlich!« Doriano kam ihnen aufgeregt entgegengelaufen. »Bonnita beginnt zu fohlen. Ich benötige dringend deine Hilfe. Wo warst du überhaupt so lange?«

Silvana rannte hinter Doriano in den Stall. Die Stute lag auf der Seite und schnaubte. Rasch kniete sie sich hin. »Halt ihr den Kopf!«, befahl sie. »Es ist jeden Moment soweit.«

»Das wird einmal ein schöner Rappen.« Doriano half seiner Schwester, das Fohlen mit Stroh trockenzureiben. »Du wirst sehen, in ein paar Wochen ist unser Dach repariert. Mit Rosalbas Rubinen haben wir keine Schulden mehr und du eine tolle Pferdezucht.«

»Rosalbas Rubine?« Silvana zog die Augenbrauen hoch. »Was ist das nun wieder?«

»Sie bekam sie quasi geschenkt. Besser gesagt, sie hat sie gegen eine Kette eingetauscht, die sie in meiner Hosentasche fand. Die Kette, die ich am Schattensee aufhob.«

Silvana biss sich auf die Lippen und zog es vor, nichts dazu zu sagen.

»Rosalba wird hier bleiben.« Doriano errötete kaum wahrnehmbar. »Sie ist ein nettes Mädchen und ich kann Hilfe gut brauchen.«

»Feuer! Das Weingut brennt.«

Doriano sprang hoch. »Verdammt, nimmt das überhaupt kein Ende?« Er lief aus dem Stall. Zwei Männer aus dem Dorf hielten im Hof.

»Wir brauchen deine Hilfe. Auf dem Weingut ist Feuer ausgebrochen. Rasch!« Sofort stoben sie wieder davon. Silvana und Doriano sattelten rasch ihre Pferde.

»Ich passe auf das Fohlen auf.« Rosalba rannte in den Stall. Silvana nickte ihr zu und folgte Doriano.

Das Haupthaus des Weinguts war bis auf die Grundmauern abgebrannt, als Silvana ankam. Dicker, beißender Rauch stand über dem Anwesen.

Doriano lief ihr entgegen.

»Was ist mit Federico?«, fragte sie bang.

Er schüttelte den Kopf. »Niemand konnte ihm helfen. Er war im Weinkeller eingeschlossen. Dort muss auch der Brandherd gewesen sein. Irgendetwas hat Feuer gefangen.«

Silvana ging mit gesenktem Kopf zum Gesindehaus. Teresa und einige Mägde saßen weinend beieinander. Wortlos setzte sich Silvana dazu. Sie starrte auf ihre staubigen Fußspitzen. Ein Glühwurm kroch schwerfällig einen Grashalm entlang. Silvana bückte sich, nahm vorsichtig das Tier in die Hand und betrachtete es. Unaufhaltsam verlor es seine Farbe, bis es leblos in ihrer Hand lag.

»Er wollte das Feuer von Seoria stehlen und hat damit sein Gut verbrannt«, flüsterte sie. »Armer Federico, warum hast du nie genug kriegen können?«

»Was hast du gesagt?« Teresa trocknete mit der Schürze ihre Augen.

»Wir werden das Gut wieder aufbauen«, erklärte Silvana und stand auf. »Mit vereinten Kräften wird es schöner denn je.«

ENDE

***

Wenn Ihnen unser Roman gefallen hat, empfehlen Sie ihn bitte weiter. Empfehlungen und Rezensionen helfen anderen, lesenswerte Bücher zu finden.

Die Autorinnen:

Sie kommen aus der Gruppe **Schreibwerk**

»Schreibwerk« wurde Ende 2002 als Mailing-Liste im Internet gegründet.

Blog: http://schreibwerk-news.blogspot.com/

Der vorliegende Roman ist als »Mitschreib-Projekt« entstanden, zu dem die Autorinnen – und anfangs ein vierter Autor – reihum einzelne Kapitel verfasst haben.

»Das Feuerpferd« ist zuerst 2005 im Web-Site-Verlag als gebundene Ausgabe erschienen und 2011 als E-Book neu aufgelegt worden.

Sabine Abel wurde 1967 in Düsseldorf geboren. Mit 16 begann sie mit dem Schreiben von Geschichten. Zu ihren Lieblingsautoren gehören Diana Gabaldon und J.K. Rowling. Fantasy und Science Fiction begeistern sie sowohl in Buchform als auch auf der Leinwand.

Monique Lhoir wohnt bei Hamburg. 2001 hat sie wieder mit dem Schreiben begonnen. Inzwischen sind einige Kurzgeschichten von ihr erschienen. Sie gehört der Gruppe »Schreibwerk« seit der Gründung an, arbeitet an verschiedenen Romanen, macht aber auch hin und wieder Abstecher in den Kurzgeschichten-Bereich.

Homepage: http://www.monique-lhoir.de/

Annemarie Nikolaus lebte fast zwanzig Jahre in Norditalien. Anfang 2010 ist sie mit ihrer Tochter nach Frankreich gezogen.

Sie hat Sozialwissenschaften studiert und eine journalistische Ausbildung. 2001 hat sie mit dem Schreiben literarischer Texte begonnen und schreibt Romane in verschiedenen Genres. Sie hat die Gruppe »Schreibwerk« gegründet.

Patreon: www.patreon.com/AnnemarieNikolaus
Blog: http://annes-werke.blogspot.com/
Facebook: http://ow.ly/bVOE5
Twitter: http://twitter.com/AnneNikolaus

∗∗∗

**Weitere Veröffentlichungen
Annemarie Nikolaus:**
Die Piratin. Fantasy-Roman. Reihe *»Drachenwelt«*. ISBN
9782902412495
Magische Geschichten. Märchenhafte Kurzgeschichten für
Kinder. ISBN 9782902412488
Königliche Republik. Historischer Roman. ISBN
9782902412471
Bitterer Wein. Reihe »Médoc« Kriminalroman. ISBN
9782493398017
Haus zu verkaufen. Familiendrama. ISBN 9782902412983
Die Enkelin. Liebesroman. Reihe *»Quick, quick, slow –
Tanzclub Lietzensee«*. ISBN 9782493398093
Flirt mit einem Star. Liebesroman. Reihe *»Quick, quick, slow
– Tanzclub Lietzensee«*. ISBN 9782493398109
Zurück aufs Parkett. Eheroman. Reihe *»Quick, quick, slow –
Tanzclub Lietzensee«*. ISBN 9782493398116
Verjährt. Historische Krimi-Kurzgeschichten. ISBN 978-
9782902412549
Ustica. Ein Mini-Thriller. ISBN 9782902412556

Tot. Krimi-Kurzgeschichten. ISBN 9782902412587

Leuchtende Hoffnung – Adventskalender. Bebilderter Science Fiction-Roman. ISBN 9782902412563

Sachbücher:

Aquitanien: Das Ende eines Krieges. Reihe »*Am Rande des Weges ...*« ISBN 9782902412570

Suche Reisebegleitung. Reihe »Fliegende Blätter« ISBN 9781499608427.

Junge Welten. Reihe »*Fliegende Blätter*« ISBN 978500971991

Monique Lhoir:

Arjan von Föra, Band I - Liebe. Taschenbuch ISBN 9783944040738.

Arjan von Föra, Band II - Rückkehr und Heirat. Taschenbuch ISBN 9783955740627.

Arjan von Föra, Band III - Entführung. Taschenbuch ISBN 9783955741266.

Arjan von Föra, Band IV - Reise nach Konstantinopel. Taschenbuch ISBN 9783000455322.

Arjan von Föra, Band V Sturmfluten. Taschenbuch ISBN 9783000481932

Kater Paulchen kämpft für Gerechtigkeit: Katzenkrimi. ISBN 9783758407666

Die Tote im Runzelgraben - Regionalkrimi Elbmarsch - erscheint Ende 2023

Heirate nie ... Taschenbuch ISBN 978-3939806028.

www.ingramcontent.com/pod-product-compliance
Lightning Source LLC
Chambersburg PA
CBHW020104310726
48970CB00002B/475